JN221025

小松エメル

総司の夢

そうじのゆめ

講談社

総司の夢

一

風で舞った花びらが、川に落ちた。

（白い雨だ）

川縁（かわべり）に座り込んだ宗次郎（そうじろう）は、桜木から水面に視線を下ろした。落ちた花びらに手を伸ばすも、すくいとる前にゆらゆらと流れていく。生温かい風とは違い、川の水は冷たい。

再び吹いた風でまた桜が散った。この分だと数日のうちに、桜木は新緑に変貌を遂げるだろう。花が散ると、じめじめした梅雨（つゆ）が来る。ようやく明けたかと思えば、すぐに夏だ。

（嫌だなあ）

口をへの字にした宗次郎は、夏生まれのくせに、その季節が苦手だった。

宗次郎は天保（てんぽう）十三年白河（しらかわ）藩下級武士・沖田勝次郎（おきたかつじろう）の長子として生まれた。父は宗次郎が幼い頃に他界したため、上の姉ミツの婿（むこ）である井上林太郎（いのうえりんたろう）が家督を継いだ。宗次郎は十を少し過ぎた頃、江戸（えど）市谷甲良屋敷（いちがやこうらやしき）の天然理心流（てんねんりしんりゅう）道場・試衛館（しえいかん）の内弟子となった。

——可哀想になあ。

宗次郎が幼くして家を出されたと聞いた者は、揃って同情の言葉を述べた。そのたび、宗次郎は首を傾げた。家族と離れさみしかったのは事実だが、珍しい話でもない。家のことを考えれば、しようがないことだった。それに、今では感謝している。

宗次郎は剣術が好きだ。負けず嫌いの性が人並み以上あった才をさらに開花させ、十代のうちに師範免許を得た。このまま剣を取って生きていくことに異論はなく、周囲の期待も厚い。宗次郎のことを可哀想だと言う者はもういなかった。

「何を一人で物思いにふけってるんだ。らしくねえことしやがる」

水面から手を引いた時、背後から声がかかった。

「俺だって、物思いの一つや二つはしますよ」

「二つもあるものか。強い奴と手合せしたい、だけだろ」

そう言って鼻を鳴らした男——土方歳三は、宗次郎の傍らに腰を下ろした。彼の横顔をちらりと見た宗次郎は、小首を傾げて言った。

「あんたの方が物思いにふけっていそうだ」

土方は滅多に見ないほどの色男だが、今日は顔色が優れぬようだ。白面が青褪めている。加減が悪いわけではないのだろう。もしそうなら、共に花見には来なかったはずだ。

「お前と違って色々考えているからな」

「たとえば、何ですか」

「色々だ」

「教えてくれないんだ」

唇を尖らせて言うと、土方は眉尻を下げて微笑んだ。彼にしては随分と珍しい表情をするものだと宗次郎は目を瞬いた。

土方は、多摩郡石田村の豪農出身だ。父母は早くに亡くしたが、大勢の兄や姉に囲まれ、末子として大事に育てられた。以前は石田と名乗っていたが、試衛館に来て隠し姓の土方を名乗りだした。土方は試衛館に来る前、日野の佐藤道場に通っていた。佐藤道場は、日野宿名主で土方の義兄である、佐藤彦五郎が開いた。そこで、二人は初めて会った。

――お前え、いくつだ。

宗次郎が試衛館の師範代として佐藤道場に出向いた時、土方はそう言って睨んだ。こんな餓鬼が師範代で宗家は大丈夫なのか――そんな心情がありありと表れた顔を見て、宗次郎は思わずふきだした覚えがある。

「おい、一人で何笑っていやがる。気味が悪いぞ」

土方が怪訝そうに言ったので、宗次郎は思いだし笑いを引っ込めた。

「いえね、この世には随分と分かりやすい人がいるんだなあと思ったんです」

「左之助か」

土方の見当違いの言に頷きつつ、宗次郎は腰を上げた。

「そろそろ腹踊りでもしている頃でしょう。宴に戻って、音頭を取ってあげないと」

宗次郎は川に背を向けて歩きだした。土方が続かぬことに気づき、数歩先で足を止めた。振り返ると、土方は屈んだまま、川面に浮かぶ花びらをじっと見据えていた。

遠い目をしている。そうしていると、まるで生き人形のように美しい。

「気がかりでもあるのかな」

独り言のように呟いてみたが、答えは返ってこない。

「わざわざ俺を捜しにきたのだから、言いたいことがあるなら言ったらいいのに」

「お前に言いたいことなんざ一つもねえ」

「ふうん、俺じゃないならあるんだ」

舌打ちして立ち上がった土方は、常通りの早足で歩きはじめた。あっという間に追い抜かれた宗次郎は、肩をすくめて追いかけた。向かったのは、酒宴を開いている桜の下だ。酒宴には、試衛館で世話になっている者たち数名が参加している。半刻以上前にはじまったので、すっかり出来上がっている頃だろう。

やっと隣に並んだ時、土方は足を止めた。彼の視線の先を眺め、宗次郎はふっと笑った。

「あれしか芸がねえんだな」

土方は呆れ声を出した。宗次郎が思った通り、皆よく酔っていて大きな声で騒いでいる。中でも見事な酔い方をしているのは、原田左之助だった。はだけた上半身を皆の前にさらけ出し、うねうねと奇妙な動きをしている。酒に酔うと、彼は決まって裸踊りを披露した。腹についた傷——切腹しそこなった痕らしい——を見せつけたいのだろう。

一年前に試衛館の食客となった原田は、伊予松山の出身だ。中間だったが、安政の頃出奔し、大坂や江戸で武者修行した末、試衛館に居ついた。槍が得手で、よく道場裏で振り回している。騒がしい性質が目立つあまり、顔立ちの凛々しさに気づく者はいない。

「ひっでえなあ。もっとやれ」

野次を飛ばしたのは、無精ひげを生やし、くたびれた着流し姿の永倉新八だ。童顔で威厳はないが、すこぶる腕が立つ。原田が生まれる一年前の天保十年、松前藩江戸定府取次役の子として生まれ、八歳で神道無念流の門を叩いた。十九の頃、上士の家を捨て、剣を極めるために脱藩した永倉は、原田と同様、修行の末に試衛館にたどり着いた。

「あんたはいつもそれだ。もっと他のことをやってくれよ。せっかくの酒が不味くなる」

永倉の隣に座る藤堂平助が笑って言った。試衛館の中でもっとも若く、もっとも口が悪いこの男は、気に喰わぬことがあれば、目上の者に対しても平気で嚙みつく。伊勢国津藩藤堂和泉守のご落胤だ、という冗談を好んで使うが、気品ある見目に得心してしまう者もいるようだ。己のことを語りたがらぬため、虚実のほどは分からない。

「もっと他のことだと……そこまで言うなら仕方ねえ。十文字にしてやろう」

そう言うや否や、原田は藤堂の脇差を摑み取り、さっと抜いた。

「馬鹿、やめろ」

慌てて起き上がった藤堂の制止も聞かず、原田はすでについている切腹傷の少し上に刀を突き立てた。

「祝いの席を血に染める気か。死んで師に泥を塗るなんざ、弟子失格だぞ」

井上源三郎が、原田の手から刀を奪って叱りつけた。日野の八王子千人同心の三男で、宗次郎の遠縁にあたる。八王子千人同心は、甲斐武田の遺臣を中心に、かの徳川家康によって作られた──との由来を持つ郷士集団だ。しかし、源三郎は三男のため、跡を継ぐことはない。道場主の近藤勇や土方とも付き合いが長く、試衛館で何かある時には必ず顔を出した。文政十二年生まれで一等年上だから、何かとお節介を焼く。

「お前えは所帯を持っていたっておかしくねえ歳なんだぞ。もう少し落ち着かねえか」

「所帯を持ってない源さんに言われてやんの」

笑いを漏らした永倉を横目で睨みながら、井上は原田の頭を殴った。

「痛いっ。痛いよ、源さん」

「口で言っても分かりゃしないんだ。もっとくれて欲しくなかったら、大人しくしてろ」

井上がさらに拳を繰りだそうとするのを見て、原田は肩をすくめて腰を下ろした。

「何やってんだ。まったくしようがねえ」

嘆息交じりに述べた土方は、止まっていた足を進め、花見の席に戻った。少し遅れて、宗次郎も続いた。

「長い厠だったな。腹は治ったのか。腹を出して寝るなよ」

井上の幼子に対するような言い方に、宗次郎は苦笑しつつ頷く。

「腹を下してるのか。そいつはいけない。身体を温めるために呑んだ方がいい」

永倉はそう言いながら、宗次郎の肩を抱き、猪口を押しつけた。なみなみと注がれた酒をじっと見つめた宗次郎は、ぐっと一気に呷った。酒の味は好きだが、いくら呑んでも酔うことはない。皆のように愉快な心地になれぬのが面白くないのであまり口にしないが、皆は宗次郎を下戸だと思っているらしい。「良い呑みっぷりだ」と驚きつつも喜んだ藤堂は、宗次郎の空になった猪口に酒を注いだ。それをまた呑み干した途端、永倉が酒を注ぐ。

「まるでわんこそばだ」

肩をすくめて言うと、永倉たちはわんこ酒さと楽しそうに笑った。

「ちょっと酒が入っただけで随分と陽気じゃねえか。安上がりな奴らだぜ」

重の中に入っていた沢庵を箸でつまみながら、土方は眉を顰めて述べた。

「そりゃあ、下戸の人にゃあ分からんでしょうよ」

「呑めねえわけじゃねえ。呑まねえんだ」

「出たよ、屁理屈」

「お前相手にわざわざそんなものをこねたりしねえ」

あまり気が合わない土方と永倉の言い合いがはじまったのをきっかけに、宗次郎は御座の隅っこに仰向けになっている男に近づいた。ふっくらとした頰（ほお）が朱に染まっている。

「山南（やまなみ）さん」

声をかけると、赤鼻がひくりと動いた。

天保四年に仙台（せんだい）で生を受けた山南敬助（けいすけ）は、小野派一刀流（おのはいっとうりゅう）や、藤堂と同じく北辰（ほくしん）一刀流を習得した猛者（もさ）だ。食客の中では古参で、数年前から試衛館に身を置いている。剣術の腕前に劣らぬほど学もあるが、それをひけらかすことはない。温厚で独特の愛嬌がある山南に、宗次郎は兄のような親しみを覚えている。

「大丈夫ですか」

「うん……うん……平気さ」

いくたびか頷いた山南は、健（すこ）やかな寝息を立てはじめた。忍び笑いをした宗次郎は、ふと顔を上げた。満開の桜が咲いている。うっとりするほど美しい眺めだった。

（まるで夢の中のようだ）

そう感じた宗次郎は、人生で一度も夢を見たことがない。

（夢というのは鮮やかなものらしいが……）

これが夢ならば、一等鮮やかなものが欠けている。宗次郎は顔を正面に戻し、周囲を見回した。原田はまた腹踊りをはじめ、井上はそれを叱り、永倉はそんな二人の様子を見て笑い、土方はいつの間にか相手を代え、藤堂と仲良く口喧嘩をしている。山南は、童子のような無防備な寝顔を晒したままだ。

「……若先生はまだ来ないのかな」

宗次郎は溜息交じりに呟いた。

腹を抱えて笑いだしたのは、藤堂だった。舌打ちをした原田が、乱暴に財布を放る。

「あーあ、負けだ負けだ」

「俺の分も忘れるなよ」

上機嫌な声を出した永倉は、目を丸くした宗次郎を見てニッと笑った。

「ありがとな。お前のおかげで俺と藤堂の勝ちだ」

何を賭けたのか問うと、藤堂はにやにやとして答えた。

「近藤さんが来るまでに、お前が近藤さんの名を口にするかどうか、だよ」

「俺だけが、近藤さんが先に来る方に賭けた。お前のせいだぞ、半分払え」

ぶすりとして述べた原田は、宗次郎に手を差しだす。

「横暴だなあ。嫌だよ」

宗次郎は呆れ声を出し、腰を上げた。歩きだして間もなく井上の焦ったような声が響く。

「ほら、お前らが馬鹿にするから怒っただろ」

宗次郎は肩を震わせた。原田たちの賭け事は日常茶飯事だ。賭けの対象が宗次郎の時もあれば、道場主の近藤の時もある。彼らの怖いもののなしのところを、宗次郎は気に入っていた。

急な傾斜の土手を上がる。こちらに向かってくる相手を認めて、宗次郎は大きく手を振りながら駆け寄った。

「俺が来たのが分かったのか」

宗次郎たちの師である近藤勇の温かな声が、好きだった。

武州上石原村の農家の三男として生まれた近藤は、十五の時に天然理心流に入門する。宗家三代目の周助に才を見込まれ、翌年には養子に迎えられた。近藤が正式に四代目を襲名したのは文久元年——昨年のことだ。永倉や原田や藤堂といった一筋縄ではいかぬ面々が試衛館に集ったのは、大らかさと頑固さをあわせ持つ近藤を慕ってのことだった。

「気配がね、したんですよ」

「お前は獣のように勘がいいな」

近藤は大口を開けて笑った。小さな目が余計に縮み、大きな口がさらにぐっと横に広がる。宗次郎はにこりと笑い返し、近藤と並んで皆の許へ戻りはじめた。

「首尾はどうです」

「まあまあだな」

上々らしい。近藤の自信に満ちた表情を見て、宗次郎は悟った。

「皆、ますます騒ぐだろうなあ。すでに出来上がっているけれど」

「また裸踊りか」

「ええ、飽きもせずに。山南さんもいつも通りですよ」

「悪いことをしたな」

「そんなことないですよ。師が大出世するんですから、嬉しくないわけがありません」

頷いた近藤も、実に嬉しそうだった。祝いの場として花見の席が設けられたのは、近藤が講武所剣術方指南役に就任することがほぼ決まったためだった。

神田小川町にある講武所は、幕府が作った武芸修練場だ。そこでは主に旗本や御家人の子弟を対象とし、剣術や砲術、洋式調練が行なわれていた。近藤は武士ではないが、周助の勧めもあり、かねてからそこの剣術方指南役に応募していた。これまで色好い返事がなかったが、今年に入りたびたび呼びだされるようになった。今日も近藤は講武所に寄ってからこちらに来た。

「俺も嬉しいです」

呟くと、近藤はまた頷いた。柔らかな眼差しに胸が痛んだ。試衛館に来て以来、宗次郎はずっと近藤と共にあった。近藤の出世は誇らしい。だが、少しだけさみしさが上回った。

花見の席から数日後、試衛館に客人が訪ねてきた。

道場に通されるなり、笠を取って一礼したのは、何度か稽古(けいこ)にきた男だった。背が高く、顎(あご)が張った若者の名は、斎藤一(さいとうはじめ)という。江戸生まれで父は御家人だが、当人は故あって家を出た。土方のように天然理心流門下だったわけではなく、山南たちのように武者修行の果てに居つくようになったわけでもない。ふっと現れては、またしばらく姿を消す。いつもは道着でやってくるが、今日はきちんと袴を着け、腰に刀を帯びている。

「さては何かやらかしたな。人でも斬ったか」

近づいてきた藤堂がからかうように言うと、斎藤はぴくりと眉を顰めた。滅多に変わらぬ男の顔色の変化に、一同は言葉を失った。

「うっかり斬っちまったから、匿(かくま)ってくれということかい」

何でもないことのように問うたのは、永倉だった。焦ったように「おい」と言う原田を見て、斎藤は首を横に振る。

「俺は斬ってないが、二人やられた」

「下手人は」

宗次郎が問うと、斎藤はまた首を横に振った。

人斬りがあったのは、一昨夜から昨朝にかけてのことだという。死体は、試衛館からさほど離れていない江戸川が流れる船河原橋の袂に転がっていた。斬られた二人は共に御家人だった。

「幕臣が斬られたということは……不逞浪士の仕業か。懲りねえ奴らだなあ」

「怨恨の線もないとは言えぬだろう」

「憎い奴らが二人も揃って、たまたま夜道を歩いているもんかね。そう上手くいかんだろ」

「一人は巻き添えを食らったのかもしれぬ」

「俺が下手人だったら、機会を改める。殺したい奴が一人きりの時を狙うさ」

「怨恨の線を疑われぬように、不逞浪士の振りをしたのかもしれぬだろう」

斎藤と原田の会話を聞きながら、宗次郎はへえと息を漏らした。斎藤が珍しく饒舌だ。

「あんた、その一件にかかわっているのかい」

問うたのは山南だった。斎藤は、口を真一文字に結んだ。

「こいつが下手人なんですか」

斎藤を指差して問うた永倉に、山南は笑って否定の言を吐く。

「下手人であれば、のこのこ来ないだろう。だが、かかわりがないのにわざわざ訪ねてくるほど噂好きな男ではないな」

一理ある、と頷いた永倉は、斎藤をじっと見た。

「下手人は生半可な腕の者ではない。切り口が実に見事だった、そうだ。長年剣術を学び、人を斬ることに躊躇ない者の仕業と見なされた。お誂え向きに、周辺は剣術道場だらけだ」

「どこかの門下生がやったのだろう——ということか」

斎藤の答えを聞いた山南は、顎に手を当て思案気に呟いた。

「俺が世話になっている道場にも調べが来ました。界隈の道場で腕の立つ者はいないか、と。俺は知らぬと答えたが、数名がある者の名を挙げたので、じきにこちらにも調べが来るでしょう」

斎藤はそう言いつつ、宗次郎に顔を向けた。まじまじと見てくる目は、いかにも何か言いたげだ。気づけば、皆からも同じような目で注視されていた。

「……俺はやってない！」

視線の意味を悟った宗次郎は、慌てて顔の前で手を振った。

「本気でお前がやったとは思っちゃいないが、調べが来たらしおらしくしてろよ」

笑って述べた永倉に、宗次郎は溜息を吐いて答える。

「あんただって強いんだから、他人事じゃないでしょうに」

「お前ほどじゃない。それに、言い訳は得意だ。ここの具合は俺の方が優ってるからな」

頭を指で弾いた永倉はしれっと言って、稽古を再開した。皆が倣ったのを見届けて、斎藤は道場を後にした。

「わざわざありがとう」

斎藤を追いかけた宗次郎は、門前で頭を下げた。

「実は、あんたを疑っていた」

驚いた宗次郎は、ハッと顔を上げた。斎藤は辺りを窺いつつ、声を潜めて言った。

「斬られた連中を見つけたのは俺だ」

件の二遺体を発見したのは、夜の明けぬ七つ頃だという。そんな刻限になぜと問うと、斎藤は悪びれもせず、遊興だと答えた。

「先ほども言ったが、切り口は見事だった。二人とも、正面から一刀両断だ。喉仏から股まで、まっすぐにすっぱりと――。抵抗の跡は見られなかった。腰に手をやる間もなく、一瞬のうちに斬られたのだろう」

「……すごいな」

思わず感嘆の声を漏らした宗次郎は、口を押さえた。斎藤の目が鈍く光った。

「俺は人を斬ったことなんてないよ」

「そのようだな」

斎藤はあっさり頷き、歩きだした。

「どうしてそう思ったの」

去っていく背に問うたが、答えはなかった。一人残された宗次郎は、門に寄りかかってしばし考え込んだ。

近藤を筆頭に、腕が立つ永倉や山南も、人を斬ったことはないはずだ。彼らより少し腕が落ちる藤堂や原田もないだろう。

(あの人も流石(さすが)に人斬りまではないだろう)

宗次郎の脳裏によぎったのは、かつてバラ餓鬼と悪名を馳(は)せた土方だ。佐藤道場に出稽古に行くたび、道場主の彦五郎や、その妻で土方の姉であるのぶにこう言われた。

――あの子が悪さしたら、遠慮なく放り出してください。年上だからといって、遠慮などしないでくださいね。

江戸には剣術道場が数多くある。その中では、鏡新明智流(きょうしんめいちりゅう)の士学館(しがくかん)、北辰一刀流の玄武館(げんぶかん)、神道無念流の練兵館、心形刀流の練武館あたりが特に有名で、門下生の人数も多い。どの道場も人斬りが起きた場所からは距離がある。近場でやれば足がつきやすい。わざと遠くで事を起こしたのだろうか。誰彼構わず襲ったのなら、原田の言う通り、不逞浪士の仕業と見る方が自然だ。しかし、斎藤が怨恨の線を疑っているのが気になった。斎藤は何の根拠もなくそんなことを口にする男ではない。

近藤が帰ってきたのは、宗次郎が道場に戻って四半刻ほど経った頃だった。

「おかえりなさい」

揃って礼をすると、近藤は困ったように微笑んだ。眉尻が下がり、小さな目が暗くよどんでいる。様子がおかしいのは一目瞭然だった。

「一体どうしたんです」

宗次郎が口を開く前に、藤堂が心配そうに問うた。近藤は首の後ろを指で掻き、息を吐きながら答えた。

「皆、すまない。講武所の件はご破算だ」

息を呑んだ一同を見回し、近藤は穏やかな表情で頷いた。

近藤が講武所剣術方指南役に就任するのは、ほぼ決まっていたことだった。

——申し訳ない。力及ばず……。

推してくれた講武所の者は、近藤にそう言って頭を下げたという。近藤が座るはずだった地位に、突如就任希望の申し出があったのだ。相手は幕臣で、近藤を推した者よりも上位の家柄だった。片や近藤は百姓だ。養子に入り、道場主となったが、士分ではない。

「出自が問題なら、はじめから気を持たせるようなことを言わなければいいんだ」

近藤の講武所就任が取り消しになった日から、原田は折に触れて不平をこぼした。

「お前、まだ言っているのか。しつこい奴だな」

藤堂は呆れ声を出した。彼の言い分はもっともだ。あの一件から、もう半年以上経っている。

「いつまでも言うさ。近藤さんの力不足なら仕方がないが、生まれを持ち出すなど卑怯（ひきょう）だ」

「卑怯でも何でもない。侍や公家が偉い。それ以外は塵屑（ちりくず）同然さ」

「塵屑だと……この野郎、表へ出ろ」

「この世の道理を話しただけだが……上等だ」

原田と藤堂は肩をぶつけて言い合った。毎度飽きねえな、とぼやいた永倉に、宗次郎は笑って頷く。

今日は試衛館に知人が訪ねてくる。その男を迎えるまで、宗次郎たちは稽古に励んでいた。宣言通り外に出た二人を見て、宗次郎と永倉は素振りを止め、その場に座した。

「時が経てば忘れるものだと思ったが、案外覚えているらしい。まあ、無理もないが」

道着の袖で汗を拭（ぬぐ）いながら永倉は言った。江戸に数多くある剣術道場の中で、試衛館は目立たぬ方だ。郷士や百姓の力で隆盛したということもあり、田舎剣法と揶揄（やゆ）されることもしばしばだった。門人たちに力があっても、道場が無名では見向きもされない。

「……もったいないなあ」

宗次郎は呟いた。近藤は強い。だが、その実力を生かす機会がない。この先、近藤の力が認められることはあるのだろうか。

「もったいないのはお前の方だろ」

一体何のことかと首を捻ると、永倉は苦笑した。

「近藤さんには悪いが、お前の方がもったいないという話だ。お前の剣術の腕は抜きんでている。他の連中だってそう言っている。もったいないよ、お前は」

永倉のあまりにも真摯な様子に、宗次郎は困惑した。この時代に剣で身を立てるとなると、方法は限られている。師範免許を取り道場を開くか、剣術流派宗家の養子になるか、近藤のように講武所などの雇用募集に応募するか——どのみち、剣術の腕前が必要であるが、近藤の職を横から奪った相手のように、幕臣という身分があるなら話は別だ。

義兄が家督を継いだため、宗次郎は士分ではないが、百姓出身でもない。天然理心流の師範免許を持っているから、道場を開いて教えられる身だ。だが、そんな気はなかった。

「道場を開くには金がかかるし、俺が道場主だと鍛錬がきつくて皆嫌がる。それに、俺はここが好きだもの。あんたや山南さんのように強い人といつでも手合せができるからね」

にこりとして言うと、永倉は無精ひげを撫でて、深い息を吐いた。

「……お前はそういう奴だよな」

欲がない、剣術馬鹿、と永倉はぶつぶつ言う。

「ひどいなあ。さっきはあんなに褒めてくれたのに」

「お前も大概だろ。俺が真剣に考えた時を返してくれ」

そうぼやいて立ち上がった永倉は、道場の外に消えた。一人になった宗次郎は、笑みを引いた。宗次郎に対して欲がないと言ったのは、永倉だけではない。

——宗次郎、俺はお前を我が子のように思ってる。もっと我儘を言っていいんだぞ。

近藤の養父の周助は、内弟子になったばかりの宗次郎によくそう言った。嬉しい反面、複雑だった。周助の子どもは近藤勇ただ一人だ。

——もっと欲を持っていいんだ。お前はそれが許される奴だ。

近藤にもそんな言葉をかけられた覚えがあった。あれはいつのことだったのだろうか。首を捻って考えたものの、立ち上がって素振りを再開したらすぐに忘れた。宗次郎は物事を深く考えることが苦手だ。あの人斬りの一件も、原田が言わなければ、すでに記憶の彼方にあった。

斎藤の言の通り、あの後、試衛館にも探索の手が及んだ。有名道場で認められた永倉や山南よりも腕が立つと近隣の道場で評判だった宗次郎は、幕吏の厳しい追及を受けた。寝ていたと答えるしかない宗次郎は、身の証を立てられなかった。そこで下手人として捕らえられなかったのは、他の疑われた者も同様だったからだ。近隣のみならず、士学館や玄武館などにも調べが入ったようだが、下手人は未だ見つかっていない。


「あの一件ですか。うちにも調べが来ましたよ。適当にかわして帰っていただきましたが」

そう話しながら道場に入ってきたのは、こざっぱりとした身形の青年だった。

「流石は伊庭家の坊ちゃんだな。適当にかわせるご立派なお家柄でうらやましいこった」

後について入ってきた原田が嫌みを言うと、男は陽気な調子で答えた。

「そうなんです。家柄がよく、腕も立つ上に知恵者で、おまけに顔までいいと巷では評判でしてね。沖田さん、ご無沙汰しています。たった一人で稽古とは流石ですね」

片手を上げ、笑顔を見せたのは伊庭八郎だった。

涼しげな目元にすっとした鼻梁、口角が上がった唇。いかにも育ちがよさそうな顔つきをしたこの男は、心形刀流練武館の前道場主・伊庭秀業の長子だ。虚弱な子ども時代は漢学や洋学をよくしたらしいが、長じるにつれ壮健となり、十四で本格的に剣術をはじめると、たった数年で「伊庭の小天狗」と呼ばれるまでの成長を遂げた。誰でもこだわりなく付き合う性質で、一年前にふらりと試衛館を訪れた。

――ここに強い方がいると聞き及びました。勉強させていただけませんか。

不躾に手合せを申し込むだけあって、伊庭は相当な剣術の腕前だった。土方、原田を下し、藤堂と井上相手に引き分けに持ち込んだ。宗次郎をはじめ、山南や永倉には勝ちを譲ったが、対峙した者は揃って舌を巻いた。伊庭は当時十八かそこらだったが、若さに似合わぬ堅実かつ老練な技を用いた。軽い調子の様子からして、奇を衒った技を遣ってくると想像していた宗次郎は、伊庭の真面目な剣が気に入った。

以来、伊庭は突然試衛館を訪れるようになる。しかし、今日に限っては事前に面会を申し入れていた。試衛館の門人一同お集まりいただきたく――ということだ。よほど重大な話があるのだろう。約束通り来た伊庭を囲み、近藤をはじめとする試衛館の面々は道場の真ん中に円座した。

「浪士組の話をご存知ですか」

知らねえ、と土方は即答した。楽しそうな表情を浮かべた伊庭とは反対に、仏頂面だ。

「公方さまがご上洛されることはご存知でしょうね」

この問いには、一同が頷いた。

十四代将軍徳川家茂の上洛は、熱心な攘夷論者である孝明帝たっての願いだ。三代将軍家光の頃から閉ざしていた国交は、嘉永六年のペリー来航を機に強引に開かれた。その後、幕府と諸外国との間で不平等条約が結ばれ、朝廷は幕府に不信感を抱くようになる。公武の関係悪化を防ぐために画策されたのが、孝明帝の妹・和宮の降嫁だった。孝明帝も和宮も拒絶したこの提案は、幕府による不平等条約の破棄と攘夷実行の約束によって受け入れられた——というようなことは、すべて山南が教えてくれた。

　和宮降嫁の勅許から二年経った今、その約束は未だ果たされていない。業を煮やした孝明帝は、家茂に約束順守を認めさせるために上洛を要請した。

「浪士組というのは、その件とかかわりがあります。公方さまのご上洛の際、警備を担う者たちを募(つの)っているのです。報国の心得があれば、出自は問わぬと——」

「嘘だろ」

「土方さんは疑り深い人だ。嘘ではありませんよ」

　伊庭はますます笑みを深めて、詳細を語りだした。浪士組は浪士たちによって成る集団だが、士分である必要はない。腕に覚えがあれば、農民でも商人でも僧侶でも無宿者でも構わぬという。特筆すべきは大赦(たいしゃ)がある点だ。これは、浪士組に参加すれば、それまで犯した罪が免除されるというものだった。

　浪士組は、清河八郎(きよかわはちろう)という男の発案だという。清河自身、過激な尊攘活動の末、幕府から追われていた男のようだ。しかし、清河の才知を惜しんだ幕府は、彼を利用することにした。幕府が清河を利用したように、清河も世にくすぶっている浪人たちを利用しようと考えたのだろう。

「その清河とやらが作った浪士組に参加すれば、俺たちも攘夷実行の先鋒となれるわけか……このご時世だ。そのうち機運が巡ってくると信じていた！」

　喜色の滲(にじ)んだ声を上げつつ立ち上がった藤堂は、山南の肩をぐっと摑んで揺すった。苦笑した山南も、藤堂に負けず劣らず明るい表情を浮かべている。

——この未曾有(みぞう)の国難に立ち上がらざるは、日本国男児ではない。天子さまをお支えするために、我らは学を身につけ、剣を学ぶのだ。

山南は向学心のある門下生を前に、よく時局や処世を論じている。一等熱心に聞いているのは藤堂だが、永倉や原田といったあまりそうしたことに興味がなさそうな面々も頷くのが常だった。近藤のように根を張っていない彼らは、まず仕官の道はない。それを望めないからこそ、流れ着いた先がこの試衛館だったのだろう。

(天子さまをお支えする方法などないと思っていたけれど)

伊庭の持ち込んだ話が本物ならば、山南たちの望む処世が目の前にあるのかもしれぬ。だが山南の言説がいつも頭に入ってこない宗次郎は、皆の盛り上がりについていけずにいた。

「こりゃあ、今夜は宴だな」

そう言いながら着物の前を開いて立ち上がりかけた原田を、永倉がすかさず止める。

「酒も呑んでないくせに、腹踊りなどするな」

「いいじゃねえか。どうせこれから祝いの酒宴だろ。なあ、近藤さん」

永倉の手を払いながら、原田は近藤を見て言った。近藤は腕組みをして目を伏せている。

「わざわざ知らせてくれたところを見ると、あんたは当然参加だな」

永倉は思いだしたように伊庭に問うた。

「行きたい気持ちは山々なのですが、先々のことを考えるとどうにも無理です。いずれ宗家を継げというのが、父の遺言でした」

伊庭は凜々しい眉を顰め、悔しげな顔をした。宗家の現当主は伊庭の義兄である秀俊(ひでとし)だ。

(互いにないもの強請(ねだ)りだ)

宗次郎は溜息を呑み込んだ。近藤は百姓という身分のため、講武所剣術方指南役への就任を断られた。その代わり浪士組に参加できる。伊庭は講武所で剣術を学んでいる。彼の出自と腕前なら、いずれ教授方に任じられることもあるだろう。だが、浪士組には加われない。

「身軽で勇猛果敢な俺たちなら、背負っている荷を軽々と捨てられるってか」

藤堂が茶化したように言うと、伊庭は明るい表情に戻って、「そうそう」と頷いた。

「皆さんは俺と違って勇気に溢れている。だから、ここに来たんです」

「俺は百姓だ」

近藤の発言に、その場は静まり返った。伊庭が口を開きかけたのを制し、近藤は続ける。

「だが、荷がないわけではない。俺は天然理心流宗家四代目で、試衛館の道場主だ。上洛するならば、道場を畳まざるを得なくなる」

「……周助先生に預かってもらうのはどうだろう」

顎に手を当てて思案気に言った永倉に、山南が首を捻って応える。

「せっかく隠居されたのに、引っ張りだすのはいかがなものだろうか」

「だが、それくらいしか方法はない。攘夷実行が予定通り行なわれるならいいが、長引いた場合は浪士組も京に居続けることになる」

「期間が定かでないのに、道場を預けるのか？　預ける方も預かる方も、良い気持ちはしないさ。何より、天然理心流門下の人たちがそれで納得するとは思えない」

山南の言に、皆は眉を顰めた。天然理心流の道場は試衛館の他にいくつもある。その中には、百姓の出である近藤が宗家を継いだことを快く思っていない者もいる。

――世の中には色んな奴がいるもんさ。気が合う奴もいれば、合わん奴もいる。一緒になれたら死んでもいいと思うほど愛おしい奴もいれば、殺したいほど憎らしい奴もいる。無理に合わせる必要はねえ。そんなことをしたら、互いの心が死ぬだけだ。された方は勿論、した方もな。人生は面白いもんだよ。気に喰わなかった奴と意気投合することもある。その逆もしかりだが、大抵は許せるようになるもんだ。

　周助の言葉が蘇り、宗次郎は微笑んだ。周助は度量の広い男だ。当人がここにいたら、「いいよ、任せな」と二つ返事で頷くのではないだろうか。

「天然理心流やこの道場のことはこの際考えないでくれ。素直な声が聞きたい」

　近藤は小さな目を張って、凜とした声で述べた。近藤らしい実直な言葉を受け、皆は自然と口を開いた。

「俺は……行きたい。さっきも言ったが、俺はずっとこんな機会を待っていた。俺だけじゃない……皆も行くべきだ。近藤さん、あんたも！」

「俺も藤堂に賛成だ。この道場は変なんだよ。これまで色々な道場に立ち寄ったが、これほど強者揃いなのははじめてだ。力を生かさねえのは罪だと思うぜ」

　永倉は腕組みをして、したり顔で言う。それを見た原田は、「えらそうに」と笑った。

「だが、俺も同じだ。ここで行かないでいつ京へ行くんだってな」

「上洛するだけなら、いつだってできるさ」

「そういう山南さんはどうなんだ。あんただって本当は行きたいんだろ」

　呆れ顔をした原田の問いに、山南はふっと笑って答えた。

「俺もあちこち渡り歩いた。やっと落ち着いたのがこの試衛館だ。皆と共に国事に奔走できるなら、これ以上愉快なことはないさ」

「他の奴の考えなんざどうでもいい。当人が行きたいか、行きたくないかだ」

眉を顰めて述べた土方に、にこにことしているばかりだった伊庭が訊ねた。

「あんたは行きたくないんですか」

「行きたいに決まってる。そう顔に書いてあるもの」

宗次郎が答えると、土方は横目で睨んできた。

「行きたいんでしょう」

念押しのように問うと、ややあって土方は小さく頷いた。付き合いが長い宗次郎には、土方の心が手に取るように分かった。土方は一人でも行く気だ。

「近藤先生、皆さんの心は決まっているようですよ。あなたにしがらみが多いことは重々承知ですが……俺はあなたたちに託したい」

真摯な声音で述べた伊庭を、宗次郎はまじまじと見た。いつも飄々として摑みどころのない男からこれほどまっすぐな眼差しを向けられて、心動かされぬ者はいない。近藤は硬い表情を崩し、目を細めた。

「皆の気持ちは分かった。俺の気持ちも言わせてくれ。様々な事情があるのは確かだ。だが、俺も浪士組に参加したい。公方さまのお役に立ち、攘夷実行の先鋒に立つ……夢のような話だが、皆の気持ちを聞いて、もしかしたら夢で終わらぬのかもしれぬと思った」

「近藤さん……夢ではありませんよ」

藤堂は、嬉しさを隠しきれぬような声を上げた。宗次郎もつられて笑いかけたが、

「宗次郎は置いていった方がいい」

土方の言を聞き、固まった。

「……沖田は近藤さんの一番弟子で、天然理心流の免許皆伝者だ。一等強い奴を連れていかぬ道

理はない」

　眉を顰めた永倉が言った。

「だからこそだ。皆で散々言っていただろう。この道場や天然理心流をどうするのかと。周助先生に投げていくのは道理に合わねえ。だが、宗次郎だったら誰も文句は言わない」

「宗次郎に五代目を継がせるというのか。だが……近藤さんには娘さんがいる」

　土方の言を聞き、山南は顔色を変えて呟いた。

「まだ生まれたばかりだ。いつかは婿を取り、そいつが跡を継ぐことになるかもしれないが、どのみち随分と先の話になる」

「宗次郎が中継ぎになるということか」

　山南は感心したような声音を出した。土方は頷き、近藤を見た。

「あんただって、いつかは宗次郎に跡を継がせようと思っているんだろう」

　土方の問いかけに、近藤は口を開いた。

「俺は――」

「もう結構です」

　近藤の言葉を遮った宗次郎は、制止の声を振り切り、道場の外に出た。地を蹴るように歩いたため、乾いた土が舞い、咽せた。それにも腹が立ち、ますます乱暴な足取りになる。

　宗次郎が向かった先は筑土八幡宮だった。試衛館の内弟子になった日、周助に連れられ参拝して以来、宗次郎は事あるごとに訪れた。特に何をするわけでもないが、そこに行くと心が落ち着いた。社に到着した宗次郎は、狛犬の足元に腰を下ろし、足を抱え込んだ。

「……歳三さんの馬鹿」

罵(ののし)りを口にしたが、気は晴れなかった。土方は意地悪であんなことを言ったわけではない。近藤や天然理心流のことを考えて述べた。無論、宗次郎のことも――。

　宗次郎には皆のような夢がない。剣を振って生きていきたいという思いはあるが、その場所はどこでも構わなかった。天子さまのため、公方さまのために働くのは素晴らしいことだ。山南の言うように、日本男児に生まれたならばそれを目指すべきなのかもしれぬが、それが叶(かな)いそうだと聞いた時も胸は熱くならなかった。

（俺はただ剣が握れればそれでいい）

　尊敬する師や、信頼し合う仲間がそばにいてくれるならば、他に求めるものはない。そんな無欲な宗次郎を、土方は心配しているのだろう。それが分かっていても、無性に腹立たしく、悔しかった。泣いてやろうと思ったが、涙は出てこない。どうしてだろうと首を捻った時、遠くから足音が響いた。

　通りからこちらは見えぬはずだが、迷うことなく近づいてくる。宗次郎は起き上がりかけて、やめた。相手はもう、宗次郎の姿を捉えてしまったようだ。速まった足音を耳にしながら、宗次郎はゆっくり面(おもて)を上げた。

　目の前で足を止めたのは、近藤だった。しばし見つめ合い、同時にふきだす。

「お前はいつも同じ場所に逃げるな」

「いつもとおっしゃいますが、ここに来たのは五年振りですよ」

「そんなになるか。確かに、俺の背の半分くらいしかなかった」

　近藤の大げさな言いように、宗次郎はくすりと笑い声を漏らした。そんな宗次郎を見下ろした近藤は、手を振りあげた。宗次郎はとっさに目を瞑(つむ)った。殴られるかと思ったが、衝撃は来ない。目を開けると、眼前に差しだされた大きな手のひらがあった。

「共に行こう、宗次郎」

大きな口を開いて笑った近藤を見て、宗次郎は鼻の奥がつんと痛くなった。


文久三年二月初旬——。

浪士組に参加する天然理心流の面々は試衛館に集まり、周助や近藤の妻女のツネに出立の挨拶をした。佐藤道場からの参加者の中には、井上源三郎の姿もあった。

「総司、本当に行く気か。ここに残るという手もあるぜ。俺がかけあってやろうか」

周助が前に出て激励の言葉を述べている中、総司と名を改めた宗次郎の隣に座った井上は、ぼそぼそと話しかけてきた。

「上洛しても、腕を試す機会などないぞ。公方さまを害そうとする奴などいやしねえよ」

「そんなの分からない」

「わ、分からないだと……お前え、公方さまが襲われると本気で思っているのか」

井上は興奮のあまり大きな声を出した。すぐに我に返った顔をしたものの、すでに周りの視線を一身に集めていた。

「源三郎、面白いこと言うなあ。その恐れがあるから、浪士組なんてきな臭えもんができて、お前たちが参加することになったんだろうに」

皆の前に立っている近藤周助が、ニッと白い歯を見せて言った。

寛政四年、小山村名主の五男として生まれた周助は、天然理心流宗家二代目三助の弟子となり、天保元年に跡を継いだ。先代亡き後の襲名だったため、周助の流派襲名に疑問を抱いた者も多かった。その疑惑は未だ払拭されず、近藤の代まで尾を引いている。しかし、周助は外聞を気にするような性質ではない。昔から誰よりも明るく元気だ。酒好き女好きで、「その二つがあるからこそやっとうができるのさ」などとうそぶく。

「養父上、きな臭いとはどういう意味でしょう」

「言葉通りの意味さ。報国の志さえありゃあ、出自は問わねえ、獄に入っていた者でも構わねえ、入ってくれるならそれまでの罪を不問とする……何でもござれだ。そのおかげでお前たちも上洛できるわけだが、よく考えてみろ。公方さまの御身を警護するのが危ねえ奴らばかりだなんて、とんとおかしいじゃねえか」

「ですが、養父上はこの一件への参加を認めてくださいました」

「ああ、認めたよ。認めるに決まってるさ。神妙な面して何を言いにきたかと思えば、『養子縁組を解消してください』だ。何があったかと思ったぜ」

周助が肩をすくめて言うと、その場にどよめきが起きた。

「若先生、あんたそんなこと言ったのか」

驚きのあまり立ち上がった井上は、焦った声で問う。

「しばらく留守にするくらいで、それほど思い詰めたのさ。まったく呆れるくらい真面目な奴だよ。親子というだけあって俺とそっくりだ」

参ったねと言いながら、周助はぱちっと額を叩いた。

「老先生……では、養子縁組を解くおつもりはないんですね」

「そうさ、源三郎。俺の子どもはこいつだけさ。な、勇」

心配そうな井上に答えながら、周助は傍らに座る近藤の肩を叩いた。近藤は唇を真一文字に引き結び、深々と礼をした。その様子を見た周助は、また己の額を叩きつつ、本当にくそ真面目、と嘆くように述べた。

「だが、俺はお前のそういうところが気に入っているのさ。だからこそ心配でもある。お前みたいな真面目な奴は間違いなく割を食う。浪士組に参加する他の連中に騙されやしないか、心配でしようがねえよ」

「まるで魑魅魍魎がいるような言い方をされますね」

くすりと笑った近藤は、肩に置かれた周助の手を取り、両手で握りしめて言った。

「たとえ相手が魑魅魍魎でも必ず倒してみせます。立てた武功を土産に帰ってまいります」

「……おう、気をつけて行ってきな」

答えた周助は、皺だらけの目尻に涙を溜めていた。落涙しなかったのは、そこで井上が盛大に洟をかみ、どっと笑いが起きたせいだった。


あっという間に招集の日となり、小石川の伝通院に向かう。本来の招集は昨日だったのだが、取締役の松平上総介が辞任したため、本日に変更となった。出立も数日遅れとなるようだ。

「どうも、想定していた以上に人数が多いらしい」

「まさか、今日になって数十人ふるい落とすなどと言わねえだろうな」

山南と土方が話し合っている横を通りすぎて、総司は門の方に駆けた。胸に抱えている風呂敷包みは、つい先ほど義兄の林太郎から渡された。

――おミツがお前にと……まだ外にいるかもしれない。

そう教えてくれた林太郎は、総司たちと同様、浪士組に参加する。

門の外に出て間もなく、総司は捜している相手を見つけた。

「姉さん」

声をかけつつ、足を速める。数歩先回りしてミツの正面に立った総司は、目を瞬いた。

「……困ったなあ」

思わず漏らした声は、己でも驚くほど弱り切っていた。ミツもそう思ったのだろう。泣き顔に、わずかな笑みが浮かんだ。

「義兄さんを呼んできましょうか」

「いいえ。あの人のことで泣いているわけじゃないもの」

「そんな風に言っては、義兄さんが泣きますよ」

ふきだして言うと、ミツも軽く声を立てて笑った。

——どうしても行かなければならないのですか。私は……反対です。

浪士組の話をした時、ミツは青い顔をして言った。総司は驚き、言葉を失った。いつも味方をしてくれたミツは、喜ぶと思ったのだ。気まずさを抱えたまま、今日を迎えた。

「姉さんと会えずに上洛するんだと思っていました。顔が見られてよかった」

「私もそのつもりでした……合わせる顔がなくて」

ごめんなさいと言って、ミツは頭を下げた。華奢（きゃしゃ）な肩が震えている。

「あなたをよそにやるのが怖かったの。もう二度と昔のように手放したくない、遠くに行って欲しくないと勝手なことを考えてしまって……」

姉の心を聞き、総司は驚いた。

（そんなことを思っていたのか）

ミツたちと過ごした幼き日々も、近藤たちと過ごした青春も、総司にとっては同じくらい大切なものだ。さみしい時はあった。哀しい時も、辛い時もあった。堪えきれず逃げ出し、近藤に迎えにきてもらった時もあった。それでも振り返ってみれば、どれも良い思い出だ。

顔色の晴れぬミツをじっと見下ろしつつ、総司は優しく問う。

「土産は何がいいですか。京には何でもあるそうですよ。原田、永倉両名は、馴染みの妓に白粉や紅や簪などを頼まれたとか。支度金が消えちまう、と嘆いていました」

「まあ……」

ミツがくすくすと笑いだしたのを見て、総司はことさら明るい笑みを浮かべて述べた。

「俺には姉さんたちしか土産を渡す相手がいないんです。さみしいものですよ。ね、どうか俺のために楽しみにして待っていてください」

袂で目元をぬぐったミツは、ゆっくり面を上げた。

「欲しいお土産がありました……無事に帰ってきて楽しい話をたくさん聞かせてください」

総司とよく似た目を細めて、ミツは柔らかな声音で言った。


それぞれの家族に見送られ、総司たちは伝通院に向かった。神楽坂に出て、筑土八幡宮の前を通りすぎ、江戸川を渡り、安藤坂を上っていく。四半刻もあれば十分の道程だ。

近藤を先頭に、皆意気揚々と前進した。腰に刀を帯びているが、着物は粗末だ。笠を被っているため、人相は判別しがたい。いかにも怪しき風体の者たちが、ぞろぞろ連れだって歩いている。

「昨日もだが、今日はさらに浪人が多いねえ」

「こんなところで何してんだか。嫌だねえ、物騒だよ」

往来からの声を耳にしながら、一同は伝通院に到着した。集合場所は、伝通院の塔頭・処静院だ。山門が見えた辺りで、うわっと声を上げたのは井上だった。

「おいおい、溢れているじゃねえか」

指差した先には、総司たちと似たり寄ったりの風体の者が大勢いた。開門前かと思ったが、中に入っていく者たちが見えた。境内に入った総司たちは、一様に驚きの表情を浮かべた。そこには、数十年に一度の御開帳かというほど、大人数が集っている。

「おいおい、こりゃあすげえなあ」

原田は額に手をかざし、あちこち見回しながら、感嘆の声を上げた。

「あんたの言った通りのようだな」

「いや……想像以上だ」

土方が口をへの字にして言うと、山南は呆気に取られた声で述べた。天然理心流の者たちのみならず、そこら中にざわめきが起きている。出立までまだ数日あるはずだが、現時点で百五十は優に超えている。

届け別に、試衛館組は六番隊、天然理心流のその他の道場の者たちは三番隊にまとまった。

そして三日後、総司たち浪士組参加者は、上洛のために再び伝通院に向かった。

「ひとまず、受付をしてまいる」

「俺も行こう」

近藤が言うや否や返事をしたのは土方だった。出遅れた総司はこっそり唇を尖らせた。

その後も続々と参加者が集った。近藤たちはなかなか戻ってこなかった。最初に焦れたのは、堪え性のない原田だ。

「三日前よりさらに増えたな……この大人数だ。まだしばらくかかるぜ。ちょっくらその辺をうろうろしてくる」

「ここにいろよ。迷子になったらどうするんだ」

去っていこうとする原田の腕を摑み、永倉は首を横に振った。二人が言い合っている間に、藤堂の姿が消えたことに気づいた総司は、静かにその場を去った。

大勢の人々の間を、総司はすいすいとすり抜けた。一本差しの者もいれば、二本差している者もいる。刀の代わりに槍を持つ者もいれば、手ぶらの者もいた。後者は大抵体格がいい。柔術でも使うのだろう。力士と思しき体軀の者もいる。ただの脂肪に見えるが、鍛えられた筋を断ち斬るのはなかなか困難だろう。だが、相手が人間である以上、斬りつければ血が出る。肉や筋を断ち切れずとも、血が大量に出れば人は死ぬ。

（……確かに、これじゃあ物騒だ）

かけられた言葉を思いだして、総司はくすりと笑った。どうやら、浮かれているらしい。出立前までに心を落ち着かせようと人のいないところを探して歩いていると、寺の裏手の林が目に入った。若木の青々しい香りに導かれ、総司はそちらへ向かった。

林の中に入った途端、ひんやりとした。風は吹いていないが、薄ら寒い空気が漂っている。ここにはまだ春が訪れていないようだ。

「――でしょう」

総司は歩みを止めた。

「あんたのせいで、あの人は――」

途切れ途切れに聞こえてくるのは、幼さを帯びた声だった。

「……あの時もそうだ——何も言わず、捨てた」

少年の怒りの籠った声を拾った総司は、足音を立てずに林の中を進んだ。

「あの人がどんな思いでいたのか、あんたには分からない。分かっていたら、あのような仕打ちは——どうしてあの人をあんな目に遭わせたんだ」

あと数歩で林を抜けるという時、総司は木陰に身を潜めた。

古ぼけた納屋の前に、声を張り上げている少年と、恰幅のいい男が立っている。こちらに背を向けている少年の顔は見えぬが、総司よりいくつも年下のようだ。上背はあまりなく、ほっそりした身体つきを見る限り、目方も少なそうだ。

少年の前に立っている男も、背はさほど高くない。しかし、しっかりとした身体つきをしており、横幅があった。こちらを向いて立っているその男は、取り立てて特徴のない顔をしている。

だが、総司は彼から目が離せなかった。

（なんだ、あの目は——）

夜の闇だ。灯りもなく、月明かりも見えぬ、漆黒の闇——そんな色をしている。

「……人殺し！」

少年が男の胸倉を摑んで叫んだ瞬間、総司は林から駆けでた。

「——っ」

かすかな呻きが漏れ、額からつっと汗が流れた。前に立つ男は冷ややかな目で総司を見た。右手には鉄扇が握られている。少年に振り下ろそうとしたそれを防いだのは、とっさに抜いた総司の刀だった。総司に突き飛ばされた少年は、少し離れたところで尻餅をついていた。

（なんて重い……）

鉄扇の重さだけではない。そこにかけられた力のせいだ。腕がびりびりと痺れた。

「……こんなに力を込めて人の頭を殴ったら死にますよ」

睨みながら言うと、男は薄く笑んで身を引いた。鉄扇を畳み、懐にしまい込むのを見届けてから、総司も刀を引く。鞘の中にはしまわなかった。男は笑っているが、少年に鉄扇を構えた時からずっと殺気が漲ったままだ。

男は総司と少年の間を悠々と通りすぎ、林の中へ入った。後を追いかけたいのをぐっと堪えた。近藤たちに迷惑をかける事態は避けなければならぬ。

総司は息を吐き、刀を納めた。地に座り込んだままの少年に近づき、屈んで手を伸ばす。

「大丈夫かい。立てるかな」

丸く大きな目が、総司をじっと見た。爛々と輝く瞳は、先ほどの男とはまた違った意味で印象的だった。

誰かに似ている。思いだそうとしているうちに、少年は自力で起き上がり、林の方へ歩きだした。姿が見えなくなる寸前、一度振り返った。助けてくれとは頼んでいない——そう言っているかのような、悔しさの籠った眼差しだった。

納屋の前に残された総司は、右手を握って開いた。痺れは収まった。だが、まだ鉄扇を刀で防いでいるような気がした。鉄扇を振った時の剛力や、攻撃に対する躊躇のなさ、その身から放たれた殺気からして、男の実力のほどは窺えた。

（あの男は人を殺している）

男のことを何も知らないながらも、総司は確信した。胸のうちにぞわりとした感覚が浮かんだ。

強い——それも、凄まじく。

皆の許に走ると、ちょうど受付を終えた近藤たちが戻ったところだった。

「揃って出立しなけりゃならねえんだから、うろちょろするな」

総司の姿を見つけて早々、井上が言った。三番隊の井上は、小言を言いにわざわざこちらに来たらしい。彼の言葉に耳を傾けているのは、人のいい山南だけのようだった。

「おやおや、楽しそうですね」

「皆して浮かれやがって。ちっとは気を引き締めろ」

試衛館の面々を見回し、土方は顔を顰めて言った。

「土方さんこそ、まあ随分と嬉しそうだこと」

総司の言に土方は顔を背けた。分かりやすいと感心していると、原田が肘で突いてきた。

「どこがだよ、えらく怒っているじゃねえか。怖い怖い」

「あんなのちっとも怖くない。本当に怖いのは、目の奥が真っ暗闇の人ですよ」

「お前はたまによく分からんことを言いだす。たとえば、誰のことだよ」

そういえば、あの男の名も知らない。やっと気づいた総司は、辺りを見回した。

「間もなく、出立する。申し渡された隊へすみやかに整列しなさい」

本堂から出てきた男がよく通る声で述べた。

(……道中捜せばいいか)

あの男もあの少年も、おそらく隊の人間のはずだ。慌てて三番隊に戻っていく井上の後ろ姿を見送りつつ、総司は一人頷いた。

浪士組参加者は、総勢二百三十四名に上った。浪士取締役には、清河八郎、鵜殿鳩翁（うどのきゅうおう）、山岡（やまおか）鉄太郎（てつたろう）、石坂宗順（いしざかそうじゅん）、池田徳太郎（いけだとくたろう）、松岡万（まつおかよろず）の六名が就任した。一番隊から七番隊まで分かれ、それぞれ隊列を組み、中山道（なかせんどう）を進んで行く。列を乱す行為は禁止されたため、他の隊に紛（まぎ）れることはできない。陽が暮れる前に宿場に入る。割り振られた旅籠（はたご）の中に入ったら、よほどの変事がない限り、外出禁止と申し渡された。

「まるで軟禁じゃねえか」

八日目の旅を終え、奈良井（ならい）宿の旅籠に入って間もなく、原田は苛立（いらだ）った声を出した。

「獄に繋（つな）がれていた奴らもいる。一応、幕府が面倒を見ている隊だ。騒ぎを起こされちゃかなわないんだろう」

藤堂は畳の上に寝っ転がりながら言った。物分かりがよさそうな振りをして、顔に浮かんだ表情は原田に負けず劣らず不満げだ。

「そんな奴らと一緒にされちゃかなわんぜ、まったく」

ぶつぶつとこぼし、原田もごろんと仰向けになった。ちょうど部屋に入ってきた土方が、寝転んだ二人を見下ろして嫌そうな顔をした。

「だらしねえな。ここは試衛館じゃねえんだ。もっとしゃきっとしろ」

「ここにいるのは俺たちだけなんだからいいだろ。道中気を張りっぱなしで疲れてるんだ」

「お前のどこが気を張っているんだ。せめて端に寄って寝ろ。狭い部屋が余計に狭くなる」

原田を足蹴（あしげ）にしつつ、土方は顔を顰めて言った。

「近藤さんは」

窓の縁に腰かけている総司が問うと、土方は低い声音で、まただと答えた。

「またかよ。近藤さんも何考えてるんだか」

呆れ声で述べた原田に、土方は知らねえと吐き捨てた。

「怒るなよ。俺は悪くない」

「では、近藤さんが悪いというのか」

「藤堂、お前までなんだ。近藤さんが奴と仲良いのが面白くないからって、俺に当たるな」

「馬鹿を言うな。俺は男相手に嫉妬などしない」

原田と藤堂は、寝転んだまま言い合った。苛立っているのだろう。なぜ、近藤があの男に近づいたのか——共に上洛した仲間は、皆そう思っている。

あの男は、芹沢鴨という。変わった名だが、自ら好んでつけたらしい。歳は近藤と同じとも、四十近いとも言われている。水戸藩出身で、兄は馬廻組だ。当人は他家に養子に入ったが、尊王攘夷活動に目覚め、妻子を捨てて天狗党に入ったとの噂だった。

天狗党は、水戸藩の尊王攘夷派が中心となって結成された。水戸藩は二代藩主光圀の頃から尊王攘夷の思想が篤い。九代藩主斉昭の時代には、藤田東湖など能力のある下級武士を重用し、藩政改革を行なった。斉昭も東湖も強硬な攘夷論者だったため、開国に揺れる時代も相まって、藩内でますますその思想が盛んになった。しかし、そうした動きに慎重な者たちもいた。彼らは諸生党と呼ばれ、天狗党と激しく対立するようになる。対立を煽るように、水戸浪士たちは、桜田門外の変や東禅寺事件、坂下門外の変といった事件を起こした。水戸は御三家の一つでありながら、幕府から警戒されている。特に天狗党は、監視の目が厳しかった。

芹沢が天狗党でどのような役割を果たしたのかは知らぬが、そこで出会った仲間数人が、彼に付き従って浪士組に参加したようだ。芹沢は、実力も人望も高いと評判であると同時に、それが宝の持ち腐れだと隊内で揶揄されてもいた。

江戸を出立してから数日の間、芹沢はすでに何度も騒ぎを起こしている。主に、酒を呑んで暴れた結果だったが、小さな揉め事ならもっと起こしているのかもしれぬ。素面の時は大人しいもののの、ほとんど酒を手放すことがないようだ。

——故郷で人を斬ったらしい。一人二人じゃない。何人もという話だ。

——獄に繋がれていたが、こたびのために恩赦だそうだ。本来は死罪だったとか……。

——恐ろしいほどに腕は立つ。だが、心に義はない。だから、誰彼構わず手を上げる。つるんでいる新見という男もひどいものだ。芹沢と張るほどの酒乱だ。

数日のうちに、芹沢と仲間の悪評が浪士組内に知れ渡った。問題がある人物が大勢参加しているという話はあったが、いまのところ芹沢の話題ばかりだ。

「若先生は、芹沢さんが強いから気に入ったんでしょうね」

「ただの噂だ。本当の腕前など分かりゃしない」

「分かりますよ」

「お前ほどの腕になると、手合せせずとも相手の力量が分かるのか」

皮肉げな顔をして述べた土方に、総司は内心こう答えた。

(手合せしたよ)

伝通院の裏の林を抜けた先で起きた一件後、総司はあの男を捜すと決めた。人数が多いのですぐには見つからぬと思っていたが、出立の時には相手の名まで分かった。総司たちが属する六番隊の小頭だったのだ。

芹沢鴨――浪士組内でもっとも警戒され、恐れられている男だった。

「確かに、近藤さんは強い人がお好きだ。奥方もしっかりされている」

壁に寄りかかって座している山南が、ぼそっと答えた。宿に入ってからずっと書物を読んでいるが、しかと話を聞いていたらしい。

「だが、強い人だけがお好きとは思えない。強い人が好きなのは総司の方だろう」

山南は書物から目を離さず、笑って言った。そうだろうか、と総司は首を捻った。いくら強くとも、少年の頭を鉄扇で叩き割ろうとした男に好い印象はない。諍いの理由を問いたかったが、あれから総司は芹沢と口を利いていなかった。行動にさほどの制限がなかった頃、思い切って話しかけようとしたが、芹沢の傍らにいた近藤を見て、総司は固まった。皆がなるべく芹沢とかかわらぬようにしている中、近藤は自ら近づき、熱心に話し込んでいる。原田たちはそれが気に入らぬようだ。

「あんな奴よりも近藤さんの方がずっとえらい。えらい奴が上に立つべきだ」

原田が不満を呟いているのを聞きながら、総司は窓の外を眺めつづけた。そこには、芹沢と近藤の姿があった。かれこれ四半刻になる。そろそろただ見ていることに飽きてきたが――。

突然総司は窓の縁から畳に下り、廊下へ急ぎ駆けでた。背後から、仲間たちの驚いた声音が聞こえた。それに構わず、階段を二段飛ばしで下り、薄闇が広がっている外に出た。

「お二人ともそろそろ宿に戻ってください」

総司は声を張り上げた。逗留している宿は勿論、隣近所に聞こえるくらいの大音声だ。

「総司……」

近藤は、驚いた顔をして呟いた。両腕は身体に添って垂れている。かたや、芹沢は、腰の刀に手を掛け、今にも抜こうとしていた。

「先ほど、上役の方が来られたんです。助けると思って早く戻ってください」

明るい声を上げつつ、総司は二人の間に割って入った。殺気を浴び寒気がしたが、気づかぬ振りをした。「失礼します」と芹沢に頭を下げた総司は、近藤の腕を引き、歩きはじめた。このまま足早に去るつもりだったが――。

「ふふふ……ふはははははははは」

恐る恐る振り向くと、腕を組んだ芹沢が、胸を反らせて高笑いしている。常軌を逸した笑い方に、総司はますます寒気を覚えた。

「総司、悪かったな。戻ろう」

今度は近藤が総司の腕を引いて歩きはじめた。芹沢の笑い声はまだ止(や)まない。宿の角を曲がろうとした時、土方たちと鉢合わせした。

「あの野郎、近藤さんを斬ろうとしたな……」

低い声音を出した藤堂は、芹沢の許へ駆けていこうとした。原田がとっさに羽交い絞めにし、山南が宥(なだ)めたため、事は未然に防がれた。しかし、怒りが収まらぬのは皆同じだったようで、その場から動こうとしない。そのうち、騒ぎを聞きつけた井上がやって来て、いつもの如く叱りつけた。

「芹沢さんはどうして刀を抜こうとしたんです」

部屋に戻りながら、総司は小声で問うた。

「さあなあ……俺にもよく分からんのだ」

近藤は困ったように答えた。まるで覚えがないという。

「俺が気づかぬうちに、何か気に障るようなことを言ってしまったんだろう」

近藤はそう言ったが、得心がいかなかった。近藤は裏表がなく素直だが、他人を気遣う繊細な心も持っている。だから、芹沢も気を許し、よく話していたのだろう。

(ああいう手合いは、一度気を許したらどこまでも受け容れそうなのになあ)

何がそれほど気に障ったのか、総司には見当もつかなかった。

この夜の一件は、上役から厳重注意を受けた。総司の台詞はでまかせだったが、現のものとなった。

「浪士組の一員ということを忘れず、くれぐれも自重するように」

宿を訪ねてきた清河は、怪しむ目付きで総司たちを見回して言った。厄介者は去れ——そう言われているような心地がした。


「俺たちなど、いてもいなくても変わらんらしい」

「いいさ、期待されていない方が気楽だ。それでも給金は出る」

「もらった金の分くらいは働く。それ以上は金によるな」

浪士組の旅が進むにつれ、愚痴を漏らす者が増えた。隊士の大勢は、総司たちと同じ平隊士だ。何の役にもつけず、ただ歩いている。将軍の警護といっても、肝心の本人はそばにいない。不平不満が出るのも仕方がなかった。試衛館の面々も、原田や藤堂を筆頭に文句を垂れたが、道中は口を引き結び、真面目に行進した。無駄口を叩こうとすると、土方が「黙って歩け」と怒鳴ったからだ。

「張り切っているなあ。もう少し力を抜けばいいのに」

前を歩く土方を眺めながら、総司はぽつりと述べた。

「あの性格じゃ難しいだろうよ」

傍らを歩く山南が、くすりと笑って言った。浪士組に対する不満は方々から湧いていたが、怒りに任せて組を脱するような者はほとんどいなかった。浪士組は皆にとって夢なのだ。今は大した活躍ができずとも、この先必ず――という気持ちがあったのだろう。

(果たしてそう上手く行くのだろうか)

浪士組に特段思い入れのない総司は、日に一度はそんなことを考え、すぐに忘れた。

二十三日、浪士組一行はついに京入りを果たした。

大勢の浪士たちが大挙して歩く。当然、江戸でのように奇異の目で見られるかと思ったが、あからさまな視線を向けてくる者はいなかった。立ち並ぶ商家の前を通りすぎながら、総司は心の中で(へえ)と感心の声を上げた。京の町は、江戸と比べてどことなくきらびやかだ。店も、そこに並んでいる品も、往来にいる人々も、田舎臭さがなく、あか抜けて見える。それは皆も気づいているようで、市中に入ってから、方々でざわめきが起きた。

「都だ、花の都だ」

総司の前を行く藤堂が、嬉々とした声を上げた。見目がいいので、ちらちらと見てくる女もいたが、当人はあちこちに視線を向けるのに忙しく、気づいていない。

「見ろよ、新八っつあん。京の女は異様になまっちろいぞ」

「恥ずかしいから指差すな。とりあえず、手でも振っておこうぜ」

原田と永倉が両手を振りだしたため、土方が「やめろ」と低い声で叱った。総司が横でふきだすと、土方はじろりと睨んでくる。

「すっかり源さんの代わりになっちゃったなあ」

「俺はあんなに口煩くない」

「土方さんが、とは言ってませんよ」

笑って言うと、土方は舌打ちをした。

「島原に行くか、それとも祇園か」

「遊里しかねえのかよ」

「当たり前だ。『花』の都だろ。花を楽しまずして何をするという話だ」

至る所で陽気で明るい声が上がり、隊列が乱れた。

「浪士組、まっすぐ歩け！」

前から大音声が上がった。皆が黙ったのは一瞬だった。誰もが都と都に住まう人々に心奪われ、浮かれている。

(確かにきらびやかだ。でも、そう変わらないよ)

空の高さ、春の風の強さ、踏みしめた土。故郷で身近にあったものと比べながら歩いていた総司は、そう得心しかけたが——。

みっともない。

そんな呟きが聞こえ、周りに視線をやった。藤堂たちではない。仏頂面の土方も、内心喜んでいる様子だ。ならば、山南かと前を見ると、近藤と熱心に語り合っていた。

総司は皆に気づかれぬように、そっと列から外れた。後列に紛れながら、息を潜め、神経を研ぎ澄ました。浮かれていられるのも今のうちだ——先ほどの呟きと同じ声が聞こえた時、肩を叩かれた。

「勝手にいなくなるな」

そう言ったのは、総司を捜しにきた土方だった。素直に謝りつつ、総司は元の列に戻った。結局、声の主が誰なのかは分からなかった。

(同じ隊にいるなら、こちらもそのうち会えるだろう)

しかし、その考えは甘かった。浪士組は二百人を数える大所帯だ。伝通院のような大きな寺でも溢れんばかりだったが、滞在するとなるともっと広い場所が必要だ。浪士組の上役たちが用意したのは、御所から離れた場所にある、田畑が広がる壬生村の寺や郷士宅だった。総司たち試衛館の面々は、割り振られた八木邸に入った。

「厄介払いだな」

着いて早々、土方は舌打ち交じりに言った。あの一件ですっかり目をつけられてしまったのだろう。しかも、芹沢たちと同宿だった。今は姿が見えぬが、そのうち来るはずだ。

「上の奴らも何考えてるんだ。ひと悶着あった連中を一緒にまとめるかね」

「だから厄介払いなのさ。勝手に喧嘩して、さっさといなくなれということだ。何か起きても、我関せずで押し通す気だろう。意気地がないぜ」

原田の呟きに、藤堂が鼻を鳴らして答えた。

「だが、近藤さんたちには吉報だったようだ。今しがた、近くの空き家に連れだって入っていくのを見かけた」

山南がのんびりとした声音を出した。一瞬の沈黙の後、原田がドンッと畳を叩いた。

「何考えてんだよ、近藤さんは！」

でかい声を出すな、と叱った井上も渋い顔をしている。永倉、藤堂も同様で、土方は常にも増して仏頂面だ。

「まあ……気がお合いなんだろう。近藤さんは懐が深い。俺たちが分からぬ長所を見つけられたのかもしれんよ」

「懐が深すぎるのも考えもんだな。俺は浅いままでいいわ」

山南のとりなしに、原田は腹を掻きつつ答えた。頷く永倉と藤堂を見て、総司は苦笑しながら腰を上げた。すかさず、土方が「やめておけ」と声をかけた。

「迎えにいくつもりだろう。お前の考えることなんざ、皆お見通しだぜ」

土方の心を代弁したのは藤堂だった。皆から注視され、総司はちぇっと舌打ちした。

「勝手に心の中を読まないで欲しいよ」

考えが顔に出るお前が悪い、と言われ、渋々腰を下ろす。

(分からないなあ)

総司は溜息を吐いた。あの晩、近藤は確かに芹沢の逆鱗(げきりん)に触れたはずだ。

「知らない間に仲直りしたのかな……」

「何が仲直りだ。餓鬼の喧嘩じゃねえんだぞ」

土方の嫌みを、総司はそっぽを向いて聞き流した。


芹沢たちと衝突し、浪士組を除隊させられたらかなわない。たとえ、喧嘩を売られても相手にするな——土方が鬼の形相(ぎょうそう)で言ったので総司たちは素直に頷いたが、懸念したようなことは起きぬまま、六日が過ぎた。芹沢たちは外出してばかりで、留守にしていることが多い。そこには、近藤も参加した。

「……俺たちの大将じゃないのかよ」

原田がそんな愚痴をこぼした七日目のことだった。浪士組一同は、壬生村の新徳寺に集められた。今後の活動についての説明が行なわれる——誰もが当然のようにそう思ったはずだ。

その予想は見事に外れた。

「我らの心願は、尊王攘夷だ。幕府の下にいては、攘夷の先鋒は務められぬ。天子さまのご意志に従い、江戸に帰ることと相成った」

清河の口から飛びだした言葉に、その場は騒然とした。

「おい……一体どうなっているんだ」

「分からんが、ともかく江戸に帰るということだろう」

状況が分からず、ただ困惑する者。

「公方さまは京に残られる。攘夷の実行はもとより、警護はどうなる」

「来るときのことを考えろ。公方さまもいない道をただ歩いてきただけではないか。我らがいても警護になどつかせてもらえぬに決まっている。清河さんもそれを申されているのだろう」

「攘夷の実行も怪しいものだ。京で手をこまねいているしかできぬのなら、江戸に帰って隊独自の活動をした方がいい」

浪士組の本懐について論じ合う者。新徳寺の堂内に、動揺が広がった。総司たちも顔を突き合わせて、話しはじめた。

「……どうする」

眉を顰めて永倉は言った。

「俺はいまいちよく分からんのだが」

総司たちのそばに寄ってきた井上が、困惑した様子で述べた。

「要は幕府を裏切るってえことだ」

土方の言に、井上は「へ」と間の抜けた声を上げた。

「奴の言うことは分からんでもないが、やり方が気に食わない。給金をもらっておきながらとんずらこくなど、ただの盗人(ぬすっと)だ」

率直な物言いをした藤堂を、原田が肘で突いた。総司は場違いに笑いそうになった。原田は粗雑で気が荒いが、案外気を遣う男だ。

「近藤さんはどう思われますか」

山南は常通りの落ち着いた声音で問うた。うむ、と頷いた近藤は、腕組みをして黙り込んだ。なかなか返事がないことに焦れたらしい藤堂が、「俺は」と言いかけた時だ。

びしり、と重い音が響いた。

堂内が一瞬にして静まり返る。皆の注目を一身に集めた男は、大きな音を立てた鉄扇を手に持ちながら、ゆらりと立ち上がった。男が足を踏みだすたび、床がみしりと音を立てた。隙間なく埋まっていた床は、気づけば男が前に進むための道ができていた。

清河の横に立ったその男は、昏(くら)い目をして言った。

「腑抜けどもめ」

「な、何だと……」

怒りつつも怯(おび)えたような声を出したのは、清河の後ろにいた石坂宗順だった。道中、もっとも芹沢に睨みを利かせていた男だ。石坂は近藤のことも気に入らぬようで、芹沢と近藤が共にいるのを見かけるたび、不機嫌そうな表情を露わにした。

「ご賛同いただけないか」

清河は顔色一つ変えずに言った。荒くれ者たちを束ねる頭だけあって、肝が据わっている。芹沢もそれを認めたのか、ほんの少し険のある表情を和らげ答えた。

「お主が申した通り、我々は尊王攘夷の士だ。天子さまのご意向を受け、手足となって働く――それが本懐であることは間違いない。だが、公方さまのご厚情がなければ、我々のような者たちは上洛さえかなわなかった。俺のように、命を救っていただいた者も多かろう。そうした恩義を忘れ、己の都合のみで皆の道まで勝手に作り変える――そのような小狡く卑怯な真似をする者に誰が命を預けられるだろうか。天子さまの手足となって働く公方さまを俺はお支えする。そのために京に残る。お主らとはここでお別れだ」

堂内の隅々まで響きわたるような、朗々とした声音だった。

（……そうか）

総司はこの時はじめて近藤が芹沢に近づいた理由が分かった。芹沢は、酒乱、粗暴、と短所をいくらでも挙げられる男だが、たった一言で人の心を摑んでしまう力がある。それは魅力と言い表せるほど優しいものではない。身も心も打ちのめしてくる強引な力だ。

（やはり、若先生は強い人が好きなんだ）

くすりと笑った総司は、舌打ちを漏らした土方を一瞥した。やられた――顔にはそう書いてある。総司が感心したように、皆も芹沢の演説に思うところがあったのだろう。周囲を見回すと、土方と同様の表情を浮かべている者が大勢いた。

ここは皆の出方を探りつつ、様子を見よう――暗黙の了解のごとく漂っていた空気をぶち壊し、主導権を握ったのは芹沢だ。この後は誰の言葉もかすんでしまう。芹沢以上の弁論ができぬのなら、黙っているしかない。

だが——。

「私も賛同しかねる」

総司は息を呑んだ。眼前に座していた己たちの大将が、立ち上がって大声を発した。清河は発言した近藤をじろりとねめつけ、「貴殿もか」と冷ややかな声音を出した。

「私は天領に生まれ育った身。幼少の砌(みぎり)から公方さまのお役に立つことを考えてまいった。ここに来て裏切るような真似はできかねる」

「裏切るわけではない。公方さまは天子さまの忠臣であられる。天子さまのご意向に従うことが、ひいては公方さまの御為になるのだ」

「私には詭弁(きべん)にしか聞こえない」

清河はぴくりと眉を顰めた。失笑しつつ、「俺もだ」と言ったのは芹沢だ。近藤と芹沢の目がぴたりと合った。

「……思想が異なる者に無理強いをする気はない。我々は尽忠報国のために東帰するが、貴殿らはこの先どうされるおつもりか」

嘆息交じりの清河の問いに、芹沢はあっさり答えた。

「俺は残る」

芹沢の同志たちが慌てて同意の声を上げた。

「私も残りましょう」

そう言った近藤は、ちらりと総司たちを見遣った。即座に反応したのは、原田と藤堂だった。

立ち上がって頷いた二人に、永倉も続いた。顔を見合わせた土方と山南は、目で会話しているようだ。井上は困惑した様子で、窺うように総司を見た。

「俺も残ります」

総司は声を張り上げ起立した。堂内に響いた叫びに、「私も」としわがれた声が続いた。

「根岸(ねぎし)殿……あなたまでそのようなことをおっしゃるのか」

信じられぬという顔をして述べた清河に、根岸と呼ばれた老人は顔を顰(しか)めて答えた。彼は芹沢と違った意味で有名だった。

豪農の家に生まれた根岸友山(ゆうざん)は、玄武館で北辰一刀流を習い、『江戸繁昌記』を記した寺門静軒(てらかどせいけん)に儒学を学び、剣術道場と私塾を建てた。文武両道、尊攘の志に篤い根岸に浪士組参加要請の書簡を送ったのは、他ならぬ清河だった。

「それはこちらの台詞だ。まさか貴殿のような草莽(そうもう)の士が、そのような世迷言(よまいごと)を申すとは……だが、それが貴殿の本願なのだろう。好きにすればよろしい。貴殿らが勝手をするならば、こちらの勝手を咎(とが)められる謂(いわ)れはない」

「ご一考願いたいところだが、かなわぬようだ」

根岸をじっと見据えた清河は、苛立ちを隠しきれぬ表情を浮かべて言った。

堂内が再びざわめきはじめた。段々と声が大きくなるなか、「静粛に」という声が響いたが、誰も従う者はいなかった。

収拾がつかぬまま、この日は解散となった。新徳寺からそれぞれの宿に戻る道すがら、一同は清河の言葉を反芻(はんすう)している様子だ。人目を気にして口を噤(つぐ)む者が多いが、中にはわざと周りに聞こえるような大きな声で発言する者たちもいた。

「劣勢に向きが変わったからとて、一方的に話を打ち切るとは情けない。こちらの心などとうに決まっている。我々は残る。清河らは今から帰ればよろしかろう。あのような妄言に従う者などおらぬはずだ」

煽るような根岸の叫びが皆の心にどれほど響いたのか。数日内に答えが分かるだろう。試衛館の面々は、根岸たちを横目で見ながら、目と鼻の先にある八木邸に向かった。

近藤が遅れていることに気づいた総司は、振り返った。途端、目が合い、ハッとした。その相手は、背を向けていた近藤ではなく、彼と向かい合っていた芹沢だった。芹沢の視線が背後にあるのを察した近藤が、ちらりとこちらを見た。

「先に戻ってくれ」

総司はしばし迷って頷いた。近藤と芹沢二人きりなら強引についていこうと思った。だが、残留を唱えた根岸や、どうやら彼に賛同したらしい殿内義雄、家里次郎といった者たちも共に話し合う素振りを見せたので、大人しく引き下がった。


近藤は無事戻ってきたが、皆が安堵の息を吐いたそばから、思わぬことを話しはじめた。

「同盟を組む……芹沢たちとか」

「同盟というほど大げさなものではない。今後こちらで活動する上で、協力できるところはしていこうという話だ」

浪士組が当初提示した通り、将軍の攘夷実行に助力する。当面京にいることになるため、その間円滑な活動ができるように支援者を探す。活動していく上で必要不可欠な衣食住は、八木・前川家を引き続き使えるように持ち主にかけ合い、両家の協力を仰ぐ。幕府の指示を待ちつつ、己たちの判断で市中の見回りを行なう——近藤が穏やかな口調で語ったのは、芹沢たちとの同盟に他ならなかった。そこには、先ほど総司が見かけた根岸や殿内も含まれていた。

「芹沢と組んで大丈夫なのかね……誰かと足並み揃えてやっていけるような奴には思えん」

原田の呟きに、その場にいた大半の者が同意するような表情を浮かべた。京に来るまでの短い道中でさえ、芹沢は様々な問題を起こした。皆は知らないが、伝通院では人を殺しそうになった。あのまま少年を手に掛けていたら、芹沢は今頃どうなっていたのだろうか。誰かに知らせておくべきだったのかもしれぬ、と総司は今さら悔いた。

「不安がないわけではないが、些末なことに感じた。重要なのは志だ。俺はあの時の芹沢さんの言葉に心打たれた。あの男となら、共にやっていきたいと思った。皆はどうだ」

近藤は、迷いのないまっすぐな瞳で一同を見渡した。総司たちはそれぞれ顔を見合わせて、ふっと相好を崩した。

「近藤さんの目は確かだからなあ。俺たちのような優秀な人材を見つけだし、道場に引っ張り込んだ」

「勝手に居候を決め込んだだけだろ」

「そういうお前もな」

原田、藤堂、永倉が常のごとく調子よく話すので、総司と山南は笑い声を上げた。

「……何とかなるといいがなあ」

腕組みをし、ぼそりと呟いた井上は、難しい顔をしている。近藤の少し後ろに座している土方は、俯いたまま反応がない。そんな二人を見遣った近藤は、眉尻を下げて言った。

「勝手にことを決めてすまん。だが、俺はどうしても志を遂げたい——それがたとえ苦難の道であろうとも、突き進むべきだと思っている」

井上は首を縦に振った。顔を上げた土方は一瞬虚を突かれたような表情をしたが、井上に倣って頷いた。

その後、天然理心流の他の面々も交え、話し合いの場が持たれた。妻子ある林太郎らは東帰することとなった。

「無理はするなよ。お前に何かあったら、おミツが哀しむ」

心配そうに述べた義兄に、総司は真摯な表情で頷いた。近藤たち試衛館一同は京に残ることに決まった。同盟相手の芹沢たちも無論残留となった。

浪士組が京を発ったのは、三月十三日のことだった。京に残ったのは、わずか二十三名。伝通院に集った時は人数の多さに辟易したものだが、今となっては贅沢な悩みだった。

「何一つ事を為しちゃいねえのに、とんぼ返りとはみっともねえ」

八木邸の前で京を後にする面々を遠巻きに見送りながら、原田が言った。

「俺たちだってまだ何も為しちゃいないがな」

「馬鹿言うな。これからやるんだよ」

「お前が言うと、単に暴れるだけのように聞こえる」

永倉の苦笑交じりの言に、原田がふんと鼻を鳴らして答えた。

「たった二十四人で暴れても、大した騒ぎにはならないからな。存分に暴れてやるさ」

残留組は二十三人だが、そこに後から京に来た男が一人加わった。

——俺は浪士組に何の義理もない。

そう言って見送りに出なかったのは、久方ぶりに会った斎藤一である。斎藤と会ったのは、船河原橋の一件を伝えにきた日以来だ。にわかに京に現れた斎藤を見て皆驚いたが、当人は表情一つ変えなかった。たまたま京にいた斎藤は、浪士組東帰の話を聞きつけ、残留組に加入するために来たという。

「その機が来たら止めないが、それまでは大人しくしていろよ。何もないのに暴れたら、誰かさんのようになるぞ」

半目でじとりと原田を見ながら、永倉は言った。原田も総司も、永倉が例に挙げた人物が誰かすぐに分かった。

――なあ、左之助……あと十年したら、お前えは芹沢のようになるんじゃねえか。

不安げに述べたのは井上だった。血気盛んな原田を心配しての言に、原田以外の皆が腹を抱えて笑った。

「芹沢さんと原田さんは似てないよ。芹沢さんの方が断然腕が立つし、頭も切れる。あの人の才には誰もかなわない」

言い切った総司は、踵（きびす）を返して歩きはじめた。背後から原田の喚（わめ）き声が聞こえた。

浪士組という活動の母体を失った今、できることは限られていた。近藤や芹沢たち年長組は支援者探しを、総司や藤堂たち年少組は自主的に市中巡察を行なった。今の総司たちは、不逞浪士を見つけても取り締まる権限すらない。巡察というよりも町をふらついているだけのような気もしたが、地理を覚えるのにはよい機会だ。

刀を帯びた総司を見ても誰も何も言わない。近頃はよく長州（ちょうしゅう）浪人がうろついているので、見慣れているのだ。口を開かなければ、総司のことも長州の者だと思うのかもしれぬ。京は、よく言われるように碁盤の目のようだ。路（みち）の名さえ覚えれば、迷うことはない。名と場所が一致してきた頃、よい知らせが舞い込んだ。

芹沢が伝手を頼り、京都守護職に嘆願書を出していたが、それが認められ、正式に会津藩の配下となったというのだ。その嘆願書には、先日近藤が総司たちに語ったような内容が書かれていた。

「上手いところに目をつけたな。京都守護職は、公方さまの信が厚い会津中将を頭に、その下には有能な家臣がついていると聞く。就任当初は貧乏くじを引いたと嘲笑されていたが、何とか持ちこたえているようだ。人材不足は否めぬため、俺たちのような烏合の衆であっても、志と実力があれば雇ってもらえる」

早口で話す土方を見て、総司はへえと声を漏らした。

「何とかなりそうでよかったですね」

「他人事みてえに言うな」

「他人事ですよ。俺には頼る伝手などないし、支援者を口説くこともできません」

総司は政が苦手だ。だが、試衛館には、才子の山南をはじめ、近藤や土方、藤堂や永倉など、時事を論じる力がある者がいる。

「不得手なことをわざわざやる必要はないと思うんです。そんなことをしている暇があったら、得意なことをもっと得意にした方がいい。俺は剣の方がずっと得意だから、そちらを真面目にやるべきでしょう。難しいことはあんたたちに任せますよ。信じてますから。俺は近藤さんたちが作ってくれた道を歩きやすいように草刈りして、地を均して歩くだけです」

「……まだ上手くいくと決まったわけではねえがな」

むすっとして答えた土方を、総司は大いに笑った。

正式に会津藩の配下となった七日後、老中板倉勝静に建白書を提出した。四人の病人、殿内、家里が抜けたため、十八名の連名となった。

——少々思うところがあるので、今回は辞退する。

殿内と家里はそう言ったらしい。皆はあれこれ文句を述べたが、総司は興味がなかった。

「壬生浪士組か……」

屯所の地名をつけただけだが、隊名を得た。総司もこれにはにっこりと笑んだ。

建白書提出から三日後、五名の会津藩士——本多四郎、望月新平、諏訪伝三郎、吉田源次郎、佐久間悌治郎が壬生を訪れた。出迎えた総司たちは、揃いの紋付を着た。これは、会津藩から支給された手当で作ったものだ。

酒宴の前の余興として、壬生浪士組の面々と会津藩士たちは、屯所の隣にある壬生寺で狂言を見た。

「——素晴らしい」

舞台を眺めながら、望月がぽつりと呟いた。舞台の上には、凜々しい姿の源頼光と、白い糸を撒く土蜘蛛がいる。

壬生狂言と呼ばれるそれは、すべての演者が面をつけ、一言も発しない無言劇だ。起源は正安二年の頃まで遡るらしい。当時、京で流行していた疫病の平癒を図る目的で、円覚上人が壬生寺において念仏の教えを説いた。上人は、人々に分かりやすく伝えるため、身振り手振りを用いた。それが壬生狂言のはじまりとされている、大念仏会だ。

正安二年から続く壬生狂言は、年に三度ある。壬生狂言は昼の勤行と決まっており、壬生寺本尊の延命地蔵菩薩に奉納される。壬生狂言を演じているのは、壬生大念仏講の人々だ。壬生村に住まう人々に演じられ、その子孫に受け継がれてきた。面をつけているので顔は分からぬが、背丈や動きからして老人と思しき者、童子も混じっている様子だ。

「本当に素晴らしいですねえ」

同意すると、望月はちらりと振り向いた。優しげな微笑を見た総司は、嬉しくなって続けた。

「あれほど大量の糸を撒いているのに、少しもこんがらがらないんですね。先ほど見た『炮烙割』も凄かった。並べている最中に落ちて割れてしまうかと思いましたが、隙間なく綺麗に積み上げられた。炮烙を叩き割るのは楽しそうだったなあ。でも、笛を吹くのは大変そうですね。四半刻以上吹きつづけている人もいましたが、よく息が続くなあ。俺にはとても無理です。茹でた蟹のように真っ赤になっちまうかも」

「黙って見ろ」

小声で叱ったのは、総司の両隣に座った土方と井上だ。望月はくすりと忍び笑いを漏らし、前に向き直った。両隣からの睨みに肩をすくめた総司は、大人しく舞台を観た。

「よきものを観せていただきました」

狂言が終わった後、本多は言った。会津藩士たちが浮かべた満足げな表情に、総司たちは顔を見合わせてほっと息を吐いた。

「酒宴の席をご用意しております。どうぞこちらへ」

小さな目をさらに細めて言った近藤は、本多たちを屯所に誘った。

「『土蜘蛛』も『炮烙割』も面白かったけれど、俺は『大江山』が一番よかったな。小鬼が大勢いて、可愛かった」

壬生寺の山門を潜りながら、総司は誰に言うともなしに言った。『大江山』は、大江山に住む悪名高き妖怪・酒呑童子を酒に酔わせて倒す、源頼光ら一行の武勇伝だ。普段の酒呑童子は人間の美男にしか見えぬが、鬼に変化した瞬間、恐ろしい姿になる。面をつけかえただけでこれほど変わるのかと総司は感心した。強敵の酒呑童子を倒したのが主役の頼光ではなく、彼を助けにきた仲間の渡辺綱たちだったところも気に入った。

「何がお好きでしたか?」

総司は目が合ってしまった芹沢に問うた。『賽の河原』という返事に、総司は目を瞬いた。『賽の河原』は、閻魔大王の怒りを買った嘘吐きの亡者が、鬼たちに鉄棒で打ち据えられた上に舌を抜かれ、釜茹でにされる話だ。演目の終盤、厠に立った総司は、亡者が最後どうなったのか知らなかった。

「最後は食べられて終わりですか?」

「否……だが、嘘吐きには罰が下る」

低い声音で述べた芹沢は前をじっと見据え、鉄扇をパチンッと鳴らした。

屯所での宴は、つつがなく執り行われた。酒乱の芹沢と新見が酔って暴言を吐くのではないかと懸念していたが、杞憂だった。珍しく酒をほとんど口にしなかった芹沢は、本多たちと時局について語り合った。

いつもは共に暴れる芹沢が大人しいのが面白くなかったのだろうか。舌打ちを漏らした新見は、部屋の隅で浴びるように酒を呑み、そのまま寝てしまった。

「疲れたな……」

本多たちを見送った後、原田がぽつりと述べた。皆、芹沢たちの動向に気を揉んでいたのだろ

う。深々と頷く永倉や藤堂に、総司が笑い声を上げた時、

「——殿内が逃げた」

そう言って屯所に駆け込んできたのは、家里だった。


「会津からの支度金を持ち逃げしただと……」

永倉の叫びに、真っ青な顔をした家里はこくりと顎を引いた。

「殿内は、この隊を抜けようと俺に誘いをかけてきた。俺は正直どうすべきか迷った……だが、殿内が支度金を持ち逃げしようとしているのを知り、慌てて止めた」

返すように諭したが、殿内は家里の制止を振り切り、逃げたという。二人は島原にいた。家里の供述が確かなら、殿内は逃げだして間もない。今追えば、見つかるかもしれぬ。

(……馬鹿なことをする)

四条を駆けながら、総司は溜息を呑み込んだ。家里たちがそのうち隊を出るのではというのは、皆が思っていたことだ。迷った、という家里の言は本音に違いない。だが、彼は殿内の暴挙を知り、冷静になった。殿内はなぜ暴走してしまったのだろうか。

——殿内を見つけたら、必ず屯所に連れて帰ることだ。殺すのは罷りならん。

厳かな声音で述べたのは、根岸だった。最近は距離を取った様子だったが、一時とはいえ仲間に引き入れた相手だ。殺すのは忍びないと思ったのだろう。

——承知した。だが、手向かい致す時は容赦せぬ。こちらがやられてはかなわぬからな。

ニヤリとして答えたのは、芹沢だった。常だったら試衛館の誰かが非難の声を上げるところだったが、反論一つなかった。殿内は昌平坂学問所に二度入学し、学問をよくする。剣術の腕前

は大したものではないらしいが、謀略を張り巡らされ、後れを取るようなことがないとも限らない。何より、殿内は苦労してようやく手に入れた伝手――京都守護職より賜(たまわ)った金を盗んだのだ。皆の怒りは当然だった。

捜索をはじめて半刻ほど経った頃、総司は四条大橋の袂に到着した。

数間先に、男が仰向けに倒れている。その男の横に、見覚えのある男が屈み込んだ。倒れている男の手をこじ開け、握られている何かを奪った男は、さっと身を翻(ひるがえ)した。

総司は近くの木陰に身を隠し、男が通りすぎるのを待った。騒がしく鳴り響く心の臓に、鎮まれと命じているうちに、男は姿を消した。

総司が木陰から出たのは、「天誅(てんちゅう)や」という声が上がった時だった。

「お侍はんが斬られとる。また天誅や」

「あかん……この人もう死んどる」

橋の上を通りかかった者たちが騒ぎだすと、何だ何だと人々が集ってきた。

「ここは壬生浪士組に預けてもらう」

そう叫び、野次馬たちを追い払ったのは、駆けつけた永倉と藤堂だった。その後、芹沢や近藤たちも来て、倒れている男――殿内の遺体の見分が行なわれた。

「腹を袈裟懸(けさが)けで払い、倒れた後、顔に傷をつけた、か。顔に×印とは相当恨みに思っていたんだろう。金でも盗まれたのかね」

藤堂の笑えない冗談を、誰も咎めなかった。遺体を囲み、話し合う仲間たちから数歩離れた場所に立った総司は、輪の中にいるその男を見つめた。

殿内殺しは、壬生浪士組による粛清ということで落ち着いた。

「やってもねえことの罪を被る必要はないだろうに」

原田はぶつぶつと言ったが、粛清ということにしたのは隊士たちの総意だった。殿内が死んだことで、金を持ち逃げした件がうやむやになった。それでよしとしてしまえば、綱紀が乱れることは必至だ。罪を明確にし、処罰はきっちり与えなければならぬ——そう言ったのは、意外にも芹沢だった。

「一番破りそうな奴が言うなよな」

「原田さん、ご指名ですよ。愚痴は後で聞いてあげるから行ってください」

「分かった分かった」

面倒臭そうに答えつつも、原田は嬉々として集っている者たちの許に向かった。声をかけた総司は、原田が足を抱えて座っていた縁側に腰をかけた。

「槍を使う奴は誰だ。この原田左之助が技量を測ってやる」

槍の柄で肩を叩きながら、原田は偉そうに言った。庭にいた十数名のうち、二人が返事をした。槍使いは他にもいたはずだが、総司と手合せして動けなくなったらしい。へばっている者たちを眺めて、総司はやりすぎたと苦笑した。

隊士募集を提言したのは、山南だった。異論は一つも上がらなかった。これから活動していく上で人が足りぬのは、誰の目から見ても明らかだった。

（おじいさんたちもいなくなっちゃったしなあ）

おじいさんこと根岸友山は、殿内殺しの数日後、伊勢参りを理由に一時離隊を申し出た。給金を盗み出したわけでも、勝手に隊を脱したわけでもない。戻ってくるはずもないが、名目上は伊

勢参りだ。隊士たちは根岸の願いを聞き入れるという意見でまとまったが、

——隊規違反で切腹だ。

たった一人そう述べたのは、芹沢だった。ぎょっと目を剝いた皆を見て、芹沢は歪んだ笑みを浮かべて続けた。

——殿内はそれで死んだ。根岸殿だけが例外となるのはおかしな話だとは思わぬか？

——……根岸殿は伊勢参りに行かれるだけです。脱走でないならば、隊規違反には当てはまらぬのではないでしょうか。

芹沢をじっと見据えて言ったのは、近藤だった。

——お主がそう申すならば、そうなのだろう。

あっさり引き下がった芹沢は、青い顔をしている根岸を見遣って、頭を下げた。

——伊勢参りをただの方便だと思った。あんたがそんな卑怯な真似をするはずがないな。疑って申し訳ない。危うく殺すところだった。

根岸はひゅっと喉を鳴らした。翌日、彼らはまだ夜が明けぬうちに壬生村を出た。

「だらしねえな。負けてもいいから掛かってこい」

原田の元気な声が響き、総司は物思いを止めて立ち上がった。壬生浪士組は数名の脱退者の代わりに新入隊士を得て、ようやく始動となった。


四月十六日、壬生浪士組は黒谷にある金戒光明寺にいた。

会津藩主松平容保の御前に招かれ、武芸披露試合をすることになったのだ。試衛館の中から六名、芹沢たち水戸派から二名が選出された。先鋒は土方と藤堂、次鋒は永倉と斎藤、参鋒は平

山五郎と佐伯又三郎、殿は山南と総司——。

あくまで武芸披露の場だ。普段の荒々しい稽古とは一線を画さなければならぬ。それを肝に銘じつつも、総司は胸の高鳴りを抑えられなかった。己の出番を待つ間、総司は傍らにいる山南に視線をやった。気づいた山南は、口許にほのかな微笑を浮かべた。総司はぞくりとした。山南の微笑は冷たく、常の穏やかさはない。

(山南さんも真剣だ)

面白い、と総司はこっそり舌なめずりをした。名を呼ばれ、前に出た総司と山南は、「はじめ」というかけ声を合図に、激突した。

「やあああ！」

「うおおおお！」

甲高い叫び声が上がった。木刀のぶつかり合う音が鳴り響き、びりびりと身体に痺れが走った。数年共に過ごしただけあって、互いに癖や弱点を知っている。気を抜いた瞬間、そこを容赦なく突かれる。それを防ぐために、総司も山南もひたすら集中して剣を振った。

勝敗が決し、総司は空を見上げた。雲一つない晴天は清々しい。時折吹く風に乗ってくる清涼な香りを吸い込みつつ、深々と礼をした。

「先鋒から殿に至るまでよき試合であった。その方たちの力で我が藩を助け、お上の御為に役立ってくれ」

試合がすべて終了した後、観覧していた容保は満足そうな笑みを浮かべて言った。近藤の浮かべた誇らしげな表情を眺め、総司は息を吐いた。

(残念だな)

近いうちに、近藤の顔から笑みが消えてしまうだろう。そうさせるのは、己たちだ。

御前試合の数日後、総司は土方と井上と共に、ある人物に会いに行った。

「近藤先生はいらっしゃらないのか」

宿に訪ねて早々、出迎えてくれた男——井上松五郎（まつごろう）は首を傾げて言った。松五郎は井上の兄で、八王子千人同心だ。将軍警護のために上洛している。将軍家茂は、三月四日に上洛を果たした。将軍の上洛は、三代目の家光以来のことだった。孝明帝たっての願いである攘夷実行のために、家茂はこれから下坂する。八王寺千人同心も壬生浪士組も、家茂に付き従って大坂に下る予定だ。

松五郎には試衛館時代からよく世話になっていたが、上洛してからもそれは変わらなかった。天然理心流のことで何かあれば松五郎に相談する——それが、試衛館の面々にとって暗黙の了解となっていた。

部屋に通された総司たちは、さっそく松五郎に相談を持ちかけた。

「……若先生が天狗にねえ」

腕組みをした松五郎は、難しい顔をして息を吐いた。天狗というのは妖怪のそれでもなければ、えらぶっている者を揶揄する言葉でもない。

「芹沢という男はまことに天狗党の者なのか」

「分かりません。だが、皆がそう言っていました。当人もそれを否定することはなかったので、何かしらかかわりがあるのでしょう」

「若先生は武州出身だ。水戸の天狗党などにはならぬだろう」

「しかし、思想は近い。それに、芹沢のことを気に入っているのは間違いありません。本日も連れだってどこかに出かけましたよ」

土方は薄ら笑いを浮かべて述べた。頷く総司の横で、井上は難しい顔をしてじっと畳を見据えた。井上は年下の近藤を尊敬し、信頼している。そんな近藤に隠れてここにやって来たことを、後ろめたく思っているのだろう。

「何としても近藤を芹沢から引き離す——力をお貸しいただきたい」

土方は丁寧に頭を下げたが、声音には有無を言わさぬ響きが滲んでいた。松五郎は腕組みをしたまま考え込んだ顔をする。総司たちに力を貸すことは、宗家四代目に意見するのと同義だ。出過ぎた真似ではなかろうか、と悩んでいるのだろう。そんな松五郎を見て、土方は冷ややかな声を出した。

「お貸しいただけないなら、今から近藤に談判しに行きます。横にいる天狗が俺を鉄扇で打ち据えるやもしれないが、天然理心流のために命を捨てましょう」

「おい……」と慌てた声を出した松五郎は、解(ほど)いた腕を膝の上に乗せ、呻くように述べた。

「——分かった、分かった。お前たちの言いたいことは重々承知した」

諫言(かんげん)役を引き受けた松五郎に、総司は頭を下げて言った。

「お願い致します……こんなこと、松五郎さんにしか頼めませんから」

「……総司。お前、芹沢のことが嫌いなのか」

眉を顰めて述べた井上に、総司は目を見開いた。

（そんな風に見えているのか）

同宿になってから、総司は時折芹沢と会話を交わした。挨拶や労(ねぎら)いの言葉を告げたくらいだが、その時は他の皆に対するように笑みを浮かべていたはずだ。

「源さん、そういうことじゃねえ。これは天然理心流の問題だ。つまり、俺よりずっと入門の早いあんたらの方が、よほど問題にしなけりゃあならねえ話だ。源さんなんか免許皆伝だろう。流派を守っていくのがあんたの責任だし、無論俺や総司の責任でもある。俺は目録しか持ってねえけどな」

土方は一気に語り、鼻を鳴らした。

（……そうだ、この人は目録しか持っていないんだ）

腕は立ち、才もある。しかし、剣術家としては未熟だ。あれこれと言い合う土方と井上の傍らで、総司は俯いて違うことを考えていた。


四月下旬、総司たち壬生浪士組は将軍警護のため、大坂に向かった。

（……参ったな）

総司は悩んでいた。近藤のことではない。その件は松五郎に任せたので、これ以上考えぬことにした。もう一つの悩みは他人には任せられぬことだ。任せるどころか、相談すらできない。溜息を吐いた総司に声をかけたのは、野口健司（のぐちけんじ）という隊士だった。

「大丈夫か。どうも顔色が優れないようだ」

総司は驚き、首を横に振った。野口と会話したのは、覚えている限りこれがはじめてだ。野口は芹沢と親しい。水戸藩出身らしく、上洛前からの芹沢の知己だ。

試衛館出身の者たちと芹沢たち水戸派の者たちには距離がある。はじめは根岸や殿内、病死した阿比留（あびる）などもいた。それぞれ頭となる人物の下、派閥ができた。今は近藤、芹沢の二派だけだ。野口は芹沢派と見て間違いない。

「宿に戻って休んでいるか？　俺が芹沢さんに頼んでこよう」

「いや、結構――実は、腹が減っててね。今日の飯は何かなあと思ってたんだ」

折よく鳴った腹の虫に罪をなすりつけ、総司は照れながら述べた。野口は目を瞬き、ぷっとふきだした。

「その腹の虫、いい声で鳴くなあ」

屈託ない笑い声を聞いた総司は、つられて笑った。野口の心遣いに癒され、気を引き締めようと奮起した総司だったが――。

その晩、宿で隊士が死んだ。

「……誰がやったんです」

「切腹だ。自ら腹を切ったそうだ」

答えた永倉は、その切腹した隊士がいるという部屋から出てきたところだった。階段を下りる永倉を見送り、総司は部屋に入った。

部屋の真ん中には遺体があった。白い布を取った総司は、胴体と、離された首を検めた。腹は無傷だった。刀をつける前に首を落としたのだろう。介錯の時、切腹する者は首を前に出す。介錯人は、相手の首の骨の継ぎ目を狙って刀を振り下ろす。骨を断つのは至難の業だ。腕が悪いとしくじる者もいる。

切り口は、まっすぐで、鑢をかけたように平らだ。骨の断面も同じだった。見事な斬り方に感嘆を覚えつつ、寒気がした。

（……覚えがある）

一度はこの目で見た。もう一度は友に聞いた。

（気のせいかもしれない）

だが――。

「随分と熱心に見つめているが、そうしていても生き返らぬぞ」

総司は下を向いたまま、部屋に入ってきた男に問う。

「介錯は筆頭局長がされたんですか」

総司の傍らで足を止めた芹沢は、問いに答えず笑った。

「逃げるなら、根岸のように方便を使い、遠方まで逃げるべきだったな」

総司が見分した首を見下ろし、芹沢は冷ややかな声音を出した。

――殿内が逃げた。

首の主は、あの時殿内の罪を暴露した家里だった。皆が殿内捜しに奔走している間に、家里は隊を出た。今となっては、殿内が本当に給金を持ち逃げしたのか分からない。家里が罪を着せ、彼を斬って逃げたのかもしれぬ。

（いや――違う）

四条大橋で殿内の遺体の手のひらから何かを奪ったあの男がやったに違いない。

「違う……」

そんなことはあり得ぬと首を振った。ようやく家里の首を置いた総司は、いつの間にか芹沢が姿を消していたことに気づいた。

「壬生浪士組の芹沢はあくどい男や。方々に押し借りするわ、踏み倒して平気な顔するわ、取り立てに来た女手籠(てご)めにして自分のものにするわ……ほんにめちゃくちゃや」

「その女、菱屋(ひしや)の妾(めかけ)やったんやろ？　泣いて帰ったら傷物はいらん言うて追いだされたいう話や。菱屋も菱屋やな。けど、それで芹沢のとこ行くんも分からん」

「あないな男、ちいともいいとこないのになあ。この前も花街(かがい)で暴れたんやて。ただで飲み食いした上、刀振って店壊して妓(おんな)をいたぶるなんてほんまの鬼や」

「そうや、鬼や。けど、新見はもっとひどいんやて。店どころか、道歩いてるだけの奴捕まえて乱暴するそうや。素面でもそれやからかなわんわ」

芹沢と新見の暴挙が、京の町を騒がせつつあった。その尻拭(しりぬぐ)いは、水戸派でない者たち――つまりは、近藤をはじめとする試衛館派の者たちの役割だった。

「いっそのこと、暴れまくって誰かに殺されちまえばいいのにな」

からからと笑って言った藤堂に、永倉は呆れ声で馬鹿と返した。

「叶わないうちはただの冗談だ。少しくらい鬱憤(うっぷん)を晴らさせてくれ」

肩をすくめて述べた藤堂は、後ろを歩いている総司を振り返った。

「お前には無縁の話かね」

「俺を何だと思っているんだろう」

「悩み一つないお気楽な餓鬼」

二つも年下だというのを忘れたような言い方をした藤堂はニヤリとした。

「俺の心を見せてあげたいね。悩みの多さに度肝を抜かれるよ」

頰を膨らませてぶつぶつ言った総司を見て、藤堂は楽しそうに笑う。

「皆して悩んでいたら息が詰まるだろ。一人くらいお気楽な餓鬼がいてちょうどいい」

「お前も餓鬼だが、気が短いせいで鬱憤だらけだものな」

永倉のからかいに、藤堂は眉を顰めて「煩い」と返した。

「鬱憤がない俺が一等大人だ」

「それはないいな」

二人は前を向いたまま、総司の言を笑って否定した。あまりの言われようだが、総司は内心安堵した。藤堂も永倉も、総司を悩み一つない気楽な男だと思っている。おそらく、他の皆もそうだろう。誰も総司の心に気づいていない。少々さみしいが、助かったという気持ちの方が強かった。気づかれたら、上手く取り繕える自信はない。

なぜ、あの男は人を斬ったのだろうか。殿内だけではない。もしかすると、家里や江戸の船河原橋の一件もあの男の仕業かもしれぬ。後者は話を耳にしただけだが、すこぶる腕の立つ斎藤にこう言わしめた。

——下手人は生半可な腕の者ではない。切り口が実に見事だった、そうだ。長年剣術を学び、人を斬ることに躊躇ない者の仕業と見なされた。

「……それほど腕が立つとは思えないんだけれどなあ」

心の呟きは声になっていたらしい。聞きつけた藤堂がぎろりと睨んだ。

壬生浪士組の活動は、こうして市中の様子を見回ることくらいだ。総司のことを気楽だと笑った永倉と藤堂も焦心に駆られているのだろう。事を為さねば上洛した意味がない。そのためには様々なものが欠けていた。出自の良さも金も縁も、総司たちは何一つ持っていない。

(参ったな)

皆が隊の行く末について悩んでいる間も、総司の頭の中はあの男のことで一杯だった。

市中の見回りを終えた総司は、永倉たちと別れてあの男を捜した。屯所として借りている前川邸にも、向かいのもう一つの屯所である八木邸にもいなかった。いるはずもないと思いつつ、壬生寺に足を向けた。

「沖田はんや」

総司を見るなり叫んだのは、たまに遊んでやっている近所の子どもたちだった。

「ごめんね、今日は忙しいんだ」

また今度、と続ける前に、口々に不満の声が上がった。

「忙しいゆうても、毎日町うろついてるだけやないの」

「あれなら俺にもできるわ。他の人にやってもらい」

総司は苦笑した。散々な言われようも、今の壬生浪士組には否定できぬものだった。まとわりつく子どもたちに平謝りしながら、総司は壬生寺を後にした。

山門を潜りかけた時、総司はさっと柱の陰に隠れた。

道の先に、あの男がいる――。

少し経って、総司は歩きはじめた。息を殺し、音を立てずに前に進む。相手は勘の鋭い男だ。よほど気をつけないと、つけているのが露見する。総司が考えを巡らせた途端、それを察したかのように動きを止めた。だから、総司は無になるしかなかった。

男は常通りの早足だった。迷いなく歩くさまからして、行き先は決まっているようだ。誰かと落ち合うつもりなのだろうか。総司はごくりと唾を呑み込んだ。

予想は外れた。男は預けていた刀を取りにいっただけだった。用事が終わると、来た道をまっすぐ戻った。男が前川邸に入ったのを見届けた総司は、詰めていた息を吐いた。

（あれはやはり夢だったのだろうか）

そう思いたかった。あの男を糾弾したくてこんなことをしているわけではない。総司は再び息を吐き、口を開いた。

「何か御用ですか」

ふっと空気を震わせる音が響いた。笑声に紛れた酒の匂いに、総司は思わず顔を顰めた。

「いつから気づいていた？」

含み笑いで言った相手に、総司はゆっくり振り向いた。

「悔しいことに、たった今です」

「悔しがる必要はない。当たりだ」

赤ら顔の芹沢は、唇の端を吊り上げて述べた。

「鬼ごっこをしている餓鬼をつける趣味はない」

「……怖いなあ。それほど呑んでいるのに、ちっとも呑まれてはいないんですね」

「俺は酒を呑むと余計に冴える」

「良薬というわけですか。かなわないな」

明るい笑い声を上げた総司を見て、芹沢は真顔になって言った。

「鬼の正体を知って、お前はどうする」

総司はきゅっと唇を噛んだ。この男はすべてを知っているのだろう。総司が知らぬことまでも——。

芹沢が八木邸の門を潜った後も、総司はその場から一歩も動けずにいた。

浪士捕縛のため、再びの大坂出張となった。

「公方さまはこれからどうされるおつもりなんだろうな。江戸にお帰りになると言うが、攘夷をやられる気はあるのかねえ」

大坂に行く道すがら、そうこぼしたのは永倉だった。

「お前は文句を言ってばかりだな。ちったあ慎め」

叱ったのは井上だ。本来なら、井上に叱られる役割にある原田と藤堂は、今回下坂していない。二人の分も文句を言う永倉の律儀さがおかしくて、笑ってしまった総司だったが、笑みとは反対の考えが心を占めている。

(……よそごとを考えるな)

そう言い聞かせ、前に進む。昨今の大坂は、京と同じくらい物騒だ。前回訪れた時も怪しき風体の者たちを数名捕縛したが、今回はさらに増えるかもしれぬ。将軍や隊士の命がかかっているのだ。一瞬の隙も見せず、常に気を張っていなければならない。

大坂に着いた総司たちは、夕涼みに出かけることになった。近藤と井上は隊務のため宿に残った。

「顔色が真っ青だ。休んだ方がいい」

宿近くの河原を歩いている際、野口がいつか聞いたような台詞を口にした。相手は意外な人物だった。

「……すまん」

斎藤は腹を押さえ、小声でぼそりと答えた。他人に頼ることなど決してなかった斎藤が素直に言うことを聞いたことに、総司は驚いた。

「こりゃあ一大事だ。局長、どこかで休みましょう」

斎藤の顔を覗き込んだ永倉が、芹沢に向かって叫んだ。数歩先を歩いていた芹沢は、振り返った。宿の中で酒を呑んでいたので、すでに顔が赤い。しかし、斎藤に向けた目は冷ややかだった。ややあって頷いた芹沢に、一同はほっと息を吐いた。

「——無礼者め」

斎藤を支えつつ歩いていた総司たちは、発された低い声音にハッと顔を上げた。

「あ——」

野口の口から小さな悲鳴が漏れた。総司も他の皆も、内心声を上げた。総司たちが斎藤を介抱している間、芹沢たちは歩きだした。前から誰かが来たのは足音で分かった。狭い道だが、大の男二人が並んで歩ける幅はある。道を譲らずとも進めたはずだったが——。

芹沢の足元に倒れていたのは、恰幅のいい芹沢よりもはるかに大きな男だった。肩を斬られ、荒い息を吐いている男の後ろには、彼と同じく巨漢の男たちがいた。

「力士か……」

永倉の呟きが漏れた時、うわああ、という悲鳴が轟(とどろ)いた。

「な、何てことするんや……おい、しっかりせえ」

巨漢の男たちは青い顔をしながら、倒れた男に駆け寄った。そんな男たちをじっと見下ろした芹沢は、刀を鞘に戻しながら鼻を鳴らして述べた。

「とおせんぼや、などとふざけたことを申し、両手足を広げ、無礼を働いたのはそいつだ」

「ただの冗談やないか。こないなことで斬るなんて阿呆——」

反論しかけた男は、ヒッと声を漏らした。

（——まずい）

殺気を感じ取った総司は、斎藤を支えていた手を外し、急ぎ駆けた。総司が力士たちの許に着いた時、芹沢はすでに歩きはじめていた。倒れた男は虫の息だった。手を貸そうと伸ばしかけた腕は、ぐっと摑まれた。

「芹沢が見てる」

耳打ちしたのは追ってきた永倉だった。唇を噛んだ総司は力士たちを残し、芹沢の後に続いた。

芹沢は鬼や——京の市中ではそう噂されている。それは、身内であるはずの隊士のほとんどが認めるところだ。

だが——。

——鬼の正体を知って、お前はどうする。

芹沢からかけられた言葉が、ずっと頭から離れない。真実が明らかになった時、己はどのような行動を取るのだろうか。懇々と諭すのか、皆の前に引っ張り出すのか、己の胸の内にだけ秘めておくのか。それとも——。

「斬る……」

呟くと、横から「それしかないな」と溜息交じりの声が聞こえた。

「高みの見物を決め込みたいが、あれでも俺たちの大将だ。助太刀しないわけにはいかん」

窓から外の景色を見下ろした山南は、刀を腰帯に差し、部屋から出ていった。他の面々は騒動が起きてすぐ駆けつけたので、部屋には総司と寝ている斎藤の二人になった。

「……そっちじゃないんだけれどなあ」

苦笑交じりに独り言ちた総司は、山南の後を追って外に出た。

芹沢が力士を斬った四半刻後、総司たちは住吉楼に登った。斎藤を休ませ一息ついた頃、外から騒がしい声が聞こえた。

――壬生狼、出てこい！　そこにおるんは分かってるんやからな。

どすの利いた太い声を上げたのは、声と等しく肥えた力士だった。窓の下を覗き込んだ総司たちを見つけ、力士たちはさらなる大声を張った。

――出てこいや、鴨。芹背負った鴨なんてけったいな名つけて頭おかしいんとちゃう？　そのすっからかんな頭かち割ったるわ。

先ほどと違い、木片や木刀といった武器を手にした彼らは、嘲笑交じりに芹沢を煽った。窓の下を覗きもせず、芹沢は外に出ていこうとした。慌てて止めた平山は、鉄扇で殴られかけ、危うく頭を割られるところだった。

――畜生、鼻を掠ったぞ……。

血が垂れた鼻を押さえながら、平山は涙目で廊下に飛びだした。間もなく、外でわっと声が上がり、部屋にいた隊士たちも大急ぎで続いた。

皆に少々遅れて下に来た総司は、目を見張った。木刀と真剣では殺傷能力がまるで違う。だが、木片や木刀を振り回す力士たちは思いのほか善戦していた。剣術の腕前はさほどでもなさそうだが、ともかく身体が屈強だ。鍛え上げられた筋肉が刀の侵入を鈍くする。

「しゃらくせえ」

吠えた野口をちらりと見遣った総司は、彼の近くにいる芹沢に目を奪われた。重心を低くした芹沢は、対峙した力士の太腿を斬った。肉にめり込んだ刀を一瞬で引くと、反対の太腿も同じく斬る。悲鳴を上げながら蹲った男を、芹沢は思いきり蹴り飛ばした。後ろにいた力士は突然のことに避けられず、巨体がぶつかり合った。倒れた二人の許に素早く駆けた芹沢は、下敷きになった力士の肩を狙って刀を振り下ろす。

（強いな）

酒に溺れていても、芹沢の剣術は冴えている。豪快さと俊敏さをあわせ持っている彼は、力士相手にも力負けしていない。総司の刀を握りしめる手の力がぐっと強まった。

戦いの場に足を踏み入れた瞬間、力士が覆い被さるように目の前に立った。腰を落とした総司は、芹沢の真似をして相手の太腿を斬った。右から左の太腿に刀を移動する速さは、芹沢の方がやや優っているように思えた。

壬生浪士組と力士の戦いは、壬生浪士組側の勝利で幕を閉じた。それを喜んだ者はいなかった。相手は不逞浪士ではなく、力士だ。そんな彼らに手こずった。隊で有数の腕を持つ総司や永倉も怪我を負った。

「放っておきゃあよかったぜ」

宿に戻った永倉は、木片で殴られた腕の手当を受けながら愚痴った。総司は頷きながら、血が滲んだ額を晒しで押さえた。ほとんど無傷だった芹沢は、新地へ繰りだすという。

「ああはなりたくないが、羨ましいぜ」

怪我のせいで遊びに行けなかった永倉は、頭を掻きながら言った。

その後、壬生浪士組は大坂町奉行から聴取を受けた。

「小野川部屋から手打ちの申し出や。喧嘩両成敗や思わんといてな。冗談を真に受け、斬りつけるなど阿呆のすることや。あんたらが壬生狼言われてる理由がよう分かったわ」

辛辣な言を投げつけたのは、与力の内山彦次郎という男だった。あまりの言いように、総司たちは呆気に取られた。同時に、やはり——とも思った。

内山は幕吏にもかかわらず長州の浪士たちと結びつき、米や油の値を吊り上げているという噂があった。京にいる壬生浪士組にも届いていたほどだ。真実でなくても、疑われる要素があるのだろう。長州贔屓の者は壬生浪士組を目の敵にしている。

「ご迷惑をおかけして申し訳ない」

宿で事件のことを聞かされ対応にあたった近藤が詫びた。内山は頭を下げた近藤を見下ろし、鼻を鳴らした。

「狼に刀は分不相応や。早う山に帰り」

嫌みたらしく述べた男を憎々しい目で見つめたのは、芹沢だけではなかった。ぎらり、と皆の目が光ったのを、総司は見逃さなかった。


不測の事態が起きつつも、無事出張を終えた浪士組一同は、京に戻った。

「大坂出張での成果が力士との乱闘騒ぎとは……何をしてやがんだ」

屯所に着いて早々、呆れ声を出したのは、下坂組だった井上だ。井上は近藤と行動を共にしていたので、乱闘には参加していない。

「俺がしっかり見ていればよかった。面目ない……返す言葉もないよ、源さん」

近藤がいかにも消沈しながら述べたので、井上もそれ以上は言わなかった。への字に曲がった井上の口を見て、総司は苦笑を漏らした。近藤は天然理心流宗家だ。当然ながら、井上より立場は上である。壬生浪士組においても、近藤は総司たちの上に立っている。それでも井上にはかなわない、と総司は思っていた。

「これからはくれぐれも弁(わきま)えて欲しいもんだ」

やはり黙っていられなかったらしい井上は、ぼそりと述べた。再び頭を下げた近藤に、総司も倣った。

(――そうだ)

総司の脳裏に、ある考えが浮かんだ。

出張の報告が終わった後、総司は縁側で爪を切りはじめた井上の隣に座り込んだ。

「ねえ、源さん。次の非番はいつですか」

「餓鬼との遊びにまざってくれというなら、お断りだ」

「そんなんじゃありませんよ。相談したいことがあるんです」

小声で述べると、井上は手を止めて、顔を上げた。

「珍しいこともあるもんだ。槍が降るかもしれねえな」

そんなことを言いつつも、井上は快く総司の願いを聞いた。

(さて、何と話そうか)

すべてを語るのは憚(はばか)られた。ほぼ間違いないと踏んでいるが、確信はない。面倒見がよく、情の厚い井上は、あの男のことも手のかかる弟のように思っているはずだ。

(何とか上手く誤魔化(ごまか)しつつ話して、忠告してもらうだけにしよう)

理由を話せと井上は言うだろう。だが、総司がどうしてもと頼み込んだら、最後は言う通りにしてくれるに違いない。井上が己に厳しくも優しいことを、総司はよく知っていた。

六月二十六日——井上との約束の日を迎えた。井上は一日非番だったが、総司は夕方まで隊務があった。

「俺あ暇だからその辺ぶらぶらしているさ。五つに三条の三橋屋はどうだ」

「それなら余裕を持って行けます」

「遅れたら先に食っちまうからな」

ふふんと笑った井上は、非番を謳歌するために外に出た。それを見送った総司は、配下の隊士を引きつれ、巡察に出た。

「——うわ、壬生狼や」

巡察をはじめて間もなく、総司は町中でそんな言葉を耳にした。

「岡田屋さんとこ、押し借りにあったやろ？　あれ、壬生狼の仕業やて」

「刀ちらつかせて脅したんやってな。おっかないわ」

「ほんにな。尽忠報国の志がうんたらかんたら言うてたらしいけど、そないなこと思うてるんなら、押し借りなどせえへんやろ」

総司は話をしている町人たちの方をちらりと見遣り、にこりとした。ぽかんとした町人たちに軽く会釈をし、前に進んだ。

「よろしいんですか……あない悪口言われて黙ってはるなんて」

一次募集で入った京出身の隊士が、仏頂面で言った。総司は「いいんです、いいんです」と取り合わなかったが、内心山南に伝えなければと考えていた。町中で流れていた噂がまことのものなのかは分からない。総司は無論そんなことはしていないが、隊には芹沢がいる。彼よりもさらに粗暴な振る舞いをしていた新見は、長州に視察に出かけて留守にしている。彼が出ていく前にやったことなのかもしれぬし、芹沢かもしれぬ。全くの別人という線もあるだろう。

壬生浪士組は一枚岩ではない。隊士が増えて素性の分からぬ者は大勢いる。どのような思想を持ち、どんな思いで活動しているのかも分からぬ者も多くなった。その中で、先ほどの噂のような不届き者がいたとしても、不思議ではない。

「愛想よくしないと駄目だなあ」

「だから先ほど笑ったんですか」

ほっとしたように言ったのは、大きな図体の男——島田魁だった。

「頭が変になったかと思いました?」

島田は大声を上げて笑ったが、否定はしなかった。そんなに変だろうか、と首を傾げつつ、総司は巡察を続けた。

約束の刻限の四半刻前、千本通を歩いていた総司は、不意に足を止めた。近くの軒に身を潜め、灯りを消した。陰から盗み見た先にはあの男がいる。どうして——と総司は頭を抱えたくなった。

(どうして俺ばかりが気づいてしまうのだろう)

見なかったことにして立ち去りたかったが、総司は壬生浪士組の一員だ。見過ごすことはできなかった。

男が歩きはじめた時、総司は物音を立てぬように軒を出た。距離を取りつつ、男の後を追う。

男が立っていた場所を通りすぎる時、総司はまた足を止めた。

斬奸状を口に銜えた首がぽつねんと置いてある。カッと見開いた目は血走っていた。総司は目を瞑り、黙禱した。立ち止まったのは、五つも数えぬうちだった。しかし、総司が追おうとしていた男は、すでに前方から消えかけている。総司は早足で進んだ。間もなく姿をとらえたが、なかなか距離は縮まらない。

(あの時もそうだった)

総司の脳裏に、多摩の出稽古の道中が浮かんだ。当時の総司はまだ少年だった。今ほど上背はなく、歩幅も狭かった。近藤や井上などは、総司に合わせて歩いてくれた。だが、その男だけは違った。総司との距離が開こうとお構いなしに進み、振り返りもしなかった。

——ようやく追いついたな。

目線が同じになった頃、やはり出稽古の道中で男は言った。その時、総司ははじめて男の隣を歩いていることに気づいた。総司が必死に足を動かし、懸命に追いつこうとしていることに、男は気づいていたのだ。それでいて、知らぬ振りをしつづけた。

——意地が悪い人だなあ。

総司が呆れ声を返すと、男は愉快そうに笑った。珍しく裏の無い笑みだった。あの頃と同じように、男は総司が必死に後を追っていることに気づいているはずだ。

総司は迷った。

捕まえたい。このまま逃げてくれ。

相反する二つの気持ちは、どちらも本心だった。

男は見たこともない小さな神社の中に入っていった。鳥居を潜った総司は、社の前に佇む男の姿を認めた。腕組みをして己を待ち構える男の許に、ゆっくりと近づく。

「どうしてあんたは鬼になったんです」

総司の問いに、男は首を傾げた。

「俺は鬼か」

「何人も闇討ちしておきながら、鬼ではないと言うんですか」

睨みながら言うと、男は押し黙った。

「船河原橋の一件、殿内と家里殺し、先ほどの梟首――どれもあんたの仕業だ。俺の考えが間違っているというなら、納得がいく話をしてください」

総司は辛抱強く答えを待った。果てがないと思われた時は、ふいに終わりを告げた。

「総司」

名を呼んだと同時に、男は総司の肩を摑んだ。総司は思わず眉を顰めた。爪が食い込むほど強く摑まれた肩を一瞥してから、男の顔をじっと見た。嫌みなほどに整っている。故郷でもそうだったが、京でもこの男を見て心がざわつかぬ女はいないらしい。捻くれているくせに、からかうと素直に剝れる幼さの残ったこの男を、総司は好いていた。

「土方さん」

「誰にも言うな」

総司の呼びかけを遮るように、土方は低い声で言った。二人は瞬きもせず睨み合った。決して逸らすまいと思ったが、先に顔を背けたのは総司だった。

土方は静かに踵を返した。いつになく、ゆっくりとした足取りだ。その姿が闇に消えた時、総司はぽつりと言った。

「鬼のくせに……」

土方の目には、怯えの色が滲んでいた。

「あの男……とうとう狂ったな」

八月十二日深夜――葭屋町通一条の大和屋の前で、原田がそう呟いた。

大店の絹問屋として名を馳せている大和屋に、芹沢が火をつけた――そんな一報が屯所に舞い込んだのは、四半刻前のことだった。隊士たちが慌てて向かったところ、大和屋は炎に包まれていた。

大坂での一件後、芹沢はこれまで以上に暴れた。島原の揚屋である角屋で好き勝手暴れた上、七日間の営業停止に追い込み、長州の浪人たちに出資しているという噂の豪商鴻池には、脅して無理やり金を出させた。

――……参ったね。

鴻池の一件を耳にした山南は、珍しく表情を曇らせて呟いた。常に平静な山南でも困惑する事態だったのだろう。角屋と鴻池の一件は、本来ならば罰してしかるべき行為だ。しかし、いくら行動が目に余るとはいえ、局長を処罰するわけにはいかない。

――芹沢さんはなかなか切れる御仁だ。

鴻池の一件には近藤もかかわった。手出しできぬようにわざと誘ったのだろうと山南は暗に言った。その件が終わらぬうちに、次の騒動が起きた。

――佐々木とあぐりが殺された……。

隊士の佐々木愛次郎(あいじろう)と、その恋人のあぐりが惨殺された。彼らを殺したのは芹沢ではない。あぐりに気があった、佐伯(さえき)という隊士の仕業だった。元はといえば、芹沢が美しいあぐりに興味を抱いていたらしい。迫られて困ったあぐりは、恋人の佐々木に相談した。悩み抜いた末、二人は手を取り合って逃げることを選んだ。佐伯はその手助けをする振りをしながら、佐々木を殺し、あぐりを手籠めにした。あぐりは舌を噛み切り自害したが、佐伯に殺されたことには変わりない。

そして、若い二人を死に追いやった佐伯は、芹沢の手に掛かって死んだ。

——あぐりを手に入れることができず、先を越されたことに腹が立ったんだろう。こいつにも奴にも反吐(へど)が出る。所詮、こいつらは同じ穴の貉(むじな)だ。

佐伯の躯(むくろ)を見下ろしながら吐き捨てた原田に、その場にいた者は皆心の中で同意したことだろう。

芹沢の暴挙は、隊のみならず市中にまで知れ渡っている。今夜の大和屋焼き討ちの件でさらに広まっていくはずだ。

「この店の者は、不逞浪士たちには喜んで金を与えるが、我ら尽忠報国の士に貸す金はないと申した。これは天誅だ」

屋根の上に立ち、鉄扇を振りかざして叫ぶ筆頭局長を、同じ隊の者たちはただ見上げた。その中で総司は、暴れる男を眺めながらこう思った。

(ここにも鬼がいる)

総司が知っているもう一人の鬼は、芹沢の愚行を黙って見ている。端整な顔をちらりと一瞥した総司は、溜息を呑み込んだ。

あの晩殺されて首を晒されたのは、植村長兵衛という男だった。壬生浪士組の名を騙り、方々で金策をしていたという。植村が殺されたと知り、喜んだ隊士は多かった。

——勝手に俺たちの名を使われちゃあ堪らねえものな。

——だが、名を使われるくらい有名になったというのもなかなか嬉しいもんだ。

明るい声音で笑い合う仲間たちを見て、総司は何とも言えぬ心地がした。植村の死は自業自得だ。見せしめに首を晒されるのもしようがない。

だが——。

——遅せえ！　言った通り、お前の分まで食っちまったからな。

鬼の正体が露わになった晩、総司は混乱しつつ、約束の場所に向かった。一刻近くの遅れだったが、井上は辛抱強く待ってくれていた。

——それで、何があったよ？

帰り道、井上は問うた。総司は何も答えられなかった。結局誰にも秘密を打ち明けられぬまま、時だけが過ぎていった。

「——潮時だな」

永倉の低い呟きが、総司の耳に届いた。何が——そう問おうと振り向いたが、永倉は井上と無言で顔を見合わせた。井上の薄い唇が戦慄いている。それを見るのが忍びなく、総司は顔を元に戻した。

（……熱いだろうに）

赤い炎と黒い煙が立ちのぼるなか、芹沢は薄笑いを浮かべている。やせ我慢をしているのだろうか。それとも、熱さを忘れるくらい己の所業に酔っているのだろうか。芹沢の顔色は常と変わらず、時折咆哮や哄笑を上げるくらいだった。

「まだ治まらないのかなあ」

「鬱憤がか？　治まるわけねえだろ。あいつは狂ってるんだ」

原田の答えを聞き、総司は（違うよ）と心の中で答えた。芹沢を突き動かしているのは、溜まりに溜まった鬱憤などではない。それでは、何なのか——今の総司には説明できなかった。だが、総司はその説明できぬ何かを知っている気がした。

土方の差配で、大和屋の火事は何とか類焼を防ぐことができた。しかし、大和屋は黒焦げになるまで焼き尽くされ、炭と化した骨組だけがぽつんと残った。


京都守護職から内々の達しが来た。

筆頭局長という地位をなくし、局長を一人だけ据えること。その局長には、近藤勇が就任すること——。

近藤の居室に集められたのは、土方、井上、山南、総司の四人だった。近藤を合わせると五人——この面々で、達しに書かれていた「提案」を実現するつもりらしい。おそらく、土方と山南が考えたのだろう。近藤は得心が行かぬような顔をしていた。

「……他に手立てはねえのか」

井上は声を震わせて述べた。鈍い男だが、流石に今回の件は分かったようだ。

「あればこんな場を設けたりしねえよ。そのうち、会津侯から正式な達しがある」

土方はにべもなく言った。

「だが、まだ正式じゃあねえ……注意されただけだろう？　それならば、まだ——」

「源さん。それ以上言うなら、『その時』が来てもはずれてもらうぞ」

井上はぐっと詰まった顔をして、顔を下に向けた。

「芹沢の行動は目に余るものがある。井上さんとてそう思っているでしょう？　確かに今は注意を受けただけだが、このままだとおそらく正式な達しが来る。あくまで、おそらくです」

山南は常通り柔らかな口調で述べたが、そこには有無を言わさぬ響きを感じた。

一方の近藤は、やはり迷っている様子だった。

「やらぬとは言っていない。そうなったらやるに決まっているが――」

近藤の言を聞き、総司は内心ほっと息を吐いた。しかし、「総司」と呼びかけてきた土方の顔を見て、また息を詰めた。土方は覚悟を決めた顔をしていた。

（どうしてあんたは勝手に進んでしまうんだ）

近藤も山南も井上も、そして総司もいるというのに――腹の底にぐつぐつと湧いてきた怒りが、総司の口を滑らせた。

「俺だって分かっています。でも……卑怯だ」

土方の歪んだ顔を見て、総司は焦って言葉を紡いだ。

「申し訳ありません……誰かのことを指して言ったわけではないんです」

それが嘘だということは、この場にいる皆が分かったようだ。哀れむような視線を向けられた土方は、すでに元通りの無表情に戻っていた。

「しばらくは様子を見る。だが、正式な達しがあればすぐさま決行だ」

近藤の宣言に、山南と井上が頷いた。この短い間で腹を括った井上を、総司は立派だと思った。土方が顎を引いたのを見て、総司は言った。

「承知しました」

近藤の口がへの字に曲がった。こめかみに浮かんだ筋がぴくりと動き、総司は（まるで蛇のようだなあ）と場違いなことを思った。


再び、京都守護職からの達しが来た。芹沢を討て——今度こそそう命じてきたと思った総司は、御所に出動という話を聞き、目を見開いた。

尊王攘夷の志を掲げた過激派浪士たちの勢いは留まるところを知らない。会津や薩摩といった公武合体を目指す藩は、この流れに危惧を抱いた。幸いだったのは、熱心な攘夷論者である孝明帝も、公武の仲違いは望んでいなかった点だ。

大和行幸の詔が発せられた日の二日後、公武合体派の諸藩は、朝廷内の急進派を一掃する計画を立てた。孝明帝もそれに同意し、八月十八日、会津藩、薩摩藩とも、それぞれ千五百名の兵を出すこととなった。計画実行開始は九つ半。七つ頃には、御所九門に、会津藩、薩摩藩、淀藩の各兵が配置された。そして壬生浪士組は、お花畑と呼ばれる御所の一角の守りを命じられた。

「我々は会津中将お預かり壬生浪士である」

話が伝わっていなかったらしく、槍を向けた会津の兵に向かって一喝したのは、芹沢だった。鉄扇で槍先を撥ね退けた芹沢に、会津の兵たちはごくりと唾を呑み込んだ。たった一人の男に、大勢の侍が圧倒されている。

ふだんはあれほどどうしようもない人間だ。だが、いざという時、芹沢は人が変わったように覚醒する。身が震えるほどの勇姿を、総司は少し離れたところから見つめた。

（……惜しいな）

酒乱で暴れてばかりの芹沢も、今のように隊士たちから尊敬の眼差しを向けられる芹沢も、同じ芹沢だ。どちらかが欠けたら、芹沢ではない。それは承知の上で、総司はいつも芹沢が活躍するたびにこう思った。いつもこうだったらよいのに——と。今でもその考えは変わらない。むしろ、より強くなった。殺してしまうのはあまりにも惜しい。

一触触発の状況を聞きつけ駆けつけたのは、壬生狂言の日、壬生にやって来た会津藩士たちだった。彼らのおかげで場は収まり、壬生浪士組は命じられた通りお花畑を守った。

「すげえな……」

ぽつりと述べた井上を見遣る。彼の視線はまっすぐ前に向いていた。総司や他の皆と同じく、芹沢に感服した——わけではないらしい。井上が子どものように目を輝かせて見ていたのは、師である近藤だった。井上に倣って近藤を見た総司は、息を呑んだ。

(若先生もあんな目をするんだ)

ぎらぎらと燃えるような瞳をしている。そんな近藤を見るのは、はじめてだった。

壬生浪士組がお花畑で警備を行なっている間、朝議では大和行幸の延期、急進派の公家や長州藩主毛利(もうり)敬親(たかちか)・定広(さだひろ)父子の処断が決まった。堺町御門(さかいまちごもん)の警備をしていた長州藩は、京都を追われることとなった。

公武合体派の勝利だった。会津藩お抱えの壬生浪士組も、初の勝ちに酔いしれた。夏前から隊内に漂っていた鬱々とした空気は、すっかり雲散霧消した。この機を逃さんとばかりに動いたのは、芹沢だった。

「有栖川親王(ありすがわしんのう)さまの許へ行く。名を呼ばれた者は、俺についてこい」

芹沢が指名した隊士の中には、総司の名もあった。

「流石の芹沢さんも、親王さま相手に妙な真似はしないと思うが……」

「目を離さずにいます。何かあれば、身を挺してでも止めます」

出立前、声を潜めて述べた山南に、総司は真面目な表情で返事をした。

しかし、山南の心配は全くの杞憂に終わった。

「先の政変で長州の者たちが都を去りました。しかし、彼らは必ずや京に戻ってくるでしょう。そして、戦が起きる――御所にも彼らの手が及ぶかもしれません。その時は、命を懸けて天子さま並びに親王さま方をお守り申し上げます」

「幕府と朝廷、どっちも襲われたら、どないするんやろか」

有栖川親王はからかうような声音で問うた。

「無論、どちらもお守り申し上げます。その時は、私だけでなく、隊の皆の命を懸けましょう」

「隊士はんの同意も得ずにええんですか」

「隊士は皆、覚悟を決めております。この国を守るためならば、死をも厭わぬ――と。私よりもよほどその想いが強い者も大勢おります。腕が立ち、国を想うこの若者たちの志を、どうかお受け取りください」

芹沢は控えている隊士一同を見回してから、親王に深々と頭を下げた。

「壬生浪士組――いや、新選組の皆はん、頼りにしてますえ」

有栖川親王は穏やかな声音で述べた。新選組は、政変の働きにより京都守護職から賜った隊名だった。

「もったいなきお言葉でございます」

芹沢は感極まった声を上げ、再び深々と頭を下げた。

(惜しいな)

芹沢に倣って頭を下げつつ、総司は政変の時にも浮かんだことを思った。芹沢の言葉はやはり胸に響く。どれほど非道な振る舞いをしても、たとえそれが本心でないとしても、この男の言葉を信じたいと思ってしまう。

まだ何とかなるのではないか――。

土方と山南はうんと言わぬだろう。だが、近藤ならば一考してくれるやもしれぬ。

有栖川親王の言葉に涙する芹沢を眺めて、総司は決意した。


その決意は、屯所に帰って早々、潰(つい)えることとなった。

「新見が詰め腹を切らされたらしい」

表戸の前でばったり会った原田が言った。巡察中、耳にした噂だという。新見は数ヵ月前に長州視察に行ったきりだった。このまま戻ってこぬのではと皆が噂していた。

「屯所でやったわけではないそうだが、詳しいことは知らん。おい――」

原田の言を皆まで聞かず、総司は屯所に駆け込んだ。ずんずんと廊下を進み、目的の部屋の前に立った。声をかけたが、応えはない。総司はチッと舌打ちを漏らし、襖(ふすま)に手を掛けた。無人の部屋に上がった総司は、彼がよく書き物をしている文机(ふづくえ)の横に端座した。

四半刻後、部屋の主が帰ってきた。

「留守中に無断で入るとは、とんだ不調法者だな」

部屋に入るなり、土方は言った。嫌気が籠った声音が、総司の怒りをさらに掻き立てた。

「逃げられたら困るので、待たせてもらいました」

「謝りもしねえときた。おミツさんに言いつけるぞ」

「姉さんの名を出すのはやめてください」

思わず言い返すと、土方はようやく総司を見た。

「俺に口にされると穢(けが)れるというわけか」

口を歪めて述べた土方に、総司はぐっと詰まった。そんなつもりはない――否、そうだろうか。総司は土方に不信感を抱いている。消えた新見が詰め腹を切らされたと聞いた瞬間、土方への疑心が強まったのは間違いない。

「どうして新見さんを斬ったんです」

土方は笑みを引き、低い声音を出した。

「俺が斬ったわけじゃねえ。隊規違反で切腹だ」

「切腹ではなく、詰め腹でしょう……無理矢理やらせたのなら、殺したも同じ――」

最後まで言い切れなかったのは、土方に胸倉を掴まれたせいだった。

「……図星だから怒った」

「お前えがあまりに餓鬼だからだ」

土方はそう言い捨てると、総司を畳に叩きつけた。とっさに受け身を取った総司は、起き上がって土方に摑みかかろうとしたが――。

「…………」

伸ばしかけた手を下ろした。土方の顔には、見たこともない苦悩の表情が浮かんでいる。

「お前は江戸に置いてくるべきだった」

——宗次郎は置いていった方がいい。

土方は、また同じ言葉を述べた。

「俺はいらないんですか」

そう問うた声が震えていることに気づき、総司は俯いた。

「お前はどうしてここに来た」

土方の口から出たのは、思わぬ問いだった。顔を上げた総司は、黒目がちの濡れた瞳をじっと見た。新見の件を問い詰めにきた——そんな答えが聞きたいわけではないことくらい分かった。土方はもっと違うことを訊いているのだろう。

「俺は……」

後に続く言葉が出てこなかった。その夜、早々と床についた総司は、土方の問いについてずっと考えていた。結局、答えは出なかった。その代わり、再びあることを決意した。


翌日、総司は八木邸を訪ねた。

「おう、どこか行くか」

声をかけてきたのは、野口だった。

「また今度」

野口は頷きつつ、不思議そうな顔をした。己を誘いにきたのではないなら、なぜここを訪れたのかと疑問に思ったのだろう。

「芹沢局長、少しお付き合い願えませんか」

驚きの表情を浮かべる野口の横を通りすぎて、総司は縁側に向かった。そこには、刀の手入れをしている芹沢がいた。まともな顔色からして、珍しく酒を呑んでいないようだ。

刀を鞘に戻した芹沢は、腰を上げた。立派な体軀に似合わぬ、軽々とした身のこなしだ。

「暇つぶしに付き合ってやろう」

「ありがとうございます」

総司は礼を述べて、己の横を通りすぎた芹沢を追った。表までついてきた野口は、心配そうな顔で様子を窺った。

「お腹空いちゃってさ。芹沢さんならいいもの奢ってくれそうだから」

にこりとして言うと、野口は安堵と呆れの混ざった表情を浮かべた。

「それなら俺もお供したいな」

「駄目駄目。今日は俺だけが奢ってもらうんだ。土産を買ってくるから、いい子で留守番していてよ」

ますます呆れた顔をした野口は、それでも笑って頷いた。

「ただの空腹ではあるまい」

歩きだして間もなく、芹沢は言った。

「本当に勘が鋭いなあ。何も言わなくても分かってしまうんですね」

「お前が分かりやすいだけだろう」

「よく言われます。そんなつもりはないから、困っちまう」

高らかに笑って答えると、芹沢はこの日はじめて総司を見た。いつ見ても昏い目だ。そこに光が宿ることは一度もないのだろうか。

「どこまで付き合わせる気だ」

「人に見られないところであれば、どこでも」

素直に答えると、芹沢は前に顔を戻して、ニヤリとした。悪戯好きの子どものような顔を見て、総司は目を細めた。

人のいないところを探し歩きはじめた二人は、ぽつぽつと話をした。

「姉さんがいるのか」

「ええ、歳が離れているので、姉というよりも母のようです。次姉は他家に嫁いで以来疎遠ですが、長姉とはよく会っていました。義兄が同じ流派の人なんです。浪士組にも参加していたんですよ。東帰してしまいましたけれど」

「お前の姉さんの許に帰ったのだろう」

「はい。とても仲がいいんです。義兄さんは少し頼りないけれど、優しい人だから。俺のことも本当の弟のように想ってくれているんです」

「血のつながらぬ兄が大勢だな」

芹沢の皮肉交じりの声に、沖田は笑って頷いた。

「家でも道場でも、一人歳が離れているから仕方がないんですよ。ああ見えて面倒見がいい人たちばかりですから。文句を言いながらも、つい気になって世話を焼いてしまうんです」

「お前が世話を焼かせる何かを持っているんだろう」

「こんなにしっかりしているのに」

おどけて言うと、芹沢は小さく笑った。こんな風に笑えるのか、と総司は感心した。

「芹沢さんにもご兄弟がいますよね。俺はお会いしたことがないけれど、何度か屯所に来られたとか」

芹沢は真顔で頷きつつ、答えた。

「俺はお前と違い、家族との縁が薄い」

何か思うところがあるのだろう。総司はすかさず慰めの言葉をかけた。

「俺もそう濃くはありませんよ。俺は十を少し過ぎた頃試衛館に入りました。義兄が同門でなければ、今ほど密な付き合いはしていなかったでしょう」

「捨てられたのか」

総司は足を止めた。数歩先で、芹沢はちらりと振り返って問う。

「恨んでいるのか」

芹沢の昏い目を見た総司は、はじめて会った時のことを思いだした。躊躇なく人を殴り殺そうとする残虐さと同じくらい、その目に悪寒を覚えた。それは今も変わらない。あの頃よりも、ますます闇が深まったような気もした。

「恨んでいるどころか、感謝していますよ。俺に剣術と出会わせてくれたんですから」

答えた総司は、再び歩きはじめた。また隣に並んだ時、総司は（おや）と眉を持ち上げた。芹沢は眉を顰め、唇を噛みしめていた。

「俺は恨まれている」

総司は黙った。芹沢の思いつめたような表情を見たら、気休めを述べるのは憚られた。

（……もっと早くこうしていればよかったのか）

そうすれば、芹沢が人並みに悩み、苦しんでいることも分かっただろう。親身に話を聞き、心打ち解けていたかもしれぬ。

それはないな、と総司は考えを打ち消した。様々なことがあった今だからこそ、こうして話ができているのだ。芹沢との思い出は、いいものばかりではない。彼の才に感嘆する機会はいくたびもあったが、それ以上に粗暴な振る舞いに辟易した。酒に酔って暴れるのも、滑らかな弁舌や鮮やかな剣技を披露するのも、同じ芹沢なのだ。

壬生村の外れに来た時、二人はどちらからともなく足を止めた。周辺は木々と田畑しかない。人など誰もおらず、鳥の一羽も見当たらなかった。

「ここならば、誰にも見咎められることなく俺を始末できるぞ。援軍はいつやって来る」

にやっとして述べた芹沢に、総司は首を横に振った。

「援軍など来やしませんよ。皆には内緒できました」

「近藤にも土方にもか」

「その二人に言うくらいなら、原田や藤堂に言った方がマシというものです」

騒がしい二人の名を挙げると、芹沢は唇の端を歪めて言った。

「まさかとは思うが、俺に説教を垂れるためにここまで連れてきたわけではあるまいな」

「説教なら、山南と井上に任せます」

芹沢はますます顔を顰めた。山南は弁が立ち、常に落ち着いている。井上は口下手だが、生真面目で心優しく、まっすぐだ。芹沢がどこか井上を苦手に思っていることを、総司は薄々気づいていた。

(きっと眩しいんだろう)

総司が井上に対して感じている以上に、芹沢はそう思っているに違いない。人を斬っても、井上は故郷の頃と変わらず無垢なままだ。芹沢暗殺の話が出た時、井上は青褪めた。何とかならぬかと土方とかけ合い、同様に不平をこぼした総司に気遣わしげな視線を寄こした。己が渦中にいるのを忘れて、他人の心配をしてしまう。それが井上だった。あまりにも実直で優しい彼は、本来暗殺に最も不向きな男だ。

土方と山南、井上と総司——この四人が芹沢暗殺の実行犯でなくてはならない。そう決めたのは、土方だったのか、山南だったのか。近藤なら己がやると言うはずだ。真正直な近藤は、井上同様、暗殺に向いていない。

(俺は……大丈夫だ)

総司は刀で人を傷つけ、大怪我を負わせたことはあるが、命を奪うまではまだしていない。大坂力士との戦いで、山南と永倉は相手を死に至らしめた。それ以来、二人は確かに変わった。道場で木刀を振っている時でさえ、殺気をうっすら纏(まと)っているように見えた。まるで、殺した相手の魂が彼らにまとわりついているかのようだ。

(俺も誰かを殺せば、そうなるのだろうか)

ぞっとする話だが、しようがないことだと思った。はじめて木刀を握った時から、総司は無意識のうちに覚悟を決めていたのだろう。剣術を極めた先には、対峙した相手の死がある、と。

「俺と手合せしてください——無論、真剣で」

芹沢の鋭い三白眼を見据えて、総司は言った。総司ができるのは、己の命を懸けて戦うことだけだった。芹沢は一瞬目を見張り、淡々とした声音で問うた。

「別れは済ませてきたのか」

「嫌だなあ。新選組隊士とは思えぬお言葉だ」

総司は冷笑を浮かべて答えた。新選組隊士は常に死と隣り合わせだ。死ぬ覚悟がないなら、隊士として生きつづけられない。生きるために、死を覚悟して戦うのだ。

「失言だった。忘れろ」

芹沢はあっさり発言を撤回すると、袴の折り目を正すように撫でた。

総司は草鞋で地をこすった。昨晩の雨で湿り気を帯びているが、滑るほどではない。居住まいを正した芹沢は、まるで仁王像のように立ち、微動だにしなかった。

(一歩——否、半歩だ)

総司は半歩前に出た。これが芹沢との間合いだ。これ以上踏み込めば、無事では済まない。総司か芹沢か、どちらかが死ぬ。

奥歯を噛みしめた総司は、構えた。じりりと半歩足を引く。見開いた目の中に、己と同じく構えた芹沢の姿を捉えた瞬間——息を呑んだ。

(闇に呑まれる)

対峙する男の昏く光る目が、総司の時を止めた。

気づいた時には、芹沢は眼前に迫っていた。とっさに刀を抜き、攻撃を受け止めたのは、無意識だった。江戸で受けた鉄扇の一撃よりも、それははるかに重い。押し返そうとしても、びくともせず、逆に刃が迫ってくるばかりだった。力勝負ではかなわない——そう察した総司は、身を避けながら刀を引く。胸許に飛び込もうとしたが、逆に間合いを詰められ、総司は数歩後ろに飛びすさった。

(くそ……)

内心舌打ちを漏らした総司は、腰に刀を戻しながら、さらに足を半歩引いた。向かってくる芹沢を瞬きもせず見つめながら、構えた。彼が勝利を確信した時にできるであろう一瞬の隙——それを決して逃すつもりはなかった。

だが——。

力も素早さも優る芹沢は、一度も隙を見せなかった。目の前の敵を斬る——ただそれだけを考えて、刀を振ろうとしている。それに気づいた総司は、刀を抜きつつも、己の敗北を確信した。

(俺はこの人には勝てない——)

芹沢の刀が、総司の顔に一筋の影を作った。

ぴりぴりぴり——。

甲高い音色が響いた。

総司は崩れ落ちそうになった。斬られたからではない。芹沢の刀は、総司に届かなかった。命は助かったが、総司の顔はさぞや絶望に満ちていることだろう。これほど気が削(そ)がれては、再び構えることはできない。芹沢が納刀したのを認めて、総司ものろのろと刀を腰に戻した。

「引き分けだ」

芹沢はそう言い捨てて、歩きはじめた。全身に漲らせていた殺気は跡形もなく消えた。総司の横を通りすぎる時も、その片鱗(へんりん)すら見せなかった。

小さくなっていく足音を耳にしながら、総司は肩を落として立ちすくんだ。今日の芹沢は素直だった。総司の問いに答え、間違いを認めて謝りさえした。最後まで素直であれば、総司の心も少しは癒(いや)されただろう。

「負けた……俺は——」

両者とも無傷だが、勝負はついていた。

総司と芹沢の勝負が明るみになることはなかった。

(あれは何だったのだろう)

あの時鳴り響いた音色は、目明しが持つ呼子笛のそれだった。総司と芹沢の不穏な様子に気づき吹いたというなら、そのまま駆けつけてくるはずだ。芹沢はすぐに去ったが、総司はしばらくその場にいた。しかし、誰も近づいてこなかった。

それから数日、総司は周囲を警戒しつつも、それを悟られぬように振る舞った。勝負の日から芹沢とは顔を合わせていないが、遠目に見た限り、ふだんと変わらぬ様子だった。

「明日は祝宴だ」

近藤の口からその言葉を聞いた時、総司は皆と同じく笑みを浮かべた。内心は千々に乱れていたが、噯気にも出さなかった。

(大人になったものだ)

己に感心しながら、総司は道場に向かった。遅れてやって来たのは、井上だった。同じことを考えているのだと分かり、総司は忍び笑いを漏らした。

五本中、総司は四本勝った。最後の一本は井上が粘り、勝負が付かぬまま終わった。

「大丈夫そうだな」

手合せの後、汗を拭いながら井上は言った。

「源さんの方が大丈夫ではないようですね。どうも動きが固い。歳だからしようがないのかなあ。後で肩をもんであげましょうか」

「俺あまだ三十半ばだぞ」

顔を赤くして怒りながらも、井上はほっとしたような表情を浮かべた。他人の心配ばかりするお人好しの井上が、総司にはいつも以上に眩しく見えた。

道場を後にした総司は、近藤の許に向かった。部屋の前で膝をついて声をかけると、中から土方の声が聞こえた。

「ちょうどいい。お前も入れ」

「いえ、俺はここで結構です。すぐに用は済みますので——必ずやり遂げます」

総司はそう言うなり腰を上げ、廊下を歩きはじめた。

「総司」

近藤の呼びかけには、心の中で返事をした。

八月十八日の政変での活躍、新選組という隊名を賜っての祝いの宴は、予定通り、島原の角屋で行なわれた。

（よりにもよってここか）

角屋の前に立った総司は、苦笑交じりに息を吐いた。

角屋の設立は、慶長(けいちょう)の頃まで遡る。初代徳右衛門(とくえもん)が柳町(やなぎまち)に開き、その後一度移転するも、二代目の時にまた戻った。四季折々の景色が楽しめる風光明媚(ふうこうめいび)な中庭を挟み、表棟と奥棟が建つ。それぞれの部屋には、翠簾(みす)の間、扇の間、孔雀(くじゃく)の間などといった名がついている。どの部屋も名にまつわる素晴らしい意匠が施されており、見る者の目を楽しませた。

——妓がいるのに、部屋など見るか。

ケッと鼻を鳴らした原田も、はじめて角屋に来た時はきょろきょろと店中を見回したものだ。

妓と戯れることにさほど興味がない総司は、角屋に来るとあちこち見て回り、店の者に笑われた。皆が感心し、訪れる日を楽しみにした角屋は、以前芹沢から暴挙を働かれた。店の中には芹沢がつけた刀疵まで残っている。さぞや恨みに思っているだろう。しかし、新選組の面々を迎え入れた店の者たちは、迷惑そうな素振り一つ見せなかった。

「このたびはほんにおめでとうございます。先の戦や日々のご隊務でお疲れのことや思います。今夜はどうぞごゆるりとお過ごしください」

労いの言葉をかけられた隊士たちは、満悦の表情を浮かべた。暴れた当人の芹沢も気をよくしたらしい。ぱちぱちと忙しく鳴らしていた扇を開き、優雅に扇ぎつつ中に入った。

「――俺たちは新選組だ」

そう叫ぶ声が響いたのは、酒が入って一刻程経った頃だった。

「何度名乗れば気が済むんだ」

呆れ声を出したのは原田だ。

「何度だって叫んでやる。新選組だ。壬生狼などではない。俺たちは会津さまに認められた新選組だ」

叫んだのは原田――ではなく、その隣の藤堂だった。

「そうだ。俺たちは浪士組でも壬生浪士組でも壬生狼でもない。新選組だ」

合いの手を入れる永倉を見て、原田はぼりぼりと頭を掻いた。こういう時、真っ先に暴れる原田は、友二人の相手をするので手一杯の様子だった。

「呑み過ぎだ。水を飲め、水を」

「これほど酒があるのに、なぜ水など飲まねばならん」

据わった目で藤堂が言えば、永倉は首を横に振って酒を呷る。やがて、宥めても無駄だと悟ったらしい原田が腹踊りをはじめた。彼らを眺め笑った総司は、視界の端で常に芹沢たちの動向を追っていた。芹沢のそばには平山、平間(ひらま)がいる。最初はそこにいた野口は、いつの間にか斎藤と差し向かいで呑んでいた。珍しく斎藤がよく話している様子で、野口は一々頷き、笑みをこぼした。

(……よかった)

総司は安堵の息を吐いた。

宴もたけなわという頃——その時が訪れた。浴びるように酒を呑み、したたかに酔った芹沢たちの許に、土方が近づいた。

「芹沢先生。屯所までお送りしましょう」

芹沢はゆっくりと顔を上げた。土方の優しげな瞳をじっと見据えて、首を傾げた。

「お主が俺を送るのか」

「お嫌ですか」

「いや……」

珍しく歯切れの悪い答えを返した芹沢は、傍らで己を支えている人物を見て言った。

「お主も帰るのか」

芹沢に問われた近藤は、小さな目を瞬いた。

「局長二人が抜けては、しまらぬ宴席になってしまいます」

土方がすかさず言い添えたが、芹沢は近藤の答えを待っている様子だ。

「私も帰った方がよろしいでしょうか」

近藤の問いに、土方は眉を顰めた。うんと答えられたらどうする気だ――そう思ったのだろう。

（……どうする）

土方に加勢した方がいいのだろうか。余計な口を挟まずに待つべきだろうか。少し離れた場所にいた総司は、乾いた刺身を箸で突きながら考えを巡らせた。

「お主はここに残れ」

芹沢の答えを聞いた総司は、天井を仰ぎ嘆息した。もしも、世の中に運命というものがあるのなら、それが今現れたような気がした。

（否――運命などあるものか）

そんなもので人生が決まっては、堪ったものではない。正面に顔を戻した総司は、酒を勧めてきた隊士と談笑し、「珍しく酔った」と嘘を吐いた。

土方と芹沢を含めた数名が中座して、四半刻が経った。

「お手伝いします」

総司が山南を支えて起き上がったのを見て、島田が慌てて駆け寄った。

「俺一人で大丈夫ですよ」

「そういうわけには……屯所までお送りします」

「この人は酒に弱いけれど、すぐに目が覚めるから。原田、藤堂、永倉あたりの面倒を見てくれた方が助かるなあ」

座の真ん中で騒いでいる面々を見て、総司は言った。島田は苦笑して頷いた。

角屋を出て間もなく、山南は総司の腕を軽く叩いた。

「酔いは覚めましたか」

山南が酒をほとんど呑んでいないと知りながら、総司は問うた。頷いた山南は、総司が差している傘を取った。一つの傘の下に大の男二人は窮屈だ。しかし、二人して片手が塞がっていると、何かあった時に困る。

「止みませんでしたね」

「ますますひどくなったな。この分だと、明日も雨だろう」

山南は空を見上げて言った。総司も倣ったが、顔にびしゃりと雨がかかってしまい、ぶんぶんと首を振った。犬のような仕草を見て、山南は笑った。

「落ち着いていますね」

「そうでもないさ。こう見えて、心は千々に乱れている」

「本当かなあ」

「本当さ。だが、肚は決まっている――総司と違ってね」

総司が歩みを止めると、数歩先で山南も止まった。振り向いた山南に笑みはなかった。水を打ったように静かな表情を見つめて、総司は息を吐いた。

「卑怯なのは俺の方です。やると決めたはずなのに、まるで心が定まってない。挙句の果てに、独断で勝負まで申し込んで……負けました」

総司の喉から出たのは、押し殺した声だった。これでは、雨音に紛れて聞こえなくても無理はない。

「上洛してからどうもおかしいんです。答えが出ないことばかり考えてる。どうにもならないことなら放っておけばいいのに、何とかならないかと思ってしまう。俺にできることなんて、たった一つしかないのに」

それは剣を取ることだ。昔から、総司にはそれしかなかった。悩むことや迷うことがなかったわけではないが、修行に励んでいればすぐに忘れた。総司の迷いや悩みなど、取るに足らぬものだった。剣を極めることに比べたら――。

「お前はすごいな」

山南はぽつりと言った。

「俺は己にできることが何なのか、実のところよく分からない」

「それは、山南さんが多才だからでしょう。文武両道のあんたにできないことなんて――」

総司は言葉を止めた。山南の顔がぐしゃりと歪んで見えた。

さらに強まった雨が、二人の間に降り注いだ。滝のように降る雨から視線を戻すと、山南の顔は常通りの、少し困ったような微笑が浮かんでいた。

「俺もあの時やると決めた。その時の己を裏切る真似はしたくない」

一旦言葉を切った山南はこう続けた。

「信じる道を生きろ。たとえお前が己を信じられなくなっても、俺はお前のことを信じているよ」

目を細めた山南は、前を向いて歩きはじめた。総司はすぐに後を追わず、地面を叩きつける雨をじっと眺めた。

「……はい」

返事をした時、山南の姿は見えなくなっていた。総司は奥歯を嚙みしめて、屯所への道を急いだ。

昨年の花見の日が、なぜか脳裏に蘇った。あの時は白い雨が降っていた。今宵は反対に黒いが、雨に色などない。そもそも、あれは桜だった。心が奪われるほど美しい眺めだった。しかし、あの時の総司の胸のうちは、さみしさで埋まっていた。

そのさみしさはどこかに消えた。代わりに、迷いが増えた。どうやって道を進めばいいのか分からなかった。だが、遠く離れてしまうはずだった近藤は、今もそばにいる。仲間たちも誰一人欠けることなく共に生きている。

だが、土方は鬼になった。

その事実が受け入れられず、総司は迷いを抱いた。いくら考えても、土方の思惑は分からぬままだ。おそらくこれからも分かりはしない。

しかし、肚は決まった。

(俺も鬼になる)

迷いも人の情も捨てて、芹沢を斬る——。

屯所に帰った総司は、濡れそぼった着物を脱ぎ捨てた。用意してあった黒装束を身に付け、素早く外に出る。向かいの離れに着く頃には、全身が雨に濡れていた。そこで総司を待っていた面々も、負けず劣らずの濡れ鼠だった。

鼠たちは息を潜め、家の中に忍び込んだ。間もなく、家の中に血の雨が降った。

二

総司は合わせていた手を外し、深々と礼をする。後ろで焼香の順番を待っている隊士に場所を譲り、静かに寺の外に出た。空を見上げて吐いた息は淡く白い。雲が二重に広がったように見えて、総司は目を細めた。

野口健司の切腹が執り行なわれたのは、文久三年暮れのことだった。

——気の合う奴が隊にいてよかった。お前といると楽でいいよ。

最後に会った時、野口はそう言った。野口とはたまに外へ遊びに行く仲だった。他の隊士たちの遊びといえば、遊郭で酒を呑み、妓と戯れることを指したが、総司たちは小料理屋や甘味処で飲み食いし、寺社をぶらりと散策するようなたわいのないものだった。

総司は近藤たちと、野口は芹沢たちと行動を共にした。いつしか試衛館派と水戸派に分かれ、両派は次第に対立を深めていった。そんな中、総司と野口は気の置けぬ関係を続けた。二人は友だった。だが、総司はその友を助けられなかった。

芹沢たちの死後、隊内ではこんな噂が立った。

近藤局長たち試衛館一派は、芹沢についていた者たちを一掃する気だ——と。

試衛館派筆頭である総司に、その噂について問うてくる者はいなかった。いつか己も、と不安を抱えていたであろう野口も、何も言わなかった。

——京の紅葉(こうよう)は別格だな。これが見られてよかった。

紅葉狩りの折、野口はそう呟いた。あの時にはすでに覚悟を決めていたのだろうか。脱隊を訴えることもなく、野口は死んだ。切腹の理由は「士道不覚悟」だった。詳細を知りたいとは思わなかった。野口はもうこの世にいないのだ。

総司は顔を前に戻し、歩きはじめた。向かったのは裏手にある墓所だ。新選組筆頭局長らしい立派な墓の前で、手を合わせもせず立ち尽くした。

三月(みつき)前の九月十八日深夜——総司たちは八木家の離れに侵入し、就寝中の芹沢たちを暗殺した。多少の抵抗はあったものの、総司が願ったような激闘はなかった。

寝所に飛び込んだ総司たちは、凶刃を振るった。辛(から)くも攻撃を避けた面々は、急いで廊下に出た。芹沢はもつれる足で隣室に逃げ込んだが、文机に足を引っかけ、盛大に転んだ。すでに背に傷を負っていた芹沢は、痛みに苦しみ、悶(もだ)えていた。それでも、這(は)いつくばって逃げようとした。獣のように荒い息を吐くたび、酒の匂いがした。

総司はその背に刀を突き刺した。絶命したのを認め、土方たちと共に八木家を退散した。

芹沢たちの死は、朝を待たずして隊内に知れ渡る。芹沢が息絶えたあの部屋には、衝立(ついたて)の向こうに八木家の母子がいたのだ。

——芹沢先生が賊に……。

屯所に駆け込んできた八木家の妻女はそう叫んだ。衝立の向こうにいた総司たちを本当に賊と見間違えたのかは分からない。真っ青な顔をした井上を、山南が黙って支えているのを横目で眺めながら、総司は再び八木家に向かった。

寝所に入った時、芹沢の愛人である梅が死んでいることにはじめて気づいた。

梅はいつの間にか芹沢の愛人となり、八木家に住みだした。皆が口を揃えていい女だと言った。確かに見目は美しく、匂い立つような色香もあった。だが、総司は彼女がどのような人間なのか知らない。とくに知りたいとも思わなかった。

（いや……一つだけあったな）

梅は芹沢の酒乱や素行を知りつつ、どうして共に生きることを選んだのだろうか。問いかけることはできない。芹沢も梅も死んだのだ。彼らと共に平山も死に、平間は行方知れずとなった。残った野口も、三月後、腹を切らされた。

——これで、新選組は完全に試衛館一派のものだな。

野口の切腹直後、永倉は笑って言った。総司たちが「賊」であることに気づいているのだろう。その場にいた近藤が眉尻を下げて述べた。

——お前もそこに入っているだろう。

永倉はぐっと黙り込んだ。永倉の悔しさが滲んだような瞳とは違い、近藤は穏やかで静かな目をしていた。

「——誰です」

問うた総司は苦笑した。感傷に浸（ひた）っていても、身体はしっかりと反応している。音も立てず、背後から近づいてくる気配に、随分と前から気づいていた。観念したのか、相手は足早にこちらへ向かってきた。

振り返った総司は首を傾げた。目の前に立ったのは、総司よりも小柄な男だ。十代半ばくらいだろうか。幼さを残した丸顔に、ぎらぎらと光る獣のような瞳が印象的だ。この目は確か——記憶の蓋（ふた）に手が掛かった時、少年が深々と頭を下げた。

「以前、あなたに命を助けていただきました。そこに眠っている男から」

総司は目を見開く。脳裏に蘇ったのは、今年二月伝通院に集った日に起きた一件だった。

「あんた、芹沢さんと喧嘩していた……」

言いかけた総司は、口を噤んだ。あれは喧嘩などではない。この少年が一方的に責め立て、芹沢は黙って誹りを受けた。最後は鉄扇で殴り殺そうとしたが、常の芹沢ならさっさと斬り捨てたはずだ。

「あなたに助けていただいたご恩を返す機会を窺っていたんです。やっと返せてよかった」

顔を上げた少年は胸を張って述べた。何のことだか分からず、総司は頬を掻いた。助けた覚えはあるが、恩を返された覚えはない。総司が彼と会ったのはあの一度きりだ。

「できたら、いただいたものをお返ししたいと思いましたが、なかなか機会が訪れず……あの男がいなかったら、返せていなかったやもしれません」

苦笑交じりに言った少年は、丸めた手を口に添え、思いきり吹いた。

ぴりぴりぴり――。

呼子笛の音色が響き、総司は固まった。

「あの時、あなたの命を助けたのは俺です」

口から笛を離した少年は笑みを浮かべて言った。脳裏に、芹沢との一戦が蘇った。

――引き分けだ。

総司はさっと左手を伸ばし、自身の右手を摑んだ。どくどくと血が躍り、ぐつぐつと頭が煮え立つ。歯を食いしばって堪えていなければ、どうにかなりそうだった。

「ご恩返しができてよかった。俺は新選組に――」

皆まで聞かず、総司は右手を押さえつけたまま駆けだした。一刻も早くここから去らなければならない。これ以上少年と対峙していたら、左手を解いてしまうだろう。自由になった右手は刀の柄を摑む。そして、瞬きもせぬうちに少年を斬り捨てる。

総司は走った。真冬だというのに、汗を搔くほど発熱した。喪服を纏っていることに気づいたのは、芹沢との勝負をしたあの場所で足を止めた時だった。

「……は」

掠れた白い息を漏らした総司はその場に蹲った。哀しみなどどこかに消えてしまった。身の内に湧き上がったのは、感じたことがないほどの大きな怒りだった。


文久四年二月——上洛して、そろそろ一年が経つ。

少年との再会からふた月が過ぎたが、例の一件以降、彼は総司の前に姿を現さなかった。頼みもしないのに恩返しの機を窺い、それを実行した身勝手な少年だ。必ずまた現れるという予想が外れ、肩透かしを食らった。

(今度会ったら、斬ろうと思っていたのにな)

誰も聞いていない心の声に、総司は「冗談だよ」と呟いた。

「冗談で済まされるものか。京まで来て暴れ回るなんざ、何を考えてるんだ。世情を憂いもせず、好き勝手やりやがって……故郷の名折れだ。恥ずかしいったらねえ」

往来を歩く井上の言に総司は一瞬ぽかんとして、「ああ」と手を打った。

「冗談なのはそっちの話じゃあないんですよ」

「何だと。それなら、お前は一体どこの話をしてやがるんだ」

「たわいもないことですよ。あまりにもたわいもなくて、何だったのか忘れました」

「お前え、ふざけているな」

井上は顔を真っ赤にして、ぎゃんぎゃんと吠えた。

「まあまあ、源さん。こいつがいまいちしまりがないのはいつものことだ。澄ました顔をしながら、心はよそに行ってたんだろう」

「そうそう。悪ぶれるほど賢しい奴じゃない」

後ろを歩く永倉と藤堂のとりなしに、総司はむっと頰を膨らました。

「まるで俺が阿呆みたいだ」

阿呆じゃなかったのか、と驚いた風に言い返す藤堂を、総司は小突いた。藤堂は二つ年下だが、まるで子どものような扱いをしてくる。もっとも、それは藤堂に限らなかった。

――こら。ふらふらとしていねえで、さっさと道場に入れ。

――こんな寒いのに、薄っぺらい格好するな。ほら、俺の羽織を貸してやるから。

総司のことを、出会った頃のままの幼い子どもだと思い込んでいる井上に、年中そんな言葉をかけられている。上洛してからもそうなので、隊内に知れ渡っていた。

「……源さんのせいだ」

「俺は奴らの知己じゃねえぞ」

「だから、その話じゃあないんです。大体、そっちは一応決着がついたでしょう」

「富澤さんに押しつけただけじゃねえか」

腕組みをして言った井上は、深い息を吐いた。

富澤政恕は、蓮光寺村の名主で、日野宿大惣代だ。近藤周助に師事し、天然理心流を学んだ。周助と勇の養子縁組の際は仲介役となり、府中六所宮への額奉納や、近藤の天然理心流四代目襲名試合の世話をした。

富澤は将軍上洛の折、随伴者に付き従って同行した。いつも世話になっている富澤を、新選組は屯所に招き、歓待した。出世と活躍を喜んでもらい、少しは恩を返せたかと思ったが、その数日後、五条大橋で酔って暴れた武州の男たちが捕縛された。引き取り手となったのは富澤だった。捕まった彼らは新選組とかかわりはないが、近藤や井上は同郷の者として恥と感じたようだ。

改めて挨拶に行ったが、富澤は生憎不在だった。近藤一人が富澤の帰りを待つことになり、総司たちは壬生に引き返すこととなった。無駄足となったが、文句は出なかった。井上だけは同郷の者が暴れたという事実が未だ気に入らないらしく、ぶつぶつと言った。

「しつこいおじさんだなあ」

唇を尖らせ呟き、さっと頭を抱えた。拳骨が飛んでくる——そう思って構えたが、井上はうるせえなと呆れ声を出しただけだった。驚いた総司は、井上の顔を眺めてハッとした。

(……まだ悩んでいるのか)

総司が知る限り、井上が悩みはじめたのは、上洛して間もなくだった。何がきっかけだったのかは分からない。気づけば、井上は今と同じような顔をしていた。

(不味い飯を無理やり詰め込んだような顔だなあ)

井上の顔をまじまじと見つめていたところ、背に鈍い衝撃が来た。拳を握り、口をへの字にした藤堂は、首を横に振った。今はまだ触れてやるな——そう言っているように見えた総司は、肩をすくめて頷いた。

井上が何かに悩んでいることを皆知っていた。試衛館の面々だけでなく、井上が指揮する六番隊の者たちも勘付いているようだ。

「早く解決するといいなあ」

総司の呟きに、井上は全くだと頷いた。皆が苦笑したのを、井上は不思議そうに見た。

浪士組から壬生浪士組に、それから新選組へと変遷していく中で、皆の立場も変わった。はじめはほぼ横並びだった位置が、上下にずれた。芹沢が存命だった頃は、彼の天下だった。いなくなってからは近藤一人が頭だ。その下に、山南と土方が続き、総司たち組頭がいる。それぞれの組頭の下には数名の伍長がつき、平隊士を統率する。

——これは隊を上手く動かすための単なる指揮系統だ。決まりごとがないといざという時身動きが取れなくなる。そうなれば、皆の命は元より、この隊の命も危うくなる。命は軽々と捨てるものではない。できるだけ長生きできるように皆で守っていこう。

隊編成が発表された時、山南は皆を前にそう言った。山南にしては随分と子どもじみた言い方だったが、それが響いたようだった。

——怪我をしても、焦らず反撃すれば勝てる。無茶なことをと思う者がいるかもしれないが、いい例がここにいる。己の命あっての物種だから、そこはしっかり守りなさいよ。

山南は晒で覆われた己の腕を軽く叩き、笑って言った。

昨年十月の大坂出張の折、山南は暴れる不逞浪士に斬られた。相手の剣術の腕前が達者だったこと、山南の刀が慣れぬ代刀だったこと、相手方の人数が多かったこと——それらの不運が重なった。しかし、山南は怯まず立ち向かい、敵全員を捕縛した。

伝え聞いた隊士たちの動揺は、決して小さくなかった。怪我を負った山南は、しばらく大坂で養生することとなったが、皆の頭にはこんな不安が浮かんだ。

新選組隊士として、帰ってこられるのだろうか——と。

半月後、山南はひょっこり戻ってきた。驚く一同に、心配をかけたねと笑って言った。多少やつれたものの、常通りの飄々とした様子に、皆はほっと息を吐いた。しかし、腕は元通りとはいかず、その一件以来、実働部隊から外れている。今日も屯所で留守役だ。

原田、斎藤は巡察のため来られなかったが、同じこの場に居ながら別行動のような振る舞いをする男もいた。顔を顰めた総司は足を速め、前を歩く男——土方を追いかけた。

同郷の者が失態を犯すという嫌な一件は解決を見た。だが、井上も土方も仏頂面だ。もっとも、生来捻くれ者の土方は、大概こんな表情を浮かべている。

「だから、鬼副長なんて呼ばれるんだ」

「そう言ってるのはお前だろ」

「あれ、今の声に出ていましたか」

とぼけて言うと、隣に並んだ土方は呆れたような息を吐いた。

「言い出しっぺは俺じゃあありません。強いと褒められているんですよ。よかったですね」

「上洛してから、ますます嫌みな奴になったな。小せえ頃はまだ可愛げがあった」

「その頃からあんたは意地悪でしたよ。今日のように、全く歩調を合わせてくれやしないんですもん。ほら、ごらんなさいよ。源さんたちの姿が見えなくなっちまった」

総司は後ろを指差して言った。土方は「あっちが遅(おせ)えだけだ」と鼻を鳴らした。

「鬼の副長と並んで歩きたくないんだろ。お前も離れて歩いたらどうだ……気味が悪いな」

にやつく総司を見て、土方は不機嫌そうな声を発した。短気ですぐに拗(す)ねるところは変わっていないらしい。土方のそういう子どもじみた部分はなかなか可愛らしいものだ。

(本当は鬼のくせになあ……)

——誰にも言うな。

肩を摑んで凄まれてから、半年以上が経つ。未だに詳しい事情を総司は知らない。

「……分からないなあ」

総司は笑みを引っ込めて、ぼそりと言った。

「俺には分かる。奴らは暴れたくて暴れたわけじゃねえ。ただ、己の力を試したかっただけなんだ。無論、暴れていいわけがねえが……このご時世だ。俺みたいな奴でも何とかなるんじゃないかと思う奴はいる。それに、俺たちのような奴らが京で活躍していると聞いたら、ますますそんな風に考えるだろう。生憎、俺たちは大した活躍もしてねえがな」

苦々しい表情を浮かべて言った土方をまじまじと見て、総司は呟いた。

「……まるで自分のことのように言うんですね」

てっきり井上のように、彼らを故郷の恥だと怒っているのかと思ったが、

「そうだ。あいつらは、上洛できなかった俺だ」

土方はあっさり認めた。

「あんたはちゃんとしていたと思いますよ。薬売りだって立派にやっていたでしょう」

「やっとう修行をするために出かけるいい口実になると思ったから、我慢していただけだ。お前と比べたら大した腕前じゃねえが、そんじょそこらの奴には負けねえよ。胆力なら誰よりもある。何より頭が切れる。俺がやらないで誰がやるんだ」

「一体何をやるって言うんです」

首を傾げて問うた総司を一瞥して、土方は苦笑した。

「お前えには一生分からねえだろうな」

そう述べた土方は、さらに足を速めた。総司はそれ以上追わなかった。他人に己を重ねてしまう弱さがあるくせに、決して己が抱えているものを打ち明けようとはしないのだ。

「……本当にそれでいいのかよ」

呟きは、雑踏に紛れて誰にも届かずに消えた。


移ろいゆく日々の中で、新選組隊士たちにも、それぞれ変化があったようだった。己にはかかわりないと思っていた総司も、そうではないことにようやく気づいた。

「総司、どこに行きやがった。どうせここに隠れているんだろ。早く出てこい」

壬生寺中に響いたのは、井上の怒鳴り声だった。四半刻近く経ってようやく声が聞こえなくなった頃、総司は隠れていた生垣からひょっこり姿を現した。

「黙っていてくれてありがとう」

近くで遊んでいた子どもたちに、総司は小声をかけた。

「飴もろうたからな」

「違うやろ。沖田の兄ちゃんにはいつも世話になってるからや言うとき」

くすくすと笑い声を漏らした子どもたちに、総司もつられて笑った。

「せやけど、ええんですか。大事な用があったんと違うの?」

中で年長の、子守をしている少女が問うた。

「いいんだ。午後は非番だし、大した用じゃない。元気になったから、これまでの分を取り戻そうとしているんだろうね」

総司の答えに、子どもたちは顔を見合わせて頷いた。

「元気なかったんは恋のせいやろな。きっと、岡惚れの相手は三条の茶屋の看板娘や」

「せやけど、あれは無理やろ。えらいべっぴんはんやないの。本物見たことあらへんけど」

飴を舐（な）めながら交わされる会話に、総司は腹を抱えて笑った。

長らく井上は悩んでいた。それを心配した近藤が、試衛館の面々に声をかけ、宴席を設けた。あの斎藤までもが井上を案じ、出席した。皆の想いに気づいた井上は、悩みを払拭し、立ち直った。

――俺はここにいるよ。どこにも行かねえさ。

それからというもの、井上は多摩にいた頃のように、妙に張り切っている。

（おじさんはいつもずれているからなあ）

元気になったのはいいが、井上はその元気さを他人に押しつけるところがある。これが上り調子の時はいいのだ。彼の元気ややる気に鼓舞される者が大勢いるだろう。しかし、反対の時は逆効果だった。

文久四年改め元治（げんじ）元年となった四月――新選組にはじめじめとした空気が流れていた。

日々の巡察では、不逞浪士を捕えることも多く、そのための稽古も欠かさない。山南や武田観柳斎（たけだかんりゅうさい）といった才子に学問を習う者もいる。総司は遠慮しているが、藤堂などは熱心に学んでいるようだ。命を落とす危険は尽きぬ分、給金は高く、隊士たちはそれなりの生活を送っている。傍（はた）から見ると順調であるかもしれぬが、隊士たちは不満や不安を抱えた顔をするようになった。入隊理由は人それぞれだ。だが、多くの者は出世を夢見ているらしい。

――この乱世に生まれたんだ。俺は一花も二花も咲かせてやるさ。

一番隊の懇親の席で、平隊士の誰かが酒に酔ってそう叫ぶと、他の隊士たちも同意した。

――沖田さん、俺たちやりますから。あんたが俺たちの大将なんですからね。

酔いもせず、ぼんやりしていた総司に、部下たちはずいっと迫って言った。その時総司は、困ったなあと頭を掻いたものだ。政が苦手な総司は、出世にも興味がなかった。一番組頭にも特別な思い入れはない。他に適任者がいるなら、すんなり座を明け渡すだろう。

だが、総司には剣術がある。それを生かせさえすれば、役職や地位などどうでもよかった。たとえば、近藤が浪士組ではなく、武者修行に出ようと言ったとしても、文句一つ言わずついていっただろう。養子である近藤は、流派や道場のことで悩み、上洛を少し考えたようだったが、総司には悩む理由がなかった。

――周助先生に投げていくのは道理に合わねえ。だが、宗次郎だったら誰も文句は言わない。

あの時そう言った土方は、総司が宗家襲名を少しも望んではいないことを知っていたのだろう。だからこそ、近藤の大事なものを預けられると思ったのだ。あの時、近藤が声をかけてくれなかったら、今頃試衛館で剣術を教えていたかもしれぬ。心配した井上が残り、毎日叱咤(しった)する様子が容易に浮かんだ。

その想像に比べれば、今は心地がいいものだ。皆の焦る気持ちも分からなくはないが、裏を返せば平和ということだ。何か事があれば、新選組も駆りだされる。前年の政変のように、甲冑を身に付けて御所に馳せ参じることもあるだろう。

総司は深く事を考えるのが苦手だが、その代わり勘が優れている。隊に流れる空気も、皆の焦りも、これから必ずやって来るであろう新選組の出番も、はっきり感じていた。

（機は必ず巡ってくる。その時は俺も――）

決意を新たに拳を握りしめた時、子どもたちに呼ばれた。

「沖田の兄ちゃん、飴ありがと。そろそろ帰るわ」

「沖田はんもいつまでも遊んでへんで、はよ帰り。井上はんに怒られるで」

総司を叱咤しながら、子どもたちは帰っていった。手を振って見送った総司は、苦笑を浮かべつつ、さっと踵を返した。

向かったのは、芹沢たちが眠っている墓所だった。

「早く出てきなさいよ」

しばらくすると、総司が歩いてきた方から小柄な少年が近づいてきた。

「先生はやはりお優しいんですね。子どもにも親切だ」

「子どもは好きだよ。だから、あんたのことも助けてやったんだ」

そう返すと、相手はむっと顔を顰めた。

「俺は子どもじゃありません。あなたとそう歳も変わらないはずです」

「いくつ」

十九になります、と答えたのは、それよりも三つ四つは幼く見える男だった。名は知らぬが、総司はこの少年を知っている。

「石井亥之助と申します。亥之助とお呼びください」

少年は人懐っこい笑みを浮かべて言った。

「……何か御用ですか」

総司は低く問うた。芹沢との勝負を台無しにされた恨みは忘れていない。だが、あれから随分と時が経った。はじめてその事実を聞いた時のような怒りは湧いてこなかった。

亥之助は驚いたように目を瞬き、頬を掻いた。

「もしや、お忘れでしょうか……以前お願いした件です」

首を傾げた総司に、亥之助は落胆の表情を浮かべて肩を落とした。

「……またお願いしたら、聞いてくださいますか」

「俺が叶えられることなら構わないけれど、そうでないなら聞けません。俺は新選組の者です。隊に迷惑がかかるようなことがあったら、俺もあんたも無事じゃすまない」

「ご迷惑はかけません。俺は沖田先生に恩返しがしたいんです」

即座に言い返した亥之助は、深く息を吸い込み、こう宣言した。

「俺を新選組に入れてください」

総司は口をぽかんと開けて、少年をまじまじと見た。

「……恩返しなら、もう済んだはずです。互いに命を助け合ったのですから」

頼んでもいないのに――苛立ちを隠して言うと、亥之助はなぜか笑って応えた。

「そちらはいいんです。沖田先生がおっしゃったようにお互い様ですから」

「だったら――」

「殺してくれたお礼です」

思わぬ言葉を耳にした総司は、冷静な声を作って問うた。

「何のことです」

「芹沢ですよ。先生が殺したのでしょう」

「……あんた、勘違いしている。なぜ俺が局長であり、同志であるあの人を襲わなければならないんです。芹沢局長は、長州の者と思しき賊たちの手に掛けられて――」

「俺も芹沢を殺そうと思っていました」

総司の弁明を遮って述べた亥之助は、ずいっと迫って顔を寄せた。

「芹沢とは天狗党で出会いました。あの頃から、あいつは傍若無人な男でした。酒が入ると手がつけられぬほど暴れ、気に入らない相手を敵味方の別なく鉄扇で打ち据え……俺の恩人も奴に酷い目に遭わされました」

ぎゅっと拳を握りしめた亥之助は、押し殺した声で続けた。

「その人は俺の大事な人でした……だから、どうしても許せなかった」

総司はかける言葉もなく、黙した。ゆっくり面を上げた亥之助は、爛々と輝く目で総司を見つめて言った。

「芹沢に一矢報いようと思っていましたが、俺の腕では無理でした。だから、あなたが芹沢を斬ってくれて、俺は本当に感謝しているんです」

「俺は――」

「あなたが芹沢鴨を斬った」

またしても総司の声を遮り、亥之助は明言した。真っ直ぐな瞳を見つめた総司は、詰めていた息を吐いた。

どうするべきか。

考えるまでもない――土方ならそう言うだろう。

「俺が斬られたら、あんたの仕業だと置文をしてきました」

亥之助の言を聞いた総司は、大刀に手を掛けた姿勢で固まった。

総司はじっと亥之助を見た。顔は強張り、身体は小刻みに震えている。それでも逃げなかった。

「……明日、同じ刻限にまたここで」

そう言い捨てた総司は、亥之助とすれ違い歩きはじめた。返答はなかったが、少年がその場にへたり込んだのは分かった。

壬生寺を後にした総司は、急ぎ屯所に帰った。

「どこをほっつき歩いてたんだ。散々捜したんだぞ」

廊下でばったり井上と出くわして怒られたが、総司は反論せず、山南の所在を訊ねた。

「自室にいるが……具合でも悪いのか？　奴も病にまでは精通していまい。医者を呼ぶか？」

首を横に振ると、井上は渋々引き下がった。総司の顔色の悪さが何を意味するのか、判断がつかなかったのだろう。井上と別れた総司は、その足で山南の許へ向かった。

山南の居室の前に立った途端、中から「どうぞ」と声が聞こえた。総司は息を吐きながら、静かに入室した。

「誰だか分かる前にどうぞは駄目ですよ」

腰を下ろしながら言うと、山南は向き直って笑った。

「総司だと分かったから言ったのさ。随分と懐かしい足音を立てていたじゃないか。ほら、お前の稽古があんまり厳しいから、よく門下生が逃げただろう。そういう時、お前はよくそんな苛立った足音を立てて、逃げた連中を捜してた。あの頃は、木刀で頭をかち割ってやる、などと物騒なことを言っていたな」

「……そんなこと言ってませんよ」

多分、と付け足して呟いた総司は、火照った顔を隠すように俯いた。

「もう四年以上前のことだ。あの頃はまだ子どもだったんだよ」

「四年前じゃ、十九くらいでしょう。いい大人じゃあありませんか」

十九になります——とつい先ほど耳にした言葉を思いだし、総司は深い息を吐いた。

「お前がそんな風になっているのは珍しいね」

「俺だって悩みの一つや二つはありますよ」

「あったとしても言わないよ。他人に迷惑をかけぬように一人で解決しようとするだろう」

総司は顔を上げた。山南はかけてくれた言葉の通り、優しい顔をしている。

「とても、困ったことが起きました。……聞いてくれますか」

山南は「勿論」という笑みを浮かべた。


「隊士になってもらおう」

総司が話し終えてすぐ、山南は言った。

「置文が口から出まかせだったとしても、これから認めて、誰かに託すだろう。とっさに浮かんだ考えだとしたら、なかなか機転の利く奴だ。知己の仇を討つ機を狙いつづけた根性もある。これで剣術の腕がよければ、とてもいい拾い物をしたことになるかもしれない」

「……申し訳ありません。俺がしくじったばかりに」

頷いた山南は、すっと笑みを引いた。滅多に見られない無表情に、総司はごくりと唾を呑み込む。山南は怒っている。

芹沢と勝負がしたい——そんな身勝手な理由を押し通そうとした。そのツケが一気に回ってきた。おまけにそれは、己だけでなく、新選組をも揺るがすものだ。

「隊のことを想ったら、あんな行動に出るべきではありませんでした」

「ああ、とんでもなく下手を打ったな」

山南の冷たい声音を耳にした総司は、膝の上で拳を握り、俯いた。信じている――そう言ってくれた山南を裏切った。そのことにようやく気づき、胸が痛んだ。

「一番組頭だということを忘れるな」

「……はい」

「亥之助とやらは俺の下につけよう」

思わぬ提案に、総司は顔を上げて目を白黒させた。

「総司は俺に借りがある。総司の恩返しをしたい亥之助に、その借りを代わりに返してもらおうという腹積もりさ」

「……かなわないなあ」

ひとしきり笑った後、総司は頭を下げて言った。

「扱いに困った時は俺に寄越してください。それまでよろしくお願い申し上げます」

「うん、任された」

気安い返事をした山南に、総司はさらに深く頭を下げた。

翌日、約束通り、壬生寺の墓所に行った。すでにそこにいた亥之助は、総司を見た途端、ぱっと明るい表情を浮かべた。

「沖田先生。来てくださったんですね」

「約束したのは俺ですよ」

そうでした、とからからと笑った亥之助に頷き、総司は来た道を歩きはじめた。

「屯所に行こう」

わっと歓声を上げつつ、ついてくる亥之助に、総司はちらりと振り返って言った。

「例の件は、俺とあんたの秘密だ。誰にも口外しないと約束してくださいよ。それに、俺を先生と呼ぶのは止してください。俺もあんたを特別扱いはしません。山南さんに迷惑をかけないこと。これは絶対に守ってくださいよ」

にわかに飛び出した名に、亥之助は不思議そうな顔をした。彼がその意味を知るところとなったのは、四半刻後のことだった。

「……本日より、山南総長付きとなりました」

山南の部屋から出てきた亥之助は、廊下にいた総司にそう言った。

「屯所の中を案内するからついておいで」

青褪めた顔で頷く亥之助を見て、総司は踵を返した。山南は何を言ったのだろうか。先ほどまでの威勢は嘘のようだった。

隊士部屋や道場などを一通り案内し終えた頃には、すっかり日も暮れた。

「そろそろ夕餉だよ。今日は何かな」

夕餉の匂いに気づいた途端、総司は腹を鳴らしながら言った。ずっと硬い表情を浮かべていた亥之助は、小さく笑った。

「きっとふきの煮物だと思います」

「鼻が利くんだね。そういえば、あんた子犬のようだ」

きゃんきゃんと吠えながら、足にまとわりつく様がよく似ている。総司が本音まじりに冗談を述べた時、亥之助はぴたりと立ち止まって、低い声を出した。

「――はい」

驚いて振り返ると、亥之助は真摯な表情を浮かべて言った。

「だから、きっとお役に立ってみせます」

「あんたは山南さんの小姓だから、適度に利かせてくれたらいいよ」

「役目は果たします。ですが、沖田さんの力にもなります——例の恩義がありますから」

眉を顰めると、亥之助はぐっと詰まった顔をした。それを隠すように深々と頭を下げた。

一人になった総司は、廊下を歩きながら溜息を吐いた。気がかりは多いが、亥之助を山南に任せられたのはよかった。山南なら上手くやってくれるだろう。

問題は土方だ。お前が引き入れたあの男は何者だ——そんな声をかけられる前に、この件を上手く説明しなければならない。それを考えると、どうにも気が重かった。

しかし、総司の懸念は思わぬ事態で吹き飛ぶこととなった。


亥之助が入隊した翌日、市中巡察中に隊士が斬られた。斬られた隊士は瀬川（せがわ）といって、少々問題のある男だった。何も悪さを働くわけではない。単に、性根が悪いのだ。序列はあるものの、同志という向きが強い新選組において、友と呼べる者が一人もいないらしい。

「瀬川は死んだ——ということにした。まだ息はあるが、意識が戻るかは五分五分だ。お前は瀬川が率いていた班に交ざり、蟻通勘吾（ありどおしかんご）を見張れ」

珍しく土方から呼び出しを受けた総司は、部屋に入るなり間諜の命を受けた。

「例の件、蟻通さんが下手人なんですか」

そう問いつつ腰を下ろした総司を一瞥して、土方は嘆息交じりに言った。

「下手人ではなさそうだ。だが、この一件の渦中に巻き込まれるかもしれねぇ」

「憶測ばかりだなあ。すべて外れだったらどうするんです」

「責任を取る」

「それなら、間諜をする俺も責任を取るべきですね」

「間諜が表に出たら、意味がねえだろ。そうならねえようにしっかりやれ」

土方は呆れ声を出すと、文机に向き直って手で追い払った。

「人に頼むならそれらしい態度をするべきだと思うな」

総司は文句を言いつつ退出したが、口許に笑みが浮かぶのを我慢できなかった。相変わらず詳しいことを話そうとしないが、土方は総司を頼った。いいように使われているだけかもしれぬが、嬉しかった。土方がその気なら、いつだって鬼の片棒を担いでやれるのだ。

総司は言われた通り、翌朝から瀬川の代わりに、彼の班に合流した。

「な、何であんた……沖田さんがここに」

壬生寺で顔を合わすなり、蟻通は慌てて言った。鳥山（とりやま）と森内（もりうち）も、驚いた顔をした。欠員の代わりに来た旨を話すと、三人は訝（いぶか）しむような表情を浮かべた。その様子を見て、総司は愉快に思った。鳥山がすぐ顔に出る性質なのは、稽古などで見て知っていた。だが、森内や蟻通はいつも無表情だ。そんな二人が、鳥山と同じくらい感情を露わにしている。

問題ありとされてこの班に集められた蟻通たちだったが、密に接してみると、三人とも根は優しく、隊務に真面目なことが分かった。いちいち素直に反応を返す彼らに親しみを感じてきた頃、事件の真相がにわかに判明した。

「……俺を斬ったのは永橋（ながはし）です」

斬られて七日目の夜、瀬川の意識が戻ったのだ。土方に居場所を聞き、見舞いに来ていた総司は、小者に瀬川を頼み、急ぎ屯所に戻った。

その話をするや否や、土方は明朝の捕り物を総司に命じた。土方がどうやって嗅ぎつけたのかは知らぬが、永橋という隊士が蟻通を騙して、共に隊を脱しようとしているらしい。土方は、二人が落ち合う場所に総司たちを張込ませ、捕縛しようと考えた。

「手向かいするようなら、斬っていい。殺しはするなよ。色々聞きてえことがある」

「蟻通さんもですか」

「奴の動向次第だが、そんな真似はしねえだろう」

「へえ、意外だなあ」

「斬ってよしと言うとでも思ったか」

素直に頷くと、土方は鼻に皺を寄せて舌打ちした。

「……蟻通七五三之進（しめのしん）。奴の従兄（いとこ）を覚えているか」

七五三之進は、いつの間にか隊から姿を消した隊士だ。長州の間者だったという噂があるその男は、蟻通の従兄だった。

「あいつは俺の間者だった」

目を剝いた総司に、土方は淡々とした声音で続けた。

「俺の手足となって動いていたところ、おそらく斬られて死んだ。奴はなかなか優秀だったが、一人でやれることなどたかが知れている。敵に見つかったのは俺の責任だ」

「その敵は身内にいた――それが、永橋だったんですね」

「瀬川の言の通りならな。奴は七五三之進を殺しておきながら、勘吾を味方にするつもりだ」

「……下衆（げす）だな」

総司の侮蔑の呟きに、土方は力強く頷いた。目の中に激怒の色が浮かんでいる。まじまじと見ていると、土方は顔を横に背けて素っ気なく言った。

「明日は早い。今宵はもう休め。くれぐれも寝過すなよ」

「はいはい」

よっこらせ、とわざとらしく声を出して腰を上げた総司は、素直に部屋を出た。

廊下を歩きながら、笑い声が漏れた。土方は鬼になった。だが、根っからの鬼にはなりきれてはいないのかもしれぬ。そうでなければ、七五三之進の件で自責の念を抱かなかったはずだ。

(明日は捕り物なのに、呑気なものだな)

気を引き締めなければと思ったが、寝る間際まで口元から笑みは消えなかった。


翌朝、鳥山、森内を含めた隊士数名と共に、蟻通が永橋と落ち合うという神社へと向かった。昨晩のうちに、森内たちにも事情が通達されたようだ。土方の抜かりなさに舌を巻きつつ、安堵した。一人でも後れを取る気はないが、味方が多いに越したことはない。

神社に着くと、すでに永橋の姿があった。仲間を二人連れていたが、蟻通が来る前に彼らは物陰に隠れた。その様子を、総司たちは少々離れた場所から観察していた。

しばらく待つと、蟻通がやって来た。

(……さて、どう出るか)

昨晩の話し振りからして、土方は蟻通に真実を伝えていない。蟻通を泳がせて、永橋を捕まえる気なのだろう。瀬川の証言だけでは心許ないと考えたのか。

「悪いな。ここに来たのは、お前に別れを告げるためだ。俺は隊に残る」

蟻通の言葉に、総司は目を瞬いた。近くに潜んでいる鳥山と森内は、息を呑んだようだった。
蟻通は隊内で浮いた存在だ。七五三之進の件で皆から敬遠されているのを、当人も気づいている。居心地が悪い隊にいるよりも、隊で唯一親しく付き合っていた永橋についていく方がいい。そんな風に考えるのだと思ったが――。

総司は鳥山たちに目配せをして、静かに行動を開始した。会話に夢中になっている蟻通たちは、総司たちの動きに気づいた様子はない。

「お前はここで始末する」

真実に気づかれたと勘違いした永橋は、そう言い捨て、蟻通に斬りかかった。二人の剣術の腕は互角だ。力が強く、体術に秀でている分、永橋に分がある。

競り合った結果、勝利を手にしたのは蟻通だった。

（……自分が一等驚いた面してるなあ）

蟻通たちが激闘している間、永橋の仲間二人を斬った総司は、鳥山たちに捕縛を任せて、蟻通の許に近づいていった。

「七五三之進さんは、土方さんの間諜でした。隊内の不穏分子とつるんで色々な話を引きだす――そんなことをこっそりしていたんですって」

「……嘘だ。七五三兄に、あんな素直な男に間諜なんて務まるわけがねえ！」

驚愕の表情で叫ぶ蟻通を見て、総司はもっともだと思った。七五三之進は大人しく優しげな印象の男だった。人を信じぬ蟻通がこれほど慕うくらいだ。見目通りだったのだろう。

そんな男を間諜に選んだ土方の真意は分からない。己の方がまだいい働きをするだろうに――

総司は首を捻りつつ、困惑する蟻通に事情を話した。土方に疑われていなかったことが、蟻通には信じられぬらしい。なぜと問われても、説明できなかった。

「さあて、俺には分かりかねます。何しろ、あまり詳しく話してもらえていないので。まあ、鬼の考えることなんてよく分からなくて当然かな。何といっても鬼ですからね」

「……沖田さんは副長のことが嫌いなんですか？」

蟻通は心配そうな顔つきで問うた。そんな風に見えるのかと驚いたが、土方を鬼と呼んでいるのを知っている蟻通にはそう見えて当然なのかもしれぬ。

「土方さんのことは嫌いじゃないですよ。でも、鬼は嫌いだな」

理由が正当なものであるなら、鬼ですら嫌いではなくなるのかもしれぬ。だが、土方がそれを話す日が来るとは思えなかった。

その後、出動した隊士たちを引きつれて屯所に戻った。

「これでお目付け役も終わりだなあ」

「……さみしくなります」

落胆を隠しきれぬ島山の声を聞き、総司はふきだした。森内も表情を曇らせている。少し離れたところにいる蟻通は、従兄と友を失った哀しみに浸っているのか、話を聞いていないようだ。俯いた彼の肩を軽く叩いた総司は、土方の許へ報告に向かった。

「不服そうですね」

「敵の間諜を長々と隊で食わせてやっていた事実を知れば、誰だって不服に思うもんだ」

「なかなか有能だったんでしょうね。土方さんが今飼っている犬よりも優れているのかもしれません。処断するのはやめて、飼ったらどうです？」

笑って述べた総司を、土方は半目で見据えた。

「冗談でもそういうことを言うな」

「……ごめんなさい」

素直に謝った総司に、土方は顎をしゃくって退出を命じた。

(蟻通さんに悪いことしちゃったな)

永橋に従兄を殺され、皆に疑いの目を向けられる羽目になった男のことを思いながら、総司は廊下をゆっくりと歩いて自室に戻った。

それから間もなくのことだった。大坂の与力の内山彦次郎が暗殺された。

——狼に刀は分不相応や。早う山に帰り。

内山は、前年芹沢が起こした力士たちとの衝突の折、総司たちに侮蔑の眼差しを向けてきた。その後も、内山が新選組の悪評を方々に話しているという噂が、隊内にも届いた。真偽を判断するのは世間だ。ただでさえ疎まれている新選組にとって、それなりに力がある男による噂話は脅威だった。口を封じたいと思っていたのは一人二人ではない。

またか、と総司は呻いた。確信はない。

「箸が進まないな」

かけられた声に総司は我に返った。今宵は近藤に誘われ、祇園の料亭に来たのだ。水戸派が一掃されてからというもの、近藤はさらに多忙になった。山南たちが脇で支えているが、公的な場に出るのは近藤だ。そんな中、せっかく誘ってもらったというのによそごとを考え呆けていた。悪いことをしたと肩を落とすと、近藤は小さな目に心配の色を宿らせて訊ねてきた。

「やはり、駄目か」

「美味しいですよ」

そう答え慌てて飯に手をつけた総司に、近藤はふっと笑った。

「料理ではない。谷周平をどう思うか訊いた」

近藤の言に、総司は首を傾げた。谷というのは今年加入した新入隊士のことだろう。

「真面目で腕が立ちます」

「それは長男の三十郎だな」

「では、不真面目でやはり腕が立つ方ですか」

「それは次男の万太郎。周平は三男だ」

「……とても綺麗な顔をしています」

やっと捻りだした答えに、近藤は呵々と笑った。

「すみません……兄さんたちの印象がどうにも強くて」

総司は素直に述べた。万太郎も美しい顔立ちをしているが、彼は大坂にいる。必然的に、長兄の三十郎と三男の周平が比べられた。どこも似ていないため、面白がって噂されているようだ。ただの新入隊士ならばそこまで注目されぬが、谷兄弟は近藤が直々に入隊を薦めた。それを羨ましく思う者は多いのだろう。特に周平はまだ十五と歳若い。皆が認める美貌の持ち主であり、衆道の気のある者から狙われているという噂まであった。

「周平さんに何かありましたか」

「お前があの子をどう思っているか訊いておきたかった。この先、奴は伸びると思うか？」

近藤の問いに、総司は箸を置き、しばし黙した。

「……真面目に稽古をすれば、それなりには。今はてんで話になりませんが、筋は悪くないと思います。お兄さんたちのようになれるかは、当人の努力次第でしょう」

「そうか。俺もそう思う」

近藤はほっとしたような顔で頷いた。なぜ、谷周平について問うてきたのか疑問に思ったものの、訊ねなかった。それを、後に総司は悔いることとなる。


内山殺しの下手人は分からずじまいだったが、巷ではこんな噂が立った。

——内山を殺したんは、壬生浪や。

市中巡察の際に小耳に挟んだ総司は、ほっと息を吐いた。内山殺しはおそらく土方でない。あの男なら、新選組の仕業と悟られぬようにもっと上手くやるだろう。

「だって性格が悪いもの」

鍛錬を終え、庭の井戸に向かっている時、隣を歩く土方がじろりと睨んできた。

「誰のことだと思います？」

「俺じゃねえことは確かだ」

しれっと述べた土方に、総司は目を瞬いた。

「大変な自信だなあ。俺にはとても真似できません」

「お前も大概態度がでかいがな。敵が多くなっても知らねえぞ」

「あんたにそんな言葉をかけられる日が来るとは思わなかった」

周りが敵だらけなのは土方の方だ。呆れて述べた総司に、土方は胡乱な視線を向けた。

「お前は餓鬼に好かれやすい」

「壬生寺に来る子たちですか？　山南さんもよく遊んであげていますよ」

「お前の時には大きい娘たちも交ざってるだろ」

「おキヨちゃんかな？　それとも、お栄（えい）ちゃん？　あの子たちがどうかしましたか」

首を傾げて言った総司に、土方は溜息を吐いた。

「……罪だな」

「呆れた。子どもたちと遊んだくらいで処断する気ですか」

「その餓鬼の誰かが変な真似をしねえ限りはねえよ——たとえば、お前とかがな」

低い声音を出した土方は、背後に顔を向けた。秀麗な顔に浮かんだ厳しい表情を見て、総司は肩をすくめた。

「出ておいで」

総司の言の後、木陰から身を震わせた男が現れた。

「石井亥之助だな。そこで何をしていた」

「あの……沖田さんにお話ししたいことが……」

「俺がいたらできぬ話か」

土方が皮肉笑いを浮かべて言うと、亥之助は慌てて首を横に振った。

「ならば、用件を言え」

困惑しきった様子の亥之助は、総司に助けを求めるような瞳を向けた。

「あんまり苛めないでくださいよ」

総司が袖を引くと、土方は顔を背けて鼻を鳴らした。どうやらさほど追及する気はないらしい。総司は「後で聞くから」と言い、軽く手で追い払った。素直に頷いた亥之助は、深々と礼をして駆け去った。

「あの山南の小姓は、元々お前の知己らしいな。一体どこで見つけてきたんだ」

山南は、土方に詳しい説明をしていないはずだ。かまをかけられたと分かった総司は、再び肩をすくめて「さあて」と答えた。

「何がさあてだ。素性はしっかりしているんだろうな」

ぎろりと睨まれた総司は、唇を尖らせて反論した。

「素性がしっかりしている奴なんて、この隊にどれだけいるんです。俺たちのように昔からの馴染みでない限り、身元を証立てることなんてできませんよ」

「お前は屁理屈を言う時だけ口が回るな」

呆れ声を出した土方に、総司は腕組みをして口をへの字にした。

(人の気も知らないでよく言うものだ)

亥之助との縁は、総司のお節介から生じたものだが、総司に芹沢暗殺の一端を担わせたのは土方だ。唇を噛みしめた総司を見て、土方は少しだけ表情を和らげて言った。

「珍しく苛立っているじゃねえか。餓鬼は好きなくせに、あいつのことは嫌いなのか?」

「……拾ったつもりもないのに、懐かれちまったんですよ」

「犬猫みてえだな。まあ、どことなく犬のようではあるが」

土方の答えに、総司は思わず笑った。やはり、亥之助は犬に似ているらしい。すっかり常の調子になった総司を一瞥した土方は、仏頂面に戻って言った。

「おかしな行動をすれば、即刻処罰を下す。お前も例外ではないからな」

「分かっていますよ」

総司は笑みを引き、低い声音を出した。近づいたかと思えば、また遠ざかる。亥之助への警戒心は思ったほど強くないようだが、総司に釘を刺すことは忘れない。総司や亥之助の身を心配したわけでなく、隊の荷物になると困ると考えたのだろう。

　土方にとって新選組は命より大事なものなのかもしれぬ。

（きっと、あの夜にそうなったんだ）

　あの夜、総司ははじめて人を殺した。土方は、いくどめかの人斬りだったはずだ。だが、新選組の象徴とも言うべき芹沢を殺（あや）めたことは、土方にとっても大きな意味を持ったはずだ。新しい新選組を作る使命に目覚めたのなら、きっとあの夜に違いない。

「このところ、山崎（やまざき）や島田と遊んでいるようですね。俺も交ぜてくださいよ」

　踵を返した土方に、総司は問うた。以前とは違い、はっきりと名を出したが、土方は動揺した素振りも見せず、淡々とした声音で答えた。

「せっかくの申し出だが、間に合ってる。俺は勝てねえ遊びはしない主義なんでな」

「俺は蟻通さんたちとの鬼ごっこでも勝ちましたよ」

「奴らは鈍いし、お前は曲（ま）がり形（なり）にも奴らの上役だ。それで負けるようなら、よほどお前（め）えが阿呆だということだろう」

　鼻を鳴らした土方は、今度こそ去っていった。残された総司は道着を脱ぎ、井戸で汲んだ水を頭から被った。水はまだ冷たいが、稽古で熱くなった身体と心を落ち着かせるにはちょうどいい。

「それで、いい話かな。それとも悪い話かな」

　手拭で身体を拭きながら問うと、近づいてきた亥之助は「いいお話です」と答えた。駆け去ったと見せかけて、物陰に隠れた。総司は勿論、土方も気づいていたはずだ。

「お話を聞いていました。俺が土方副長の企みを探ってきましょう」

「どうしてあんたがそんなことをするんだろう」

「沖田さんは、俺の入隊をご推挙くださいました。そのご恩返しです」

（俺を脅して入ったくせに、ご推挙とはね）

総司は亥之助を呆れた目で見下ろした。子どものような顔をしているが、いいたまだ。

「あんたはちょっと土方さんに似ているのかもしれないなあ」

「光栄です」

亥之助は顔を明るくして答えた。通じない嫌みほど虚しいものはない。溜息を吐いた総司に、亥之助はぴたりと身を寄せ、耳打ちした。

「俺は他の隊士ほど顔が割れていません。町での聞き込みには持ってこいでしょう。副長が飼っている犬よりも、俺の方がきっと自在に動けます」

確かに一理ある。だが、亥之助は小姓だ。実戦に赴いたことはなく、市中巡察の経験すらない。普通の相手なら、総司は反対しただろう。

「……山南さんに迷惑をかけず、危ない真似をしないなら」

「承知しました。必ずやお役に立ってみせます」

即答した亥之助は、頭を下げるや否や、今度こそ駆け去った。慌ただしく、騒がしいさまに、総司は小さく笑った。亥之助は仇討ちを誓い、自力ではないものの、無事成し遂げた。総司を恩人と認めながら利用するしたたかさもある。何かあっても上手く切り抜けるはずだ。

着替えた総司は、その足で山南の許に向かった。山南は自室にいたものの、亥之助から聞いた話を相談することはかなわなかった。暑気あたりで臥せっていたのだ。

「どうした、総司。何か用があったんじゃないのか」

「顔を見にきただけです。せっかく遊んでもらおうと思ったのになあ」

拗ねた表情を作って言うと、布団の中で仰向けになっている山南は、ふっと目を細めた。

「よくなったら、壬生寺に行って、皆で鬼ごっこしましょう」

「いいよ。しかし、お前さんはいくつだったかな」

力なく笑って答えた山南は、話しているうちにいつの間にか寝入った。

静かに退室した総司は、廊下を歩きながら溜息を吐いた。山南は昨秋に怪我を負って以来、巡察はおろか、道場に顔を出す機会も減り、一日中文机に向かっているようになった。隊士たちに変わった様子はないか常に気を遣い、その上雑務まで行なっている。

――山南さんは荷を持ちすぎだなあ。土方さんあたりに半分預けてしまいましょうよ。

冗談めかして言ったこともあったが、山南は取り合わなかった。

(……もう少しよくなったら、本当に壬生寺に誘おう)

しかし、その機会は訪れなかった。


京にいる不逞浪士たちが近々事を起こすようだ――亥之助からそんな噂を耳にしたのは、しとしとと雨が降り注ぐ日が続いている頃のことだった。屯所の庭の片隅に咲く紫陽花の鮮やかな青を眺めながら、総司は顋に手を当てて問うた。

「それは……確かな噂なのかな」

「皆が話していました」

あくまで噂は噂だ。だが、市中に伝わっているというのなら、重大な案件である。

（本当に何かが起きるのか、噂に乗じて事を起こそうとしているのか……）

どちらにせよ、看過できぬ状況だ。顎から手を外した総司は、ふと亥之助を見た。

「今の話、局長にもお伝えしよう」

そう言うと、亥之助は目を泳がせた。

「嫌そうだな。嘘だったのかい」

「そうではありません。局長に直訴というのは……いささか緊張します」

「あんたでも緊張するんだ」

感心した声を出した総司を、亥之助は恨めしげな目で見上げた。

「……沖田さんからお伝え願えませんか」

「それでいいの？　手柄になるかもしれないのに」

亥之助は少し迷ったような素振りを見せたが、沖田さんの手柄になるなら、と小声で答えた。丸みを帯びた頭を見下ろしながら、総司は（困ったなあ）と己の首筋を掻いた。

総司は近藤の愛弟子で、天然理心流免許皆伝だ。新選組では一番組頭を務める幹部である。一番隊は新選組内で最も出動数が多く、検挙率も高い。今さら手柄が一つ増えたところで地位は変わらぬが、平隊士ならば、手柄は喉から手が出るほど欲しいものだろう。

「あんたは何でここにいるんです」

問うと、亥之助は顔を上げて、「恩返しです」と聞き慣れた答えを述べた。

「幹部になりたいとか、そういう野心はないのかな」

亥之助はきょとんとして首を捻った。殺すためにつけ狙い、恩返しのために当人を脅す——一念を抱いたら実現に向かって邁進するくせに、それ以外のことには関心がないらしい。小姓のうちはいいが、実戦に駆り出されるようになってもそれでは問題だ。

どうしたものかと唸っていると、亥之助に両手で背を押された。

「早く局長にお伝えしないと」

「分かった分かった」

総司は慌てて近藤の居室に向かった。公務で出ていた近藤は帰隊したばかりだった。しっとりと濡れた羽織を受け取りつつ、総司は「ただの噂話かもしれませんが」と前置きをして語りはじめた。

「ただの噂話ではないだろうな」

総司の話が終わってしばらくすると、近藤は口の端を歪めて言った。

「今日は、その噂の件を話してきた。お前はどこから聞いた?」

「……子犬かなあ」

「お前も犬を飼っているのか」

「飼ったつもりはなかったのですが、知らぬ間に懐いてしまったんです。俺は誰かさんのように、首に鎖をつけたり、餌をちらつかせたりしませんよ」

総司の答えに、近藤は苦笑した。土方が犬を飼っていることを近藤も知っているようだ。

近藤の前に端座した総司は、じっと師を見つめた。目を見れば、相手の考えが何とはなしに分かるものだ。だが、近藤の小さな目には総司の姿が映るばかりで、何の色も浮かんでいない。近藤は寡黙だが、感情豊かだ。よく笑い、よく怒り、よく泣く。一本気な性格で、正義を踏みにじるような真似をする人間を毛嫌いする。その潔癖さが、新選組を支えているのだろう。こんな男が土方の、鬼の所業を知ったら、どうなるのだろうか。

「これから忙しくなるな」

「忙しくなりますか」

おうむ返しに問うた総司に、近藤は「なる」と断言した。

「近日中に事態は急変するだろう。奴らは焦っている。前年に京を追われてからというもの、公方さまや幕府を逆恨みしているのだ。その恨みを晴らす機をずっと窺っているのさ」

「堪え性がないいんだ」

「いや、よく堪えた。俺が奴らだったら、とうに動いている」

近藤のへの字になった口を見て、総司は笑って頷いた。道場を畳んで浪士組に参加し、何の後ろ盾もないなか残留を決めた。壬生浪士組から新選組と名を変え、少しずつ周囲にも存在を知られるようになったが、満足な働きができぬことを不服として、先日には会津藩を通し、新選組の解体を幕府に願いでた。近藤は寡黙で真面目だが、時に驚くほど行動的だ。だから、偏屈な土方や藤堂といった者たちも従っているのだろう。そんな近藤が己の師であることが、総司の誇りだった。

「俺たちがいれば大丈夫です。大丈夫でなくとも、俺が何とかしてみせます」

総司の言に目を丸くした近藤は、大きな口を吊り上げ、白い歯を見せて笑った。

「大いに頼りにしている」

二人の明るい声が響いた数日後――近藤の言は、見事的中することとなった。

梅雨の合間にある、晴れの日のことだった。新選組隊士数名が、四条小橋真町(しんちょう)の薪炭商である枡屋(ますや)へ突入した。枡屋がきな臭いという噂を入手し、上に報告したのは、山崎丞(すすむ)や島田魁といった隊士たちだった。その話を耳にした時、総司は内心舌を巻いた。

（あの人の見る目は確かだな）

そして、己もいい犬を持った。感心した総司は、亥之助を庭に呼びだし、褒めた。

「俺はただ噂を耳にしただけで……枡屋が怪しいとまでは分かりませんでした」

口を尖らせ、悔しげな表情を浮かべる亥之助を見て、総司は苦笑した。

「おい」

声をかけてきたのは斎藤だった。総司は気配で気づいたが、亥之助は心底驚いた様子だ。幼子のようにぱちぱちと目を瞬く亥之助を笑いながら、総司は斎藤に用件を問うた。

「蔵で古高（ふるたか）が吐いた」

枡屋に突入した際、武器や長州とのやり取りが交わされた書簡が多数押収された。枡屋の主人である喜右衛門（きえもん）は、古高俊太郎（しゅんたろう）という志士の名を持つことも判明した。それだけで古高の罪は免れぬところであったが、巷に流れている例の企てに関するものは出てこなかった。屯所に連行し、厳しく追及するも、古高は決して口を割らなかった。

「よく吐いたなあ」

「副長の手腕だ」

斎藤の言を聞いた総司は、ぴくりと表情を引き締め、踵を返した。夏の兆しが現れた強い日差しを浴びながら、総司はどんどん己の顔つきが厳しくなっていくのを感じた。

蔵の前にいる隊士たちは、揃って青褪めた顔をしていた。総司に気づき、安堵の表情を浮かべた者と、さらに顔色を悪くした者がいた。

「……誰も入れるなと」

「俺が無理に入った。あんたたちに咎めは及ばないようにします」

控えめに述べられた言に力強く言い返し、総司は蔵の戸を開いた。

中に一歩立ち入った瞬間、顔を顰めた。嘔吐、血、それに何かを燃やしたような臭い——ただでさえ強い臭気が、密閉された蔵の暑さによって、ますますひどいものになっている。鼻を抓みたくなるのを堪えながら前に進んだ。蔵の真ん中に土方が立っている。梁からぶら下がっている縄の先には、古高が吊るされているのだろう。

（妙な格好だな……）

胴体を縄に巻きつけ、ぶら下げているものだとばかり思った総司は、土方の身体の脇から覗いた古高の奇妙な顔を見て、首を傾げた。

足首を縛られ、逆さに吊られていることに気づいたのは、土方の真横に立った時だった。ぽたり、ぽたり、と古高の顔には、何かが垂れていた。それは、古高の足の甲に釘で打たれた、火がついた蠟燭から垂れた蠟だった。焼け爛れた肉から、すえた臭いがした。

総司は口元を覆い、一歩後退った。

「尋問は終わった。お前のすることはもうない」

土方は古高を見つめたまま言った。素直に従った総司は、入り口で立ち止まって問うた。

「……皆を部屋に集めますか」

「他の者に頼んだ」

総司は頷き、外に出た。その瞬間、感じていた気持ちの悪さは、どこかに吹き飛んだ。その代わり、胸の中に渦巻いたのは怒りだった。

（どうして俺を呼ばないんだ）

総司があの場にいたら、残虐な拷問を許さなかった。だが、それしか方法がないなら、最終的には折れたはずだ。面倒なやり取りを省きたかったのだろうか。あり得る話だが、いささか疑問だった。総司の不興を買う方が、後々面倒なはずだ。

(蔵の中には誰かがいた。あいつか、それとも——)

よほど恐ろしい顔をして歩いていたのか、通りすぎる隊士たちから遠巻きにされたことに、総司は気づかなかった。

「ちょっと出るの待ちや」

焦った声が響き、ハッと足を止めた。

「何を言っているんだ。副長に殺される」

答えたのは、今にも巡察に出ていこうとしていた班だった。彼らを引き留めているのは、総司が捜していた人物——山崎烝だった。

「その副長が行くな言うたらどないすんねん。出てった方が殺されるわ」

「お前に副長のお考えが分かるというのか」

信じられぬといった顔をして言う隊士に、山崎は呆れた顔を向けた。

「他人の考えなぞ分かるかいな。せやけど、隊士が言うこと聞かんかったと報告受けたら、ますます鬼面になるんは想像できるわ。いや、ほんまに鬼になってしまうかもしれへん」

こっそり話を聞いた総司は、山崎の言い方に思わずふきだした。そこで総司の存在に気づいたらしい面々は気まずげな表情を浮かべた。山崎も同様だった。少し気の晴れた総司は、のんびりとした足取りで皆に近づいていった。

「皆、戻って。副長から話があるので、部屋で待機していてください」

隊士たちの問うような視線を受けながら、総司は山崎と共に屯所の中に引き返した。

「まずは幹部だけに声をかければいいんでしょう？　あんたは非番の隊士たちに部屋に留まるように言ったらどうです」

「そっちは島田がやってます。幹部の方々には、斎藤さんが声かけてはるかと」

山崎に島田までは予想していた総司だったが、そこに斎藤の名が出てきたことに驚いた。

「あの人も蔵の中にいたんだ」

「いいえ、斎藤さんは外にいました。せやけど、聞き耳立ててたみたいで、俺たちが蔵から出た時、『俺が幹部に声をかけよう』言うて……」

なるほど、と頷いた総司は、ほっと息を吐いた。斎藤は群れない。皆から敬遠される理由はそこだろう。だが、総司はそんな斎藤を好ましく思っていた。

それから四半刻もしないうちに、幹部たちと島田、山崎の両名が一部屋に集った。

「お前から話せ」

土方に促された島田は、巷間でまことしやかに伝わっている噂を語った。それについては皆顔を顰めるだけで、大きな反応は返ってこなかった。しかし、島田が次に述べた言葉には、声を上げざるを得なかった。

「祇園祭りの宵々山か宵山の夜、奴らは御所に火をつける気だそうです。その混乱のさなか、一橋公ならびに会津さまを暗殺し、天子さまをお攫いして自国まで連れ去る魂胆だと——」

「……馬鹿な」

吐き捨てるように述べたのは、顔を真っ赤に染めた山南だった。

「それほどまでに馬鹿げたことをしでかすつもりなのか。それほど見境がなくなっているとは……報国の志はどこに行ったんだ」

巨漢の島田に食ってかかるように叫んだ山南を、皆は驚きの目で見つめた。

「報国の志なんざ口だけだろ。はじめからそんなもん持ってねえのさ」

「……俺はそう思えない。立場は違えど、この国をよりよくしたいと願う気持ちは変わらぬはずだ。草莽の士という括りをするなら、同志と言ってもいいはずだ」

「あんな蛆虫(うじむし)みてえな奴らと一緒にされちゃあ困る。あんたがそんな戯言(ざれごと)を口にするなんてな……熱でもあるんじゃねえのか」

嘲笑を浮かべて言った土方に、山南は鋭い視線を向けた。息を呑む音がいくつも響いた。山南がこれほど感情を露わにするのを見るのは、皆はじめてだったのだろう。

「——本当だ。すごく熱いですよ」

山南の額に手を伸ばした総司は言った。空気を打開するための行動であったが、それを忘れるほど山南は熱を帯びている。

「ほんまや。こらひどいわ。寝てなあきませんよ。布団敷いてきましょう」

総司の真似をして山南に手を伸ばした山崎は、すっくと立ち上がって素早く部屋を出た。土方は舌打ちをした。報告が終わったとはいえ、まだ話は終わっていない。仕事よりも山南の身体の心配をした山崎を、総司は見直した。

山崎が退出してすぐ、藤堂たちが山南を部屋に連れて行こうとした。しかし、山南は己もここにいると言って聞かない。

「気持ちは分かるが、無理はするな。戦の前に倒れたら元も子もねえぞ」

井上の言に、山南は唇を噛んで頷いた。

（そうか――戦か）

まだ実感は湧いてこないが、島田の報告を聞く限り、間違いなく大事だ。話し合いで解決する問題ではない。互いの命を懸けた戦いになるだろう。

山南が退室し、山崎たちが部屋に戻ってくると、それまで黙っていた近藤が口を開いた。

「隊士総動員といきたいところだが、山南をはじめ、体調が優れぬ者も多い。彼らには留守を頼もう。御所に火をつけようと目論む者たちだ。新選組の屯所を襲撃しようと考えるかもしれぬ。大事な役目だ」

頷いた皆を見て、近藤は常にも増して厳めしい顔で続けた。

「必ずや天子さまや会津さまをお守りしなければならぬ。皆、力を貸してくれ」

「……応！」

その場にいた近藤以外の全員が、大きな声を上げた。


八木家の妻女にもらった風鈴が、屯所の軒下でちりんと音を奏でた。

（いよいよだ）

吹く様子もない風の代わりに風鈴を指で揺らした総司は、心の中で己の言に頷いた。元治元年六月五日――出動できる隊士は全体の七割程度だった。それも、ふだんは実戦に赴かない内勤の者も含めての数だ。山南の体調は結局回復しなかったが、心許なさを気にしている場合ではない。

朝の鍛錬は常通り行ない、昼過ぎまで各自、戦の支度に勤めた。決行は祇園祭りの宵々山か宵山の夜と思われるので、その前に浪士たちの会合場所を突き止めなければならない。探索のために山崎や島田たち数名が先に屯所を出て、他の隊士たちは報告を待ちつつ、順次動きはじめた。

昼飯を食べた後、少々仮眠を取った総司は、自室を後にした。総勢三十四名の隊士が列を組んで行進しては、目立って仕方がない。そのため、ばらばらに分かれて祇園の会所に集うこととなった。

(今日は特に暑いな)

梅雨が明けたばかりで、夏の盛りにはまだ早いが、ここ数日すでにその中にあるような心地がしていた。汗っかきの隊士は道着や薄っぺらい浴衣を着て、腕まくりをして過ごしている。

「人間はいつ死ぬか分からんものだ。特に、俺たちのように毎日死と隣り合わせのような仕事をしている奴らはな。だから、そう気負うな。いつも通りやればいい」

永倉が平隊士たちを鼓舞しているのを横目で見つつ、庭を突っ切り裏から出ようとした。

「沖田さん」

呼ばれた声に立ち止まると、亥之助が駆け寄ってきた。目の前に立った亥之助は、じっと総司を見上げた。丸くて大きな瞳が、不安げに揺れている。

「そうか、あんたも出るんだね」

山南の小姓を務めている亥之助にとっては、今日が初捕り物だ。緊張しているのだと気づいた総司は、彼の肩を叩いて励ました。

「あんたに出番は回ってこないよ。俺や永倉さんが大方片付けるから」

亥之助は眉尻を下げて首を横に振った。何を心配しているのだろうか。総司の疑問は、井上の「行くぞ」というかけ声で口にすることはできなかった。

「では、また後ほど。心配はいらないよ」

もう一度亥之助の肩を叩いた総司は、急き立てる井上の許に駆けていった。

往来に出て、道づれの顔を覗き込むと、ひどく強張った表情がそこにあった。まるで鬼瓦だ。己の思いつきにふきだした総司は、井上に横目で睨まれても笑いが止まらなかった。

「源さんはいいなあ。いつも楽しませてくれる」

「いつも口うるせえという顔してくるくせに、よく言うぜ」

井上は怒った口調で言いながらも、満更でもなさそうな顔をした。それがおかしくて、総司はますます笑った。

「ああ、笑いすぎて余計に暑くなった」

「勝手に笑いやがって……少し顔が赤いぞ。お前も熱が出たんじゃねえだろうな」

「源さんも赤いよ。猿の尻みたい」

伸ばしてきた手を避けながら、総司は言った。顔を朱に染めた井上に追いかけられたが、軽やかな足取りで難なく逃げた。

これから大きな捕り物があるというのに、心は妙に晴れやかだ。すでに勝利を得たような心地がする。照りつける太陽が心まで熱くさせたのだろうか。上気する頰を手で撫でた総司は、後ろで総司を見失い、右往左往している井上に「こっちですよ」と声をかけた。


隊士全員が揃ったのは、外が夜の闇に包まれた頃だった。はじめはがやがやと騒がしかったが、近藤と土方が前に出ると、しんと静まり返った。

「沖田総司、永倉新八、藤堂平助、武田観柳斎、浅野薫(あさのかおる)、新田革左衛門(にったかくざえもん)、奥沢栄助(おくざわえいすけ)、安藤早太郎(あんどうはやたろう)、谷周平——以上の者は俺の下につけ。その他の者は土方に従うように」

近藤の言を聞いた隊士たちは、再びざわつきはじめた。

「どういうおつもりだろうか……」

隊士の誰かが呟いた言に、総司は内心頷いた。人数の振りわけ方が随分と偏(かたよ)っている。皆が困惑するなか、近藤は柔和な笑みを浮かべて一言述べた。

「よろしく頼む」

一瞬でざわつきが収まった。土方が一同を鋭く睨みつけたせいだろう。

(……こんな時でも、鬼の威力は凄いんだな)

肩を震わせて笑っていると、いつの間にか総司を笑わせた張本人が横にいた。急いで取り繕った表情を向けると、土方は仏頂面でこう述べた。

「まだ戦の前だというのに、随分と汗を掻いているじゃねえか」

「この暑さなのに鎖帷子(くさりかたびら)を着込んでいるんですよ。あんたみたいに汗一つ掻かず、真っ白な顔している方がよほど変だ」

「それだけ屁理屈叩けりゃ心配いらねえな」

「そうですよ。俺よりもあの子の心配をしてあげた方がいい。一体どういうつもりなんです？何か悪いことでもしたんですか」

総司が視線で示した先には谷周平がいた。隊編成が発表された時、皆が驚いた顔をしたのは彼のせいだろう。

問われた土方は目を見張って、口を開いた。

「お前、聞いていなかったのか」

首を傾げた総司に、土方は眉を顰めた。

「養子にすると言ったはずだが」

「……土方さんの養子ですか」

「継ぐ家もない俺に、跡取りなど必要ねえだろ」

呆れ声を出した土方は、皆の前にいる近藤に顔を向けた。

——谷周平をどう思う？

近藤がそんな話を持ちかけてきたのはいつのことだっただろうか。

「今日は隊の正念場だ。気を抜くなよ」

そう言って去っていった土方に、総司は無言で頷いた。土方の言う通り、よそごとを考えている暇はない。こうしている間にも、浪士たちが事を起こすかもしれぬのだ。

出陣の合図が出たのは、会所に集ってそろそろ半刻が経つという頃だった。

「武運を」

そう言い交わした近藤と土方は、それぞれ配下の隊士を引きつれて会所を出た。土方隊に配属された井上が煩いほど視線を寄こしてきたので、総司は苦笑しながら手を振った。

「さあ、行くぞ」

「静かにしろ」

叫び声を上げた原田をすかさず注意した井上は、ようやく己の方に集中したようだった。総司がほっと息を吐いた時、二歩先にいた近藤が口を開いた。

「俺たちも行こう」

応——そう声を上げた総司たちは、がっしりした肩を怒らせて歩く近藤の後に続いた。

「どの辺りにいると思う」

「分からん。虱潰(しらみつぶ)しに調べるしかないだろう」

藤堂と永倉は小声で話した。一見変わりなく見えるが、緊張しているらしい。場数を踏んでいる永倉たちからしてそうなのだ。他の隊士はもっと心揺れていることだろう。二人の様子がいつもと違うことに気づいた総司も、他人のことは言えなかった。屯所を出たあたりからずっと熱に浮かされているような心地がしている。

（……しかし、流石にひどいな）

数歩後ろを歩く少年を見て、総司は溜息を呑み込んだ。青白い顔を俯けているのは、周平だった。握り込んだ拳が小刻みに震えている。武者震いでないのは明白だ。ただでさえ人数が少ない隊だ。怯える子どもを助けながら戦うのは難しい。

今ならまだ土方の隊の誰かと交代できるのではないか——そう思いついた時、風が通り抜けた。朝から少しも吹く様子がなかったのに、と不思議に思ったのは一瞬だった。前を歩く近藤が、周平の隣に移動したのだ。

「いい面構えだ」

「……申し訳ありません」

近藤に声をかけられた周平は、さらに顔を青白くさせて呟いた。皮肉を言われたと思ったのだろう。近藤は首を横に振った。

「お前のその緊張は、こたびの戦がどれほどの意味を持つものか分かっているからこそだ。大事な戦が初陣(ういじん)であることを誇りに思え」

固い面持ちで頷いた周平に、近藤は微笑んで続けた。

「ここにいる皆は、京中を捜してもそうはいないほどの手練(てだ)ればかりだ。俺もいる。なあ、周平。共に行こう」

「……はい！」

今度は力強く述べた周平は、震える手で鞘をぎゅっと握った。近藤はそんな周平を横目で見ながら、笑みを深くした。

顔を前に戻した総司は、大きく息を吸い込んで止めた。

共に行こう――その言葉は俺のものだ。

口から出そうになった叫びは、声になる前に腹の中に消えた。

二隊に分かれ、捜索をはじめてから一刻――。

近藤隊は三条木屋町(きやまち)を歩いていた。ふだんの巡察時も、不審な者を見落とさぬようにゆっくり進むが、今夜はさらに慎重だ。一軒一軒当たり、怪しき動きはないか目を光らせた。

「まずいな」

永倉の低い呟きに、藤堂が短い顎を引く。

「こうしている間に逃げられてしまうかもしれん。その前に、よき知らせが舞い込んでくるといいんだが……心もとないが、島田たちに期待するしかない」

「奴はただでかいだけの男ではない。頼りにしてやるさ」

二人の声は相変わらず小さかったが、最後尾を歩いていた総司の耳にも届いた。味方が何かを摑んで知らせに来るのが早いか、浪士たちが危険を察して逃げるのが先か――近藤と共に歩みを進める総司たちは皆、前者であることを祈った。

（……昨日切った爪に似ているな）

空を見上げ、目を眇めた。新月から四日後の月はまだ半分も姿を現していない。だが、近くに浮かぶ星々よりも明るい光を発している。まるで陽のごとく眩しい。夏の本番はこれからのはずだが、ひどく暑い。身の内にどんどん熱気が籠っていくような心地がする。

ぐらり、と細い月が歪んだ。額から滴り落ちた汗が、目に滲んだせいだった。手の甲で拭った時、総司たちは三条小橋の旅籠池田屋の前にいた。

先頭を行く近藤が戸に手を掛けた。総司は皆の間をすり抜け、近藤に近づいていく。

「――ご用改めでござる」

戸を開いた瞬間、近藤は口を開いた。獣の唸り声のような低い声音だった。対峙した宿の者が、近藤の姿をまじまじと眺めて、さっと青褪めた。

当たりだ――動揺を露わにした男を見て、総司は確信した。横の近藤も気づいたようだ。前に踏み出そうとした時、宿の者は我に返った様子で廊下を急ぎ駆けた。

「お二階の方々、ご用改めでございます！」

奥の階段に向けて、宿の者は大声を上げた。直後、わあっ――と声が上がった。

奥に駆けていく近藤を、総司は追いかけた。永倉たちは手前の階段を上がったようだ。二階からばたばたと足音が聞こえる。窓から逃げだす者もいるはずだ。外に留まった安藤たちが食い止めてくれることを期待した。

真っ青な顔をして震える少年のことが頭によぎったが、今はそれどころではない。階段を昇り切った近藤が、目の前の部屋の襖を勢いよく引いた。

灯りが消された部屋は暗かったが、窓の外から差し込む月光のおかげで、そこに二十名以上いることが分かった。

「新選組だ――大人しく縛(ばく)につけ。手向かい致すは容赦なく斬り捨てる」

近藤の叫びが轟くや否や、手前にいた男が刀を抜き、襲いかかった。近藤の背後から飛びだした総司は、その男を袈裟懸けに斬った。男が畳の上に転がったのをきっかけに、浪士たちは「おおおおお」と雄叫(おたけ)びを上げながらこちらに向かってきた。

「壬生狼め……数々の恨みを晴らしてやる」

甲高い声を上げながら、小太りの男が近藤に刀を振りかざした。キンッ――と硬質な音が響く。刀と刀がぶつかり合う音を耳にしつつ、総司は部屋の中を進んだ。

五歩目を踏んだ瞬間、左右から同時に切っ先を向けられた。素早く身を屈め、前にいた長身の男に飛びかかった。

「――がっ」

長身の男は喉を突かれ、血を噴きだした。さっと刀を引いた総司は、振り向きざま、傍らにいた者に刀を繰りだす。間一髪避けた男は舌打ちして、窓に向かって駆けた。ちらりとそちらを見遣ると、数人が団子のように固まっていた。

「逃げるな。戦え」

怒声を上げた男は、窓に手を掛けた者たちを蹴った。総司はニッと笑み、叫んだ男の許に駆けた。気づいた男はまた舌打ちをし、腰の物を抜く。どうやっても逃げる気はない男とは反対に、大半の者は窓から脱出を試みた。

「早く援護を……」

「裏に逃げたぞ、追え」

階下のみならず、外からも喧騒が響いている。

威勢のいい男は、剣術の腕前もなかなかのものだった。しばし切り結んだが、一太刀浴びせることもできず、男は総司の刀の錆(さび)となった。

「総司」

背後でばたりと人が倒れる音がした時、近藤の静かな声が耳に届いた。

「ここは俺が——下に行ってください」

「頼む」

短い応答に、総司は前を向いたまま頷いた。廊下に駆けていく足音が響く。

「おおおおおお」

叫びながら掛かってきたのは三人——。

青眼に構えた総司は、己の間合いに入った者を順に斬りつけた。一人目は左腕を、二人目は右腕を——直後、畳の上に二本の腕が落ちた。

「うわあああああ……」

悲鳴が轟いた時、総司は三人目に斬りかかった。相手はかろうじて避けた。しかし、逃がす気などなかった総司は、さらに踏み込み、相手の太腿に斬りつけた。

「ううう……うう……」

左腕を落とされた者が廊下に向かって駆けていこうとした。その後を総司は追う。背後から殺気を感じ、振り返ると、太腿を斬られた男が刀を振りかざしていた。振り向きざま、がら空きの胴を刀で払い、半回転して前を向いた。総司に隙ができたと思い、逃げるのをやめて刀を振ろうとしていた男は、ぎょっと目を剝いた。

喉を突かれた男は、目をかっぴらいたまま、後ろに倒れた。その下には、右腕を斬られた者がいた。白目を剝き、喪神している。

総司は刀を下ろし、汗まみれの顔を袖で拭った。いつの間にか部屋の中には、総司しか立っていなかった。廊下にも総司と近藤に斬られた者たちが倒れている。

（下に行かなければ――）

階下や外から聞こえてくる喧騒に耳を澄ませつつ、ゆっくり身を翻した。駆けたかったが、それ以上早く動けなかった。手足や肩、頭も重く、胸と喉から何かがこみ上げてくるような心地がした。備えすぎたかと思い、着物の前を開けてはたと気づく。総司は、本日出動しているどの隊士よりも軽装だった。

眉を顰め、首を傾げた時、ぐらりと視界が揺れた。月を見上げた時のようにすぐに治まるかと思ったが、そのまま昏倒（こんとう）した。

＊＊＊

鬼面の男が優雅に舞っている。

壬生狂言の舞台であることに、総司はすぐに気づいた。昨年、会津藩の者たちと見た演目を思いだしたが、そこに出てきた鬼と、今舞台で舞っている鬼は、まるで別の者だ。

鬼面の男は手に刀を携えている。それで、よく肥えた男の腹を薙（な）ぎ払（はら）った。相手が倒れても、鮮血が飛び散っても一切気にする様子もなく、くるりと反転して構えた。

舞台の左袖から飛びだしたのは、小柄ながら屈強な体軀をした男だった。昏い目をしたその男には、強い剣気が漲（みなぎ）っている。

勝負は一瞬だった。同時に足を踏みだした二人だったが、鬼面の男の伸ばした剣先が先に相手の喉元に届いた。

ぶすぶす——と音を立ててめり込んでいく刀と、後ろにのけ反(ぞ)る首。そこから噴きでた血を、鬼面の男は全身に浴びた。崩れ落ちる男にはまたもや見向きもせず、横から飛びだしてきた者を一刀両断した。今度は返り血を避け、舞台の右端に駆けた。

そこから現れたのは、色白で柔和な表情をした男だった。下がった眉尻はいかにも気弱そうだが、彼がひとたび刀を構えると、全くの見当違いであることが分かった。

鬼面の男が飛ぶ。振り下ろされた刀を己のそれで弾き返した相手は、鬼面の男の足を払う。鬼面の男は間一髪避け、負けじと刀を繰りだす。またしても躱(かわ)され、もう一度突くと、気弱げな男は苦痛に歪んだ表情をした。その隙を見逃さず、鬼面の男は三度突く。

胸を刺され、口から血を吐いた男はにこりとした。鬼面の男の動きが止まった一瞬、相手の背後から誰かが登場した。

狼のように鋭い表情をした男だった。胡乱な目付きだが、ぎらぎらとした気配が滲み出ている。鬼面の男の顔に向かって、男は突きを繰りだす。それが、己の模倣であることに気づいた鬼面の男は、肩を怒らせ、身を躱した。殺気を放った相手を気にした様子もなく、男は再び突く。鬼面の男はそれを弾き返すと、両手に刀を持ちかえ、振り下ろした。

狼のような男は、ばさりと斬られた。大きな音を立てて仰向けに倒れた男を見下ろした鬼面の男は、しばらくして肩を震わせた。

鬼面の男は笑っていた。それは、舞台の至るところにある屍(しかばね)と、血に塗(まみ)れた身には、あまりにも似つかわしくないものだった。声も上げず笑いつづける男は、舞台の袖から出てきた男たちにぐるりと囲い込まれ、同時に飛びかかられた。

鬼面の男は笑いながら刀を振った。軽やかな身のこなしで、ひらりひらりと蝶のように舞う。一人、また一人と倒れたが、鬼面の男は己が斬った相手を見ることはなかった。楽しそうに刀を振る姿は、玩具を与えられた幼子のように無邪気だ。

眺めていた総司は、ぽろりと涙をこぼした。なぜ己は舞台の上にいないのだろうか。舞っているのは、おそらくこの世で最も強い剣士だ。もしかすると、あの芹沢よりも――。

＊＊＊

ゆっくりと目を開いた。

ぼやけた視界に誰かが映っている。総司、と名を呼ばれ、苦笑した。

「やはり、あんただったんだ……」

鬼の正体は――。

皆まで言えたのかは分からない。そこで、総司はまた喪神した。

二度目の目覚めは四半刻もしないうちだった。

「……俺たちの勝ちかな」

横たわったまま首を横に向け、周囲を見回した総司は、ぽつりと述べた。

「ああ、大勝利だ」

答えたのは、傍らで壁に寄りかかって座る永倉だった。晒が綺麗に巻かれた手には、血が滲んでいる。身体中返り血だらけなのは総司も同様だった。

「四半刻前に土方たちが来た。中はあらかた片付いていたから、外に逃げた奴らを追ってもらった。いい時に来るぜ、まったく」

「うちの隊は、鼻が利く奴ばかりですからねえ……」

「血の臭いに敏い犬なんざ、可愛くねえな」

「だから、狼なんでしょう」

そう言って身を起こしかけた総司を制したのは、傍らに端座している亥之助だった。

「暑気あたりです。ひどい熱ですよ。屯所に戻るまで大人しく寝ていてください」

反論しなかったのは、亥之助がぽろぽろと涙を流したからだ。大げさな、とは笑えなかった。戦いの場で昏倒し、生き延びられたのは、運がよかったからとしか言えない。

「あんたは無事のようだね」

亥之助の身はところどころ朱に染まっていたが、当人が流したものではないようだった。

「俺が来た時にはもうほとんど片付いていましたから……」

永倉と同じような言葉を口にした亥之助は、袖で涙を拭いながら苦笑を浮かべた。

「石井、こちらを手伝ってくれ」

隊士に呼ばれた亥之助は、総司をちらちら見つつ、名残惜しそうに駆けていった。

「あいつ、なかなか器用だな。俺の手を治療してくれたんだが、手早かったぞ」

「ああ見えて何でもできるんですよ。剣術以外はね」

「肝心のもんが駄目なのか」

愉快げに笑った永倉を見上げて、総司は目を細めた。そのまま三度気を失いそうになったが、

「引き上げるぞ」という声で何とか踏みとどまった。自分の足で歩いて帰る――それが、今の総

司が新選組隊士としてできる唯一のことだった。外に大勢いるらしい見物人たちに見せつけるのだ。新選組はかくも勇猛な隊士たちが揃っているのだ——と。

何とか道中をこなしたものの、屯所に着くなり、崩れ落ちるようにして倒れた。気を失うことはなく、床に押し込まれた時にも意識があった。心配する亥之助や井上がようやく部屋を出た後、閉じていた目を開いた。

肝心な時に倒れた己の不甲斐なさを反省するべきところだったが、はじめて見た夢のことばかり浮かんできた。

「手合せしたいな……」

あの鬼と。そして、勝ちたい——そう強く願いながら、眠りに就いた。

池田屋から逃げた者はほとんど見つからなかった。しかし、浪士側の損害は、捕縛・死亡合わせて二十名以上にも上った。その中には、吉田稔麿（よしだとしまろ）、北添佶摩（きたぞえきつま）、宮部鼎蔵（みやべていぞう）、望月亀弥太（もちづきかめやた）など、名の通った志士たちもいた。永倉が珍しく満面の笑みで誇ったように、新選組の大勝利で幕を閉じた。

池田屋で起きた事件は、新選組に様々な変化をもたらした。

一つ、京都守護職から報奨金が出たこと。新選組の活躍からすれば、当然のことだが、結成以来資金難に頭を悩ませていた彼らにとって、夢のような額だった。もっとも、個々の働きに応じて支給されたため、一部で不平も出たようだ。

局長の近藤は三十両。総司は永倉や藤堂と同じく、二十両拝受した。土方の二十三両に次ぐ額だ。総司は暑気あたりで昏倒し、永倉は手に深手を負い、藤堂は額をばっさり斬られ、生死の境を彷徨(さまよ)った。

「俺より、永倉さんや藤堂に多くあげて欲しかったな」

皆が騒ぐ中そう呟くと、総司の前では誰も不満を言わなくなった。

一つ、周囲の見る目が優しくなったこと。それまで町の人々は、新選組隊士を目にするたび、「壬生狼」や「厄病神」などと陰口を叩いた。それが、あの討ち入りの日を境に、自ら近づき労いの言葉をかけてくるまでになった。

「あん時は真っ青な顔色してはったけれど、すっかり良くなりはったようで安心しました」

それまで、巡察中に目が合うと、ぱっと視線を逸らした茶屋の娘が、総司の姿を見るなり頬を染めて言った。嫌われていたわけではないらしいと安堵したが、一番隊の者たちに散々冷やかされ、参ってしまった。

最後の一つは、ある意味最も大きな変化だった。

「局長のお考えが分かりません」

谷周平が近藤の養子になったと発表された後、総司にそう訴える者は何人もいた。

「なぜ、周平なのでしょうか。剣術の腕前も学問も大したものではありません」

「三十郎、万太郎のどちらかだったらまだ分かるよな。谷家の長男、次男は滅法腕が立つと評判だ。俺も手合せしたことがあるが、確かに強かった」

「万太郎さんは駄目だ。あの人のせいで谷家はお取り潰しになったそうだ。三十郎さんは剣術の腕前も人柄もいいが、局長と歳が近い。それでは、養子にする意味がない」

「だが、凡庸(ぼんよう)な三男よりは――」

総司の周りを取り囲んで論じ合うのは、総司の配下である一番隊の者たちだ。せっかくの非番に、壬生寺の境内で子どもたちと遊んでいた総司の許をわざわざ訪ねた。

「沖田はん、埒があかんから帰るわ。遊びは今度な」

「そん時はまた飴でも買うてね」

呆れた表情をして述べたのは、遊びを邪魔された子どもたちだった。いくつ飴が必要になるだろう、と駆け去る背を数えていると、責めるような声が響いた。

「局長の口から養子縁組という言葉が出た時、てっきり沖田さんのことだと思いました。局長は天然理心流の宗家です。跡を継ぐのは、門人の中でもっとも強く、人柄も優れた者と相場が決まっています。その点を考慮すれば、沖田さん以外にはあり得ません」

周りにいる隊士たちは、厳かな声で述べた長谷という隊士の言葉に深く頷いた。総司は息を吐き、ようやく皆に向き直って言った。

「俺のことを心配してくれるのは嬉しいです。けれど、皆さん思い違いをしているようだ。俺は局長の養子になりたいと考えたことはありません。近藤さんはあと十年——いや、二十年は宗家をやるでしょう。それだけの時があれば、周平さんはきっと強くなる。三十郎さんたちもはじめから強かったわけではないはず。努力したんですよ。周平さんにはあの二人と同じ血が流れているのだから、きっと同じように励んでくれると思うな」

総司の話を皆黙って聞いた。唇を噛みしめ、俯いた長谷の露わになった月代をそっと撫でると、周囲からくすりと笑いが起きた。

「沖田さん、長谷はさっきの童子たちではありませんよ。童顔ですが、三十を超えました」

「これは失礼しました」

慌てて手を引くと、勢い余ってその手を後ろにいた隊士の顔にぶつけてしまった。すっかり笑顔になった皆を見た総司は、微笑みながら内心舌打ちした。

余計なお世話だ——と。

所用があると嘘を吐いて皆と別れた総司は、人がいなくなった壬生寺にこっそり戻った。裏手に回り、墓の方に歩いていくと、そこには先客の姿があった。

「筆頭局長に、先日の件をご報告した」

「そうですか……それじゃあ、俺は違うことを言おうかな」

墓の前にいた近藤の傍らにしゃがみ込んだ総司は、そう言って手を合わせた。

しばらくして、近藤は「何を伝えた」と問うた。総司は苦笑して首を横に振った。

「報告すべきことは若先生がしているだろうと思ったら、何も浮かびませんでした」

頷いた近藤は、総司の肩を叩きつつ、立ち上がって踵を返した。近藤はいつから壬生寺の境内にいたのだろうか。

「……本当に余計なことをしてくれたもんですよ」

芹沢の墓に向かって、総司は小さくぼやいた。

周平を養子にした近藤は、ほどなくしてコウという養女を迎えた。コウは周平の遠縁で、十三と歳若い。医者である父の素養を受け継いだのか、歳の割に賢く、落ち着いた娘だった。

「……局長はてっきり見目のいい者が好きなのかと思ったが、そうではないのだな」

「周平の方がよほど白無垢(しろむく)が似合いそうだ」

口の悪い隊士たちは、近藤が連れてきたコウを見て、嘲笑交じりに言った。近藤は明言しなかったが、ゆくゆくは周平と添わせるつもりなのだろう。それを察し、面白くないと思う者はいた。コウの容姿が優れているとは言い難いのも作用したのかもしれぬ。

「あれで美しかったら事だぞ。ここには男しかいないんだ。局長の養女とはいえ、手を出す者もいたかもしれん。その点、おコウは醜女だから心配ない」

真面目な顔をしてひどいことを言う原田に、井上が「こらっ」と怒鳴って拳骨をくれた。コウのことが騒ぎになったのは最初の三日だけだった。寡黙で礼儀正しいコウは、近藤の養女になったからといって驕ることなく、よく働いた。それに気づいた総司は、コウが働いているのを見かけるたびに手伝い、時には遊びに誘った。

「おコウちゃん、壬生寺に行こう。皆、おコウちゃんと会いたがっているよ。今日は子守のお栄ちゃんもいるんだ。おコウちゃんと歳が近いから、きっと気が合うよ」

「せやけど、お手伝いがまだ……」

「大丈夫、大丈夫。人は大勢いるんだから、誰かしらやるよ」

コウの背を押しながら、総司は笑って答えた。池田屋の残党狩りや近藤の養子騒動で揺れるなか、総司はコウを構っている時が唯一心休まった。

「まるで妹ができたみたいです」

朝餉の時、前に座った山南に、総司はにこにこしながら言った。山南は隣で胡坐を搔く永倉と顔を見合わせて、何とも言い難い表情を浮かべた。


じりじりと鳴く蟬の声が耳につきはじめた頃、京都守護職から出動命令が下った。池田屋事件後、政治的にも追い詰められた長州勢が、ついに挙兵のための行動を起こしたという。竹田街道を警備することになった新選組は、会津藩兵と共に、九条河原に陣を敷いた。

池田屋の時とは違い、屯所から武装した姿で隊列をなして出立する隊士たちを、総司は門前で見送った。暑気あたりは治ったものの、ひどい風邪に罹ってしまったのだ。

（情けない……）

見送りもそこそこに、布団に押し込まれた総司は溜息を吐いた。何度もこっそり抜けだそうとしたが、監視の目が厳しく、すべて未遂に終わった。

「俺とおコウさんがいるかぎり、ここから抜けだせるとは思わないでくださいね」

脅すように言ったのは亥之助だった。従っている山南が今回も屯所を守る役となったため、同様に留守組となった。

「沖田さん、あの騒動からほとんど無休で働いていたでしょう。しっかり食べて寝ないと駄目ですよ。沖田さんは新選組の柱なんです。沖田さんが倒れたら、困るのは周りなんですからね。沖田さんの代わりはいないんです。……聞いていますか、沖田さん」

「聞いてるけど……名をたくさん呼ばれたことしか分からなかった」

「沖田さん」

顔を真っ赤にして怒った亥之助を見て、総司は慌てて布団の中に潜った。暑くてすぐに剝いでしまったが、その時にはすでに亥之助の姿はなかった。屯所の中には、総司の他にも病人や怪我人がいる。彼らの面倒を見にいったのだろう。池田屋の時に永倉も褒めていたが、亥之助は医術や看護に向いているらしい。

うつらうつらしているうちに夜になり、外から風鈴の音と虫のさえずりが聞こえてきたが、少しも涼しくはなかった。この暑さのなか、皆は野営し、戦いに備えている。

「……早く行きてえなあ」

ぽつりと呟き、腕で目元を覆った総司は、そのうち深い眠りに就いた。

十日後、医者から太鼓判を押され、亥之助とコウから何とか許しを得た総司は、嬉々として皆の許へ向かった。

「お前え……大丈夫なのか」

陣に着いて早々、駆け寄ってきたのは井上だった。大声を聞きつけ、総司の配下の隊士や、手の空いていた者たちが続々と集った。こっそり合流しようとしていた総司は苦笑しつつ、万全ですと胸を張って答えた。


九条河原に陣を張って半月が過ぎた。当初は「間に合った」と喜んだ総司だったが、段々と他の隊士たちと同じように、曇った表情を浮かべるようになった。

「……いつ動くのかな」

「お前はいいよ。まだ来たばかりだ。俺たちは何日も餅みたいにべったりはりついてる」

総司の呟きに答えたのは、河原に横たわっている原田だった。流石に昼の日差しの下ではしないが、日が落ちる頃から地面と仲良くなるのが常だった。

「みっともねえ、起きろ」

通りかかった井上に注意され、のろのろと起き上がったが、井上の姿が見えなくなるとまた横たわった。総司は彼のそばから離れ、隊士の様子を見て回った。この暑さだ。暑気あたりになる者も出てくるだろう。現に、陣を張ってから三名もそれらしき症状で屯所に戻された。この日も、総司は様子がおかしな者を見つけ、小者に頼み屯所に移した。

陣にいる隊士の数が徐々に減ってきた頃、ようやく動きが見られた。

「伏見（ふしみ）で長州の奴らと大垣（おおがき）兵が戦っています」

風雲急を告げたのは、偵察に行った島田の報告だった。巨体を揺らし、駆け戻ってきた島田は、驚く隊士たちを掻き分けて、近藤と土方の許に向かった。

島田が戻ってきて四半刻の半ばも経たぬうちに、新選組は伏見に向かった。

「……遅かったか」

駆けつけた時、すでに長州勢は逃げた後だった。大垣兵の砲撃により、長州方の福原越後(ふくはらえちご)は怪我を負ったようだが、命を取るまでには至らなかった。

「船で大坂に逃げただと……なんと逃げ足の速い大将だ」

近藤は顔を顰め、舌打ち交じりに侮蔑の言を漏らした。

墨染(すみぞめ)まで追撃したものの、結果は得られなかった。ひとまず態勢を立て直すことになり、九条河原に戻った。陣に入って間もなく、総司はふと空を見上げた。目が覚めるほど青かったはずの空が、灰黒色に濁っている。

「……煙だ」

呟いた総司の視線の先を追った数名の隊士は、ハッとした顔をした。

「局長！」

「分かっている――出陣だ」

数名の叫び声に、近藤は即座に反応した。河原中に響き渡るような大音声に、総司はぶるりと震えた。あの時の借りを返すなら今だ。

(今度は、途中で倒れるものか)

そう誓った総司は、皆と共に黒煙が上がる方に駆けた。道中はひどいものだった。至るところに火がつき、火傷(やけど)を負った煤(すす)けた人々が悲鳴を上げながら逃げ惑う。混乱の中を掻き分け、新選組はともかく前に進んだ。

　煙を追ってたどり着いた先は、御所だった。

　池田屋事変の前、古高から漏れた浪士たちの企てを思いだしたのは、総司だけではなかったようだ。青褪めた顔をする隊士たちの中で、土方は眉ひとつ動かさなかった。

「煙が上がっている割に大した騒ぎでもねえな」

「また逃げた後か」

　地を蹴飛ばしたのは、そばにいた永倉だった。近藤は顔を朱に染め、目の前にある御門をぎろりと睨んだ。

　ここで新選組の任務は、残党狩りに切り替わった。大坂行きが決定したものの、すぐには実行されなかった。京の南にある天王山に、長州勢が立てこもっているとの一報が飛び込んだのだ。

「真木和泉か……なかなかの大物じゃねえか」

　唸るように言った土方に、隣にいた総司は頷いた。

　真木和泉は、久留米藩出身の浪士だ。元は神官で、水戸藩の会沢正志斎の門下でもある。尊王の志篤い真木は、藩政改革を申し出たことで藩主の不興を買い、蟄居の身となった。その時、彼の許を訪ねた中には、浪士組を作ったあの清河八郎や、筑前福岡藩士平野国臣がいたという。その後、尊王攘夷活動にのめり込んでいった真木は、寺田屋事件を起こした。今回の戦も、彼が深くかかわっていたという話だ。

「来島や久坂は死んだ。真木がまだ生きていてくれて助かったぜ」

　土方は冷たい目をしたまま、口の端を吊り上げて述べた。

（悪い顔をしているなあ）

そう思った総司も同じ顔をしていた。

御所で煙が上がった二日後、新選組は天王山に向かった。麓の離宮八幡に着いて早々発見したのは、長州勢が捨てたと思しき大砲だった。

「山に向かって撃て」

近藤の命を受け、隊士たちは素早く砲を放った。

「わざわざ知らせてやらずとも……」

誰かの呟きが耳に入り、総司は苦笑した。正々堂々と戦う——それが近藤勇だと知っている者たちからは、不満の声は一つも出なかった。

山の中腹に差しかかった時、

「——真木か」

近藤は唸るように言った。数間離れたところに、土に塗れた数名の男たちが立っている。近藤の視線の先にいたのは、大きな目と鼻を持つ、顎のしっかりした男だった。凛々しい表情を浮かべたその男は、近藤を真っ直ぐ見据えて頷いた。

「いかにも。毛利家家臣真木和泉だ」

「京都守護職お預かり新選組——近藤勇でござる」

よく通る高い声音で答えた近藤に、真木はわずかに笑みをこぼした。

直後、砲の音が響いた。皆が驚いた一瞬の隙を突き、真木たちは一斉に山を駆け上った。

「追え」

大声を上げ、いち早く走りだした土方に、新選組隊士たちは慌てて続いた。土方とほぼ同時に駆けだした総司は、嫌な予感に眉を顰めた。

（どうも後手に回ってばかりだ。今回も――いや、そうはさせない）

そう決意し、ますます足を速めたが――。

山頂に着いた時、一同は言葉を失った。目の前にある小屋が大きな炎に包まれている。その中から、苦しげな呻き声が響いた。

燃え盛る炎が消えたのは、大分時が経ってからだった。

「あっちも黒焦げ、こっちも黒焦げ……嫌になるねえ」

見分している最中、辟易した声を上げたのは原田だった。焼けた遺骸（いがい）の中には、名乗りを上げた真木の姿があった。彼らのほとんどは、腹に傷を負い、首が胴から離れていた。炎の中で自刃したのだ。しかし、中には、まだ息のある者もいた。

「うう……うう……む……」

口の動きを見て願いを察した総司は、迷わず相手の首を落とした。

振り返ると、数名の隊士が青い顔をして総司を見つめていた。目が合うなりそそくさと逃げる者がほとんどだったが、唯一声をかけてきた者がいた。

「慈悲深い鬼だ」

総司は懐紙で刀を拭いながら、笑みを浮かべた斎藤に微笑み返した。

その後、新選組は大坂に出向き、長州の残党狩りを行なった。すでに逃げた者は多かった。しかし、まだ京入りを諦めていない者たちもいたため、

「奴らを一人残さず捕えよ」

と近藤は檄を飛ばした。ふだん穏やかな近藤が怒りに震えている――それは、隊士たちに甚大

な影響を及ぼしたらしく、皆命懸けで事に当たった。

京に戻ると、雑務が待っていた。御所から煙が上がった日、京の広い範囲で多くの人が焼け出された。家族や住まう場所を失った大勢の者が、町に溢れかえった。

「炊き出しをするために、壬生寺の境内を借りた。皆、よろしく頼む」

大坂と打って変わり優しい表情で述べた近藤に、隊士の多くは安堵した顔をした。

「やはり、若先生はこうでないとね」

頷かなかった永倉に、総司は首を傾げた。


戦の後処理がようやく一段落したのは、皆を苦しめた夏が過ぎた頃だった。季節外れの風鈴を外しながら、そろそろ山南を誘い、壬生寺で子どもたちと遊ぼうなどと呑気なことを考えていた総司は、思いもよらぬ話を耳に挟んだ。

「新八も左之助も何を考えてるんだ。おまけに、斎藤まで……」

永倉が近藤への批判を京都守護職に訴えでたという話を聞いた時、井上は唖然(あぜん)とした様子で言った。突然の出来事に皆も動揺したが、中には常通りの落ち着いた態度の者もいた。

「何があったかは分かりません。だが、会津侯のおとりなしでとりあえず事態は落ち着いた。これ以上蒸し返してもいいことはない。ここは、局長にお任せしましょう」

そう言ったのは山南で、頷いたのは土方だった。

「局長や会津さまの顔を立てて、ここは静観すべきだ」

「だが、歳……」

井上は少しも納得がいかぬ顔をしていたが、二人の強い眼差しに負けたのか、それ以上何も言わなかった。

「一体どうなっているんだ、上の方々は皆仲がいいと思っていた、実は局長と永倉さんは昔から反りが合わなかったらしい――という噂を耳にしました。動揺というよりは、面白がっている者が多いようです。あの様子だと、そのうち飽きるんじゃないでしょうか」

亥之助がこっそり伝えにきた内容は、総司が想像しているものと大体同じだった。頼んだわけではないが、一応礼を述べると、亥之助はぱっと明るい笑みを浮かべた。

（本当に犬のようだなあ）

苦笑しながら別れた総司は、昨日から謹慎中の永倉の許を訪ねた。

「よう」

眉を顰め、不機嫌さを露わにしながら戸を開けた総司に、永倉は気安い声をかけた。永倉は今、前川邸の納屋に押し込まれている。原田たちもそれぞれ別の部屋に入れられた。謹慎の期間は決まっていないが、飯も出れば、厠にも行ける。ただ、少しの間「反省したふり」をさせられるだけだ。

「……どういうつもりなんです」

総司は低い声音で問うた。近藤批判の訴状は永倉一人のものではない。原田、斎藤、島田、尾関政一郎、葛山武八郎の六名の連名だった。だが、総司にはどうしても彼が主導に思えた。昔から永倉は近藤に対して当たりが強い。尊敬の念を抱いている分、そこから外れた行動を取られるのが許せぬらしかった。そういう潔癖なところは近藤と似ている。

「ああ、近藤のことか」

鼻で笑って述べた永倉に、総司はかっと顔を赤らめた。

「近藤のことでなければ、お前が俺に殺気など向けないよな。隊士の鑑だ」

「あんただって……！」

声を荒らげた総司は、永倉の静かな表情を見て、一つ息を吐いた。

「あんたは俺が近藤さんを盲信していると思っているようだけれど、それは違う。近藤さんが芹沢さんに傾倒しかけた時、俺は反対しました。この先も、あの人が道を外れそうになるなら、必ず諫めます。けれど、今回の一件はそうじゃなかったはずだ。なぜ、斎藤たちを巻き込んでまであんな真似をしたんです」

いくら待っても、永倉は答えなかった。悪びれることもなければ、腹を立てている様子もない。近藤に対する不満の声を発したはずなのに、そうした感情も読み取れなかった。

「……あんたは頭がいいけれど、肝心なことは黙る。そういうところは馬鹿だと思うな。同志だからすべてを話せとは言いません。でも、言うべきことは言ってもらわないと困る」

「お前は一見何も考えてなさそうだが、ここぞという時によく口が回る。思わず喋ってしまいそうになるよ」

「では、喋ってください」

しばし見つめ合ったものの、永倉が発した言葉は「分からん」の一言だった。

永倉たちの謹慎は三日で終わりを告げた。その後行なわれた隊の編成で、永倉は二番組頭から外された。だが、それも一時的なもので、次の編成時にはまた組頭に返り咲いた。

（……何だったのだろう）

実にすっきりとしない結末だった。そう思っているのは総司だけではないはずだ。だが、それを口に出す者は、少なくとも総司の周りにはいなかった。亥之助に頼めば、また隊内の噂話を集めてくれるだろう。しかし、わざわざ自分からそんなことをする気にはならなかった。

煩悶が顔に出ていたのだろうか。それ以来、コウが盛んに心配してくるようになった。いくら大丈夫だと言っても聞かず、屯所にいる時は後をついて回るようになり、流石の総司も辟易した。

「おコウちゃんにはかかわりのないことだから」

ついに堪忍袋の緒が切れてそう述べると、コウは泣きだして思いの丈を語りはじめた。

「かかわりないなんて言わんといてください……。沖田はんをお慕いしています。こん先もずうっと沖田はんが好きです。周平はんと夫婦になってもうても、沖田はんのことは決して忘れません。一生好きや……ほんまに好き……沖田はんが好きなんや」

驚いた総司はしばし固まった後、

「……修行の身なのでお断りします」

と言った。一礼して踵を返し、歩きはじめる。他に言いようはなかったのだろうかと反省していると、どさり、と背後で何かが倒れる音がした。振り返った総司は目を剝いた。

「……おコウちゃん！」

悲鳴交じりの声を上げて、地面に突っ伏したコウの許に駆け戻った。素早くコウの身を起こし、己の膝の上に仰向けさせた。首から血が流れている。傷口を手で押さえた時、からん、と音が鳴った。コウの手から小刀が滑り落ちた音だった。

自害を図ったコウは、処置が早かったこともあり、一命を取り留めた。

「……申し訳ございません」

コウの容態が落ち着いた後、近藤の居室を訪ねた総司は、畳をこするほど深々叩頭した。

「悪いのは俺だ。あの娘の気持ちも考えず、知ろうともしなかった……償えるものではないが、当人の望む通りの縁を結んでやろうと思う。おコウは大坂の大店に嫁がせることにした。そこの主人は商才があり、優しい男と評判らしい。その店の近くには、おコウの親戚も住んでいる。あの子も心強いだろう」

「……それをおコウちゃんが望んだんですか」

ゆっくり面を上げた総司に、近藤は大きく頷いた。

――沖田はんが好きなんや……。

切々とした声が耳の中に響く。額を手でこすった総司は、乾いた笑いを漏らした。

「あの娘は優しい子です……あれほど想ってくれたのに、すげなく断ってしまいました。そんな非道な俺を責めずに遠くへ行ってしまうんです。あの娘を傷物にした俺に責任を取らせるのを嫌って……」

総司の独白を、近藤は黙って聞くだけだった。しかし、総司には近藤の考えていることが分かった。コウのことは忘れろ。それが、コウのためにもお前のためにもなる。周平のためにも――そんなところだろう。

「……己を責めるな。お前は悪くない」

近藤に肩を抱かれながら、総司は漏れてくる嗚咽(おえつ)を必死に堪えた。

コウはいつの間にか屯所を去った。よそで養生し、落ち着いた頃に嫁ぐという。

「おはようございます。今日もいい天気ですね」

コウの一件後、総司は常通り振る舞った。巡察中も稽古中もよく笑い、明るく話をする総司を気味悪く思う者は多かったはずだ。だが、直接詰ってくるような者はいなかった。

（血も涙もない化け物だと言ってくれてもいいのに）

配下の隊士を引きつれて歩きながら、苦笑を漏らした。総司よりも年上の者ばかりだが、よく立ててくれる。尊敬し、慕ってくれているのだろう。だが、総司が無理をして明るく振る舞っていることまで察している者はいない。安堵しつつも、さみしさを覚えた。

（身勝手だな）

他人の心など分かるわけがない。だから、総司はコウの気持ちに気づかなかったのだ。

——沖田はん……ありがとう。

はじめてコウが笑ってくれた時、頑なな子どもの心を解きほぐせたことが嬉しかった。だが、コウは子どもではなかった。子どもなのは恋の一つも満足に知らぬ総司の方だった。

「どうかされましたか」

壬生寺の前で立ち止まった総司に、長谷が声をかけてきた。

「子どもたちと約束していたのを思いだしました」

「……引継ぎしておきますね」

呆れ顔をしつつも従順な返事をする長谷に、総司は礼を述べた。境内に足を踏み入れながら空を見上げた。不格好な形の雲がいくつも浮かんでいる。流れゆく速さはゆっくりだ。

（この空をあの人も見ているのかな……）

近藤が、永倉、武田、尾形俊太郎を連れて江戸に下ったのは、九月上旬のことだった。前月に東帰した藤堂と共に、隊士募集に当たるためだ。

——なぜ、新八を連れていくんだ。あいつは若先生を批判したじゃねえか。

近藤から東帰の話を聞いた時、井上は驚いた顔をして言った。いつもは鬱陶しく思うところだが、今回ばかりは井上の裏のなさを総司は褒めたくなった。

――だからこそさ。俺は奴を大事に想っている。つまらぬことで仲違いしたくない。古巣に戻れば、腹を割って話せるだろう。それに、永倉は腕が立つ。入隊希望者たちの力量を測ってもらおうと思う。

――……それなら、総司も連れていってやったらどうだ？

井上の提案に、（やはり源さんは余計なことを言う）と総司は顔を顰めた。

――総司は一番組頭だ。俺は、隊の顔だと思っている。ここにいてもらわないと困る。

近藤は井上を見据えたまま述べた。得心した様子の井上とは反対に、隣に座す土方は不機嫌そうな顔をした。近藤に必要とされ、嬉しく思う反面、土方の反応が気になった。

――気に食わないなら、そう言えばいいではありませんか。

近藤の居室から出た後、土方にだけ聞こえるように総司は呟いた。

――お前のことをどうこう思ったわけじゃねえ。

ならば、何が気に食わないのだ――そう問うたところで返事がないことを知っている総司は溜息を吐いた。土方の考えが分からぬのは今さら言うまでもないことだ。何より追及する気が起きなかった。

「いつ帰ってくるんでしょうね」

芹沢の墓の前に来た総司は、しゃがみ込みながらぽつりと述べた。近藤が旅立ち、ひと月経った。期間は決まっていない。隊士募集が難航するなら、その分長引くだろう。

「藤堂はどうしても誘いたい人がいるそうです。何でも、文武に優れた人とかで……山南さんみたいな人かな。藤堂はその種の人間が好きなんですよ」

ならば、俺のことも好いていたのだろうな——頭によぎった芹沢の声に、総司はくすりとした。芹沢はそんなことを言わぬだろう。傍若無人な振る舞いが目立ったが、他人の心を読むのに長けていた。皆からどう思われていたか当然分かっていたはずだ。

「もしかして、それに腹を立てて余計に暴れたんですか？　さみしかったのかな……」

そのさみしさを察し、愛おしく思ったのが、愛妾の梅だったのだろうか。その梅は、芹沢と同じ墓には入れなかった。彼女がどこに葬られたのか、総司は知らない。

「きっとさみしいでしょうね……」

あの世に行けばそのさみしさもなくなるのだろうか。それもさみしいものだと思った。

(さみしい……さみしいな)

膝に顔を埋めた総司は、きつく目を瞑った。たかだかひと月近藤と離れたことくらいで、これほど落ち込んでいるわけではない。コウのことを思いだすと胸が痛むが、四六時中思っているわけでもない。何がそれほどさみしいのか、総司には分からなかった。ただ、心の中に絶えず隙間風が吹いているような心地がした。

「気晴らしにどこかへ行きましょう」

帰隊して間もなく、門前で待ち構えていた亥之助は明るい声音を出した。まとわりついてくる亥之助を避けつつ、「せっかくだけれど」と断った。

「たまには息を抜かないと、ふぐのように真ん丸に膨れあがってしまうかもしれません」

「面白いたとえをするなあ。でも、行かない。息抜きなら、稽古を――」

「稽古は息抜きとは言いませんよ」

真面目な顔をして述べた亥之助は、嫌がる総司の腕を取って、門の外に出た。

「お駄賃を上げるから、誰か他の人と行ってきなさいよ」

「子どものお使いじゃないんですから」

笑い声を上げた亥之助は、総司の文句を無視することに決めたらしい。その日、亥之助は総司を三条の茶屋に連れて行った。評判の看板娘は確かに美しかったが、心動かされることはなかった。

一度付き合えば気が済むだろうと高を括ったが、その目論見は三日後に崩れた。非番だった総司を、亥之助がまた「気晴らし」と称して誘いにきたのだ。

「気晴らしというのは、そんなにしょっちゅうするものじゃないと思うんだ」

「気が晴れるまでしないと気晴らしにはならないでしょう」

無邪気な笑みを浮かべて答えた亥之助に、総司は言葉を失くした。亥之助は総司の気がふさぎ込んでいることに気づいている。これも、恩返しのつもりだろうか。

「……もういいんじゃないかな」

ぽつりと漏らすと、亥之助は「駄目です」ときっぱりと言い切った。

「何事もやるからには最後までやり切らねばいけません。さあ、気晴らしをしましょう」

拳をぐっと握った亥之助は、空いている方の手で総司の腕を摑んで歩きはじめた。慕っている割には随分と気安い。総司は苦笑を漏らして、仕方なく従った。

まるで乗り気ではない総司を、亥之助はいくどとなく外に連れだした。ある時、総司ははたと気づく。どうしてこうも非番が重なるのだろうか。

「……ああ、山南さんに頼んだのか。それとも、頼まれたのか」

顎に手を当てて呟くと、亥之助は目を丸くして固まった。半目でじっと見据えたところ、観念したように頷いた。

「そうか……あんたにも山南さんにも心配をかけたね。俺は本当に大丈夫だから」

「俺ではお力にはなれませんか」

真剣な面持ちで述べた亥之助に、総司は笑って首を横に振った。

亥之助の気遣いに気づいてからというもの、総司は皆が己に向けてくる心配そうな視線にも気づいた。亥之助や山南だけでなく、井上や原田といった試衛館の面々や、一番隊配下の者たちもだ。コウのことで軽蔑されたと思ったが、そうではなかったらしい。勝手に落ち込み、殻に籠っていたのは己だったと総司は反省した。


周りの厚意に感謝しつつも、心はなぜか曇り空のままだった。苦しいわけでも哀しいわけでもない。だが、胸のもやもやが晴れなかった。

「……冴え冴えと晴れ渡る日は来るのかなあ」

「待ち遠しいです。このところ、雨模様が続いていますものね」

総司の呟きに応えたのは、先日から総司の隊に移ってきた鳥山だった。丸い顎を上に向けて言った男を見て、総司は笑った。鳥山は素直に空模様のことだと思ったらしい。

「いっそ雨が降ってくれたらいいのになあと思うよ。どっちつかずは嫌だな」

「沖田さんらしい。白か黒かはっきりしているのを好まれませんか？」

首を傾げて問われたが、答えられなかった。屯所の前で足を止めた総司を、鳥山が不思議そうな顔をして見つめた。

「何だか騒がしいですね……あ――」

鳥山の声を最後まで聞かず、総司は駆けだした。

庭には大勢の人が集っていた。内勤の者や非番の者の姿もあったが、それよりも目立っていたのは旅装の者たちだった。

「若先生……局長」

総司の上げた声に、近藤は振り向いた。

「おお、総司」

大きな口を開いて笑って応えた近藤に、総司は目を細めた。

「おかえりなさい。長旅お疲れ様でした。ご無事に帰られて何よりです」

「ありがとう。皆が隊を守っていてくれたおかげで、こちらの首尾は上々だ」

近藤が見遣った先には、見覚えのある顔とそうではない顔がいくつもあった。見覚えのある数名は、故郷で天然理心流を学んだ者たちだろう。目が合うと慌てて頭を下げ、怯えたような顔をした。数年前までは、稽古でも一切手加減せず打ち据えたので、その頃手合せしたことがある相手かもしれぬ。

苦笑して頬を掻くと、近藤が見覚えのない者たちに視線を向けて言った。

「北辰一刀流伊東（いとう）道場の方々だ。山南と話しているのが、道場主の伊東甲子太郎（かしたろう）殿だ」

そこにいたのは、すらりとした美男子だった。身体に無駄な肉がついていないが、貧弱ではない。しっかりした骨格に綺麗に筋力がついているのが分かった。

「あなたが隊に入ってくださるとは思わなかった」

「藤堂くんのおかげです。彼が強く推してくれたおかげで、上洛の運びとなりました」

山南の言に爽やかな笑みで答えた伊東は、少し離れた場所にいた藤堂を見遣った。永倉や原田との話を切りあげた藤堂は、嬉しそうな表情を浮かべて、二人の許にやって来た。

「俺の話ですか」

「そうだよ。お前がいささか生意気すぎるという話をしていたところさ」

山南の冗談に藤堂は顔を真っ赤にし、伊東は高らかに笑った。彼らは北辰一刀流の道場で共に学んだことがある仲だという。人の好き嫌いが激しい藤堂だが、伊東には随分と懐いているらしい。山南に向ける表情と同じものを伊東にも向けている。

(あれが藤堂の言っていた文武両道の人か)

「伊東さんは一角(ひとかど)の人物だ。無理を言って上洛してもらった。彼には隊の参謀についてもらおうと思う」

近藤が口にしたのは、新しい役職だった。これを機に、隊編成を変えるつもりだという。

「俺も変わりますか?」

「お前以外に誰が一番組頭を務められるというんだ」

苦笑して答えた近藤に、総司は伊東の背後にいた男を指差した。

「……恐ろしい男だな」

一瞬黙り込んだ近藤は、唸るような声を出した。総司が指した先には、朴訥(ぼくとつ)な顔立ちをした大柄な男がいた。伊東の後ろに静かに控えている様は、さながら主と従僕のようだ。寸分の隙もなく、身体中に剣気が漲っている。大小の他に、もう一振り帯びていた。

「あれは、伊東さんと同門の服部武雄だ。手合せを見せてもらったが、かなりの猛者だ。伊東さんも強いが、それにも勝る」

「ぜひとも手合せしたいなあ」

「長旅の後だ。手加減するならこの後やってもいいぞ」

総司が手加減などできぬ性質だと知っていて、近藤はそんなことを言った。ちぇっと舌打ちした総司は、周りをきょろきょろと見回して首を傾げた。

「そういえば、あの人の姿が見えませんね」

「うん……歳か」

懐かしい呼び名を口にした近藤に、総司は微笑んで言った。

「恥ずかしがって出てこないのかもしれません。捜してきましょう」

笑って頷いた近藤と別れ、総司は隊士たちの輪から離れた。人の姿が見えなくなってから、顔から笑みを消した。

また何かしているのではないだろうか――そんな疑いが浮かんできてしまうのが嫌だった。土方のことが嫌いなわけではない。慕っているからこそ、疑わざるを得ぬことが苦しかった。土方は身勝手だ。それでも放っておけぬ己に辟易するばかりだった。

足を止めたのは、厠の前だった。

いる――。

土方ではない。だが――。

(……俺はこいつを知っている)

厠の戸が開き、中から誰かが出てきた。前傾姿勢で歩くその男は、総司の横を通りすぎた。そのまま去っていくかと思ったが、数歩進んで足を止めた。

振り返った男は、不躾に眺める総司に怪訝な目を向けた。青黒い肌にやつれた頰、姿勢が悪く、長い手足を持て余しているように見える。服部のように手練れと分かる風格はない。相手の顔色を窺うような目付きは気弱げで、碌に刀も振れなさそうだが——。

(……似てる)

ぞくり、と鳥肌が立った。

「一番組頭の沖田総司と申します」

総司が名乗ると、相手は驚いた顔をして、さっと頭を下げた。

「大石鍬次郎と申します」

「ふ……ふふ……ふふふ」

笑いはじめた総司を見て、大石はびくりと身を震わせた。怯えたような仕草をするくせに、その目の奥に宿っている色は獰猛極まりない。

まるで、死んだ芹沢鴨が冥府から戻ってきたかのようだった。

「大石さん」

声をかけると、小声で「はい……」という返事があった。

「これからよろしくお願いいたします」

存分に楽しませてくれ——そう願いつつ、総司は無邪気な顔で笑った。

三

元治元年十二月下旬——近藤たちが新入隊士を伴い帰隊してから、ふた月経った。

木々を赤や黄に染めた季節は過ぎ去り、白い雪がちらつきはじめた。京の外れの壬生も例外ではなく、枯れた田畑には早朝霜柱が立つ。新選組の屯所では、庭で焚火（たきび）が行なわれた。火に当たるのは平隊士が多いが、中には幹部の姿もあった。

「あ、帰ってきた」

巡察から戻り、焚火の前で隊士たちとよもやま話に花を咲かせていた総司は、門の方を見遣って言った。訊かずとも待ち人が分かったのだろう。隊士たちは揃って苦笑を浮かべた。「また」と手を振りつつ、総司は駆けた。ちょうど門を潜った時、巡察帰りの班と鉢合わせた。

「ただいま戻りました」

隊士たちはにわかに現れた総司に驚きつつ、深々と礼をした。

「お疲れさまです。引継ぎの皆さんは焚火の前にいますよ」

労いの言葉をかけながら、総司はただ一人を見つめた。目を逸らし、俯いた男を残して、班の者たちは焚火の方に向かった。

「今日も寒いですね。武州も寒いけれど、京の寒さもなかなかのものだ。これでいて、夏は死ぬほど暑いんだから嫌になる。心してくださいね。これからもっと寒くなりますよ」

かすかに頷いた男に、総司はにこにことして続けた。

「でも、動いていたら身体が温まります。こういう時こそたくさん稽古をするべきなんです。

ね、大石さん。手合せ願えませんか」

「……引継ぎがありますので」

「皆、行っちゃいましたよ。ちょっとだけで構いませんから。今日はこれから非番でしょう？」

眉を顰めた大石は、総司の率いる一番隊に配属された。同じくこれから非番だった総司は今日こそはと思い、帰隊を待ち構えていた。

「ちょうど道場も空いた頃だ。今から行きましょうよ」

大石は頭を下げながら、総司の横を通りすぎ、門を潜った。

「所用があるので……申し訳ありません」

「気が変わったら声をかけてくださいね」

去っていく猫背に声をかけたが、返事はない。残された総司は頭を掻き、溜息を吐いた。大石に勝負を持ちかけるのは、これがはじめてではない。

——俺と勝負してください。

大石が上洛した日、総司は真摯な声音で述べた。目を見張った大石は、訝しげな表情をして呟いた。

——私闘は禁じられているとお聞きしましたが……。

——真剣勝負は駄目ですよ。でも、道場で竹刀を持ってやるのは誰も止めません。

——……申し訳ありません。

大石は総司から目を逸らして答えた。長旅で疲れているのだと考えた総司は、翌々日改めて勝負を持ちかけた。大石の返事は前回と同じだった。もう少し隊に慣れてからの方がよかったかと反省し、今度は数日空けて誘った。だが、大石はまたしても断った。それから今日に至るまでいくどとなく声をかけたが、一度も色好い返事をもらっていない。

「また振られたのか」

そう言ったのは、大石とすれ違いで屋敷から出てきた斎藤だ。門前にぼんやりと立つ総司をじろりと見下ろした。総司も背が高いが、斎藤はさらに上背がある。

解せんな、という呟きに、総司は首を傾げた。

「奴よりも服部の方が腕が立つだろう」

「そうだね。それに、服部よりも、永倉さんやあんたの方が腕は立つ」

「俺におべっかを使わなくていい。なぜ、奴なんだ」

感情の見えにくい男だが、今は心底不思議がっているのが分かった。総司は腕組みをして唸った。芹沢と似ている──そう答えたところで斎藤が納得するだろうか。

大石と出会った時は芹沢の生まれ変わりかと思ったが、時が経つにつれその考えは薄れた。総司は剣術師範でもあるので、大石に稽古をつけたことがある。道場での彼は芹沢とまるで似ておらず、凡庸な太刀筋だった。手を抜いている可能性はあったが、大石はいくら本気の勝負を持ちかけても頷かない。もしかすると、最初に抱いた印象は間違いだったのだろうかと疑いはじめた時だった。

ある隊士に切腹の処断が下った。介錯人に選ばれたのは大石だった。切腹に立ち会ったのは、総司の他には切腹する隊士が属する班の者たちだけだった。友がいなかったらしいが、介錯人を務めた大石も似たようなものだという。声をかけても碌に返事をしない、笑みが薄気味悪い、暗く何を考えているか分からない──そんな悪口を叩かれ、敬遠されているようだ。

──あの男はどうも怪しい。あまり近づかれない方がよろしいですよ。

切腹の直前、耳打ちしてきた隊士が誰だったのか、覚えていない。大石の人となりも評判も、総司にはどうでもいいことだった。

切腹する隊士は震える手で小刀を摑んだ。しかし、刃を腹に向けることすらできず、荒い息遣いが響くばかりだった。みっともない、と侮蔑の言葉と嘲笑が響いた時、切腹する隊士は堪えきれず、といったように泣きだし、呻くように言った。

——……頼む……。

隊士がそう口にした途端、すでに構えていた大石は躊躇(ためら)いなく刀を振り下ろした。直後、隊士の首が下に垂れ、後頭部が露わになった。骨と骨の間を断つような切り口は見事なものだった。首は落ちず、皮一枚で繋がったままだ。

(やはりこの男だ)

驚愕の表情で固まった一同の中で、総司は目を輝かせた。法度(はっと)を犯したとはいえ、同志だった男が命を落としたのだ。喜んでは駄目だと思いつつ、笑みを堪えきれなかった。大石は好敵手で間違いない。必ず一対一の勝負を受けてもらおうと、その時総司は決意した。

「……もういい」

嘆息交じりの声に、総司は我に返った。さっと歩きはじめた斎藤の後を、慌てて追う。

「久方ぶりに手合せ願いたいなあ」

「奴の代わりに俺を使う気か。失礼な男だ」

「だから、あんたの方が強いよ」

笑って言うと、斎藤はまた息を吐いた。これから所用があるとのことで、結局相手はしてくれなかった。

「今度こそはと思ったのになあ……」

壬生寺の境内にある石段に座した総司は、足をぶらつかせながら呟いた。

――二年前、俺たちは浪士組として上洛しました。明日は新選組のはじまりとなった日なんです。

だから、どうか手合せを――と願うと、大石は硬い表情を浮かべてこう答えた。

――……確かに隊としてはお目出度い日なのでしょう。ですが、俺は上洛してようやく四月が経とうという頃です。沖田さんと勝負をするにはまだまだ早いと思います。

口下手だった大石だが、最近断り方が上手くなった。総司が懲りずに誘いつづけたおかげだろう。近藤たちが帰隊してからというもの、不逞浪士たちを見かける機会が減った。雲隠れしてしまったかのように鳴りを潜めている。そのことが、総司にここまで大石にのめり込ませたのかもしれぬ。剣を合わせたい――その欲求が、今は大石のみに向かっている。

(強い相手がいたら、手合せしたくなるものだ……弱いと思われているのかな)

総司は隊随一の強さと言われているが、稽古では永倉や斎藤の方が勝っているように見えるようだ。天然理心流はどうにも荒っぽい。実戦向きといえば聞こえはいいが、田舎剣法と揶揄されることは多々あった。世間では、永倉や斎藤が習得した神道無念流や小野派一刀流の方が完成された剣技とされている。

だが、総司は天然理心流の荒さや素朴さ、泥臭さが好きだった。はじめて道場に足を踏み入れた時、太すぎる木刀を振る近藤の姿が歴戦の英雄のように見えた。不安で押し潰されそうだった心がさっと晴れ渡ったのを今でも覚えている。総司がここまで強くなったのは天然理心流が好きだからだ。昔よりは控えるようになったが、稽古は相変わらずの激しさだ。ふだんの総司からは想像できぬ夜叉のような姿に戸惑いを覚える者は多いが、大石はそんなことを考えるはずがない。彼は天然理心流を学び、総司が認める実力を持つ。芹沢を思わせる狂気が本物ならば、総司よりも優れているのかもしれぬ。

一体どうやったらその気になるのだろうか。腕組みをし、唸り声を上げた時、

「――沖田さん！」

遠くから己を呼ぶ声と、けたたましい足音が響いた。猪が来る、と総司は笑った。

「どちらにいらっしゃいますか」

「ここだよ。あんた声が大きいなあ」

呆れ声を出しながらひょいっと姿を現すと、亥之助はぐっと詰まったような表情をした。

「……何があったの」

今にも泣き出しそうな様子に、総司は表情を引き締めて問う。亥之助は唇を噛み、懐から文らしきものを差しだした。すぐさま中を改めた総司は、眉を顰めた。

――一身上の都合故、隊を脱することと相成り候。

元治二年二月二十二日という日付の後に、この文を認めた者の署名があった。

山南敬助、と――。

「今朝、山南総長から使いを頼まれました。いつもと違い、随分と遠方だったので少し気になってはいたのですが……戻ってきたらお姿はなく、文机の上にその文が――」

食い入るように文を眺める総司の傍らで、亥之助は幼さの残る顔を俯けて言った。

「……このことはまだ誰にも話していません」

頷いた総司はようやく文から視線を戻したが――。

(犬だ)

強張った顔をした総司を見て、亥之助は不思議そうに首を傾げた。

「嗅ぎつけられたみたいだ」

屯所の方へ駆け去っていく男を指差し、低い声音を出した。驚き固まった亥之助を残し、総司は即座に男を追った。おそらく、あれは監察の誰かだろう。目深に笠を被っていたので、任務の帰りにたまたま立ち聞いたに違いない。

屯所に戻った総司は、急ぎ副長室に向かった。あと数歩で着くという時、目当ての部屋の襖が勢いよく開いた。中から出てきた土方は、奥の近藤の部屋に向かって歩きだした。

「土方さん」

後を追いつつ声をかけたが、返事はない。

「――山南が脱走した」

近藤の居室に入るなり、土方は押し殺した声を発した。目を剝いた近藤は、口を開きかけてやめた。土方の後ろにいた総司は、二人に視線を向けられ、諦めの息を吐いた。

山南の文を囲むように三人は座す。文を読んだ近藤と土方は渋面を作った。土方は常通りの仏頂面だが、近藤はひどかった。顔中に皺が寄り、嚙みしめた唇は色を失くした。

「……なぜだ」

「分からん」

近藤の低い呟きに、土方は吐き捨てるように答えた。黙り込んだ二人の横で、総司は畳の上に置かれた文を睨んだ。隊を脱すると明言した証がある限り、穏便に済ますことはできぬだろう。

それを山南が分からぬわけがない。

沈黙を破ったのは、近藤だった。

「……近隣に頼み、馬を借りる。厩にいるあの一頭は、お前が使ってくれ」

近藤がまっすぐ見据えた先には、総司がいた。近藤の頼みなら即答したいところだが、今回ばかりは難しい。何も答えぬ総司に、近藤は辛抱強く説く。

「山南の言い分が聞きたい。奴がこんな真似をするなど俺にはどうも信じられん」

それは総司も同じだった。これまで脱走した隊士と違って、山南は失策を犯したり、敵と通じたりするようなこともない。それは、山南の小姓をしている亥之助が証明できるだろう。目ざとい亥之助が山南の変化を見過ごすとは思えない。

「他の追っ手はどうするんです」

総司の問いに答えたのは、眉間に深い皺を寄せ、腕組みをした土方だった。

「馬を扱えて、信のおける奴らに任せるつもりだ。お前は先に行け」

総司はじっと土方を見た。土方と山南は、かたや鬼の副長、かたや仏の副長と一時は呼ばれた仲だ。正反対の二人だが、気は合っていたように見えた。近藤を、ひいては新選組を支えてきたのは、この二人だ。

「いってまいります」

総司はようやく頷き、すっくと立ち上がった。

近藤の部屋を出た直後、廊下の端で所在なげに立ち尽くす亥之助を見つけた。

「……お役に立てず申し訳ありません」

悔しげに顔を歪ませ詫びる亥之助に、総司は首を横に振る。

「局長と副長があんたに話を聞きたいらしい」

「承知しました」

青褪めつつもしっかりと返事をした亥之助と別れ、総司は自室に戻った。簡単な旅支度を終えて廊下に出た時、一番隊の隊士とばったり出くわした。

「どちらに行かれるんですか。お供しましょうか」

総司の姿をまじまじと眺め、声をかけたのは鳥山だった。

「ちょっとお使いに行くだけです。非番なんだから休んでくださいよ」

「沖田さんも非番ではありませんか。荷物持ちくらいにはなりますよ」

鳥山は笑って言った。総司の表情が曇ったのを目ざとく察したのは、鳥山の傍らにいた蟻通だった。蟻通は鳥山に引き続き、前年の暮れに総司の配下となった。

「……お前は最近剣が鈍っている。俺が稽古に付き合ってやろう」

蟻通は鳥山の腕を摑んで言うと、総司に目礼して歩きだした。廊下に鳥山の文句が響く中、総司は廐に急いだ。

山南の文には行き先が書かれていなかった。脱走したのだから当然だが、どうにも腑に落ちない。あれほど誠実な男が隊を脱したのだ。やむにやまれぬ事情があったのだろう。近藤たちの反応を見た限り、二人ともまるで存ぜぬ様子だった。山南の近くにいた亥之助が知らぬくらいだ。隊の誰も承知している者はいないのだろう。近藤が言った通り、山南に直接問いただすしかない。正当な理由があるなら、厳しい処断は免れるかもしれぬ。

「……そうに違いない」

何の根拠もなしに呟いた総司は、手綱を唸らせ、馬で駆けた。山南が屯所を出た刻限も判然としないが、すでに洛外まで逃げただろうか。途中で馬を捨てる可能性もある。海路を取るなら、伏見か。

（あそこの会所に集ったことはあるけれど……山南さんはいなかった）

池田屋での騒動があった時、山南はひどい暑気あたりを患っていた。とても動ける様子ではないのに、己も出陣すると言って聞かなかった。

――役に立てず、すまなかったね。

池田屋騒動後、床に臥せっていた総司の許を訪ね、山南は申し訳なさそうに漏らした。あんたはいつでも役立っているし、これからもその機会はいくらでもある――そんな言葉を返した覚えがあった。その時、山南はいつものように眉尻を下げ、困ったような笑みを浮かべた。しかし、頷きはしなかった。

総司は手綱を引き、馬を方向転換させた。山南は伏見に向かったに違いない。池田屋騒動時に活躍できなかったことを未だ悔悟しているのなら、そこを新たな門出に選ぶのではないかと思ったのだ。


京を出た総司は、大津にたどり着いた。街道脇に広がる雑木林をぼんやりと眺めながら、ゆっくりと馬を歩かせる。

（少々遠くに来すぎたかな）

こんなところに山南がいるわけがない。適当に馬を走らせてきたのだから当然だ。結局、伏見には向かわなかった。山南は今頃海を渡り、どこかに向かっているだろう。

「……そろそろ帰ろうか」

馬の首を撫でながら言った総司は、雑木林の一角に目を奪われた。そこには見覚えのある丸みを帯びた広い背中があった。ああ、と思わず漏らした嘆息は、まだ冷たさの残る風に攫われ、儚く消えた。

——信じる道を生きろ。たとえお前が己を信じられなくなっても、俺はお前のことを信じているよ。

あの最悪な夜の闇に呑み込まれなかったのは、山南のおかげだった。

(俺も信じてる。だから、山南さん……)

どうかこのまま遠くに逃げてくれ——。

胸のうちに湧いた言葉は、新選組に対する背信だ。隊のためと思い、理不尽なことも呑み込んできたが、今回ばかりは許容できそうもない。近藤を欺く行為であろうとも、土方に蔑まれようとも、曲げられぬ想いだった。見慣れた広い背中を眺めた総司は、静かに馬を歩かせはじめた。

間もなくのことだった。がさりと草を踏みしめながら駆ける音と、「総司」と己を呼ぶ声が響いた。馬で駆け去ろうとした総司の前に、声をかけた男がひょっこり姿を現した。

「やはり総司だ」

「……どうして」

掠れた声音で問うた総司に、声をかけてきた男——山南敬助は微笑んだ。

「俺を見つけるとしたら、お前だと思っていたよ」

「山南さん……」

総司は呆然と呟いたきり、黙った。問いたいことはたくさんあるが、言葉が出てこない。

「そろそろ日が暮れる。今日は宿に逗留して、明朝帰ろう」

山南の言に、総司はこくりと顎を引いた。

宿に入った二人は、交互に風呂に向かった。先を譲られた総司はできるだけ長風呂を心がけ、ゆっくり部屋に戻った。そこにはだらりと横になって書物を紐解く、くつろいだ様子の山南がいた。肩を落とす総司を尻目に、山南は鼻歌を歌いながら風呂に行った。

部屋に籠っていた方がいいのか。どこかに隠れた方がいいのか。胡坐を掻いて思案しているうちに、山南は戻ってきた。

「いい湯だった」

満足そうに述べた山南は、夕餉の時も上機嫌だった。

「美味いなあ」

そう言いながら口一杯に飯を頬張る山南は、常よりも幼く見えた。

「山南さん、酒を呑みましょう」

名案を思いついた総司は、明るい声音で言った。

「いいよ。だが、一杯だけにしよう。俺はすぐに酔ってしまうから。二日酔いで馬に乗れず、総司に運んでもらうようになったら恥だからな」

「その時はもう一泊すればいいじゃありませんか」

「お前まで隊規違反で処断されるぞ」

そう言って高らかに笑うと、総司の手から滑り落ちた箸を拾い、箱膳の上に置いた。ほどなくして酒が運ばれてきた。猪口一杯呷っただけで顔を赤くした山南は、膳に残った飯をすべて平らげ、横になった。

傍らに立った総司は、健やかな寝息を立てる男をじっと見下ろした。頰を赤らめ無防備に寝入る姿は、以前どこかで見た気がした。

（若先生を祝った日か）

あの花見の時のように、大丈夫ですかと問うことはできなかった。

宿の者に膳を下げてもらい、外に出た総司は、近くに流れる川の前で膝を抱え座した。さわさわと水が流れる音に耳を傾けているうちに眠気が襲ってくることを願ったが、意に反して目は冴えるばかりだった。

三度目のくしゃみをこらえた時、背後から足音が近づいてきた。

「風邪を引くぞ」

「そうなったら、もう一泊します」

「俺がお前を連れて帰るさ」

硬い声で「嫌です」と答えた総司は、首を横に振った。山南は嘆息しつつ、総司の横に腰を下ろすと、こわごわと頭を撫でてきた。

「……ぎこちないなあ」

「お前のように誰彼構わず撫でたりしないからね。前から言おうと思っていたが、子守の娘たちの頭は撫でぬ方がいい。子どもに見えても、あの娘たちは立派な女子（おなご）だ」

「男でないのは分かっていますよ」

「そういうことではないのだがなあ……」

呆れを含んだ笑い声を漏らし、手を引いた山南を、総司は横目でちらりと窺った。山南の顔に後悔の色は滲んでいない。清々しく、穏やかだ。

「どうしても明日戻るつもりですか」

頷いた山南を見て、総司は立ち上がった。

「……どうしてこんな真似をしたんです」

山南は微笑むばかりで答えない。すべてを諦めたような穏やかな表情を浮かべている。覚悟を決めたのだろう。そうでなければ、わざわざ追っ手の前に姿を現さない。殺してくれと言っているようなものだ。

(俺たちにあんたを殺せと言うのか)

腹の底がカッと熱くなった総司は、気づけば怒鳴っていた。

「何の相談もなく、脱走などして……どういうつもりだ。俺や亥之助がどれほどあんたを心配しているか……若先生や土方さんだって――」

言葉を止め、後ろに飛びすさった。山南が立ち上がりざま刀を抜き、斬りかかってきたのだ。

驚く間もなく、山南は突きを繰りだした。腰を捻って躱しつつ、総司は問うた。

「どうして……あんた、一体どうしたんだ」

答えの代わりとでもいうように、山南は刀を振り上げた。総司の肩口を狙ったそれは、総司が引き抜いた刀によってはじき返される。追撃せず身を引く総司を見て、山南は歪んだ笑みを浮かべた。

「山南さん――」

再び名を口にした瞬間、山南は総司の間合いにぐっと踏み込んだ。振り下ろされる刀を、総司は刀で受け止めた。そのまましばし膠着(こうちゃく)状態が続いたものの、ふと山南が力を抜いた。総司は後追いせず、刀を引いたが——。

山南はさらに一歩足を踏みだし、力任せに刀を振った。本気の殺気を感じた総司は、己に向けられた刀をさっと避けつつ山南の手首を摑み、そのまま捻り上げた。

「うあっ……！」

苦しげな悲鳴と同時に、刀が地に落ちる音が響いた。総司はすぐさま手を放したが、山南は崩れ落ちるようにしゃがみ込んだ。

「うう……ぐうう……うう……」

山南は腕を押さえながら、呻きつづけた。やがて、両足を投げだすように座り込むと、呆然と立ち尽くす総司を見上げて微笑んだ。

「……分かっただろう。これは治らない。どこの医者に行ってもそう言われた」

己の腕をぞんざいに叩いて言う山南を、総司は青い顔で見下ろした。

（……話が違う）

山南は、昨年の暮れ辺りから道場に顔を出すようになった。原田と井上を打ち負かしたという話を聞いた総司は、もうすっかり山南の怪我はよくなっているのだと思っていた。いずれ、巡察にも復帰し、戦があれば出陣する——そう信じて疑わなかった。

「俺はもう無理だ」

山南の漏らした呟きに、総司は掠れ声で返事をした。

「医者だって間違えることはあります……それに、たとえ元のように刀が振れずとも、山南さんには誰にも負けない知恵がある」

「伊東や武田がいる。何より、近藤さんと土方がいれば隊は安泰だ」

「山南さんの代わりなんていませんよ。俺はあんたがいないと困ります。若先生も土方さんもそうですよ。藤堂など憤死してしまうかもしれない」

「困るのは最初だけだ。俺がいないことにそのうち慣れるさ」

何でもないことのように言ってのけた山南はゆっくりと立ち上がった。目元は引きつり、額には脂汗が滲んでいる。隈と陰った表情のせいで一気に老け込んでしまったように見えた。

「……腕が駄目になったくらいですべてを諦めるんですか。山南敬助はここで終わる男じゃないでしょう」

山南の肩をぐっと摑み、総司は叫んだ。いくら揺すっても、山南はされるがままだった。そのうち、何かを堪えるように引き締められた唇が、静かに開いた。

「刀を捨てて生きるくらいなら、俺は死を選ぶ」

総司はハッとして、動きを止めた。山南の目にきらりと光るものがあった。

「選ばせてくれ……総司」

胸に額を当て縋りついた山南を、総司は力いっぱい抱きしめた。やがて腕の怪我に気づいて力を緩めかけたが、山南はそれを拒むように首を横に振った。

「……すまない」

絞りだすような声音が、いつまでも耳の中に残った。

翌朝、目覚めた総司は、隣の布団で寝ている山南を見て、落胆の息を吐いた。

深夜の騒動を経て宿に戻った二人は、すでに敷かれていた布団にそれぞれ横になった。ぽつぽつと取り留めのない話をしているうちに、総司は睡魔に襲われた。山南のことを考えながら大津まで馬を走らせた半日は、数ヵ月分もの疲弊を溜めてしまったようだ。

――早く寝なさい。

――……俺が起きるまでに逃げてくれるなら、すぐに寝ます。

――それなら、いつまでも起きていてもらわねばならないな。

そんなやり取りをした覚えがあるものの、はっきりと覚えていない。

――たとえ地獄に逃げたとしても、鬼が追ってくる。

山南は苦笑交じりにそう述べた気がしたが、それも定かではない。その時、総司は堪えきれず目を瞑り、半分眠っていた。

――もっとも、隠れ鬼だ。しばらくは出てこないか。

山南は謎かけのような言葉を口にした。

(鬼は隠れている――鬼は……山南さんは……逃げて――)

心の声が聞こえたのだろうか。近くで笑った気配がした。眉間に寄った皺をそっと撫でた相手は、密やかな声音を出した。

――ゆっくり休みなさいよ。

返事もできぬまま、総司は深い眠りに入った。

目が覚めても、あれが夢だったのか現(うつつ)だったのか判然としない。だが、今はどうでもいいことに思えた。仰向いて寝る山南は、口を半分開け寝息を立てている。大福のように白くふくよかな頬を眺めているうちに、朝餉の刻限となった。ようやく目を覚ました山南は、目を細めておはようと述べた。あまりにも常と変わらぬ様子に、これも夢なのだろうかと疑いかけた。

朝餉を済ませて早々、山南は出立の支度をはじめた。総司は部屋の隅で足を抱えてその様子を眺めていたが、「お前も支度しなさい」と呆れ声で言われ、渋々従った。

宿を出た二人は、馬に乗って京に戻った。のろのろと進む総司と違い、山南は馬を急がせた。距離が開きはじめた時、山南はちらりと振り返って言った。

「これで最後だ。隣にいてくれないか」

「……本当にひどいなあ」

鼻声で答えた総司に、山南はあの馴染み深い笑みを向けた。

山南を連れ帰った総司を見て、隊士たちは一様に青褪めた。山南脱走の話はすでに知れ渡っていたようだ。責めるような視線をいくつも感じ、総司は俯き唇を噛みしめた。

馬を繋いだ後、ついてこようとする総司に手を振り、山南は一人で近藤の許に行った。出迎えた隊士たちは一様に気まずげな顔をし、そそくさと中に入った。残された総司は、庭へまわった。

土方の部屋の前で突っ立っていると、やがて障子が開いた。

「山南さんと戻ってきてしまいました」

「ご苦労だった」

土方は穏やかに言った。久方ぶりに見る優しい笑みに、総司はぐっと眉を顰めた。眦(まなじり)に籠った労(いた)わりの色を見るのが忍びなく、また唇を噛んで下を向いた。

間もなく、土方が隣室から呼ばれた。

「ここにいろ」

土方はそう言って、総司を自室に押し込めた。主が消えた部屋でぼうっとしていた総司は、縁側に座して庭を眺めた。今頃、故郷の桜は蕾(つぼみ)をつけ、春めいてきた頃だろう。季節の移ろいが一足遅いようにに感じるこちらはまだ梅が咲いている。梅も桜も美しいが、総司は後者の方がより好きだった。皆で花見をしたあの日、どの花よりも情が湧いた。

つんと鼻の奥が痛くなったが、涙は流れてこない。夢なのだと思いたかった。

しかし――。

「介錯は総司に頼みたい」

隣室から聞こえてきた声は、否でも応でも悪夢のような現を総司に分からせるものだった。庭の梅の花が地に落ちるのを見て、総司は固く目を瞑った。


山南の切腹から半月もしないうちに、屯所が壬生から西本願寺（にしほんがんじ）北集会所に移った。僧侶たちから猛烈な抵抗にあったものの、土方が無理に押し切った。この移転に山南が難色を示していたことは周知の事実だった。そのため、彼の死後こんな噂が流れた。

「山南の脱走は、お西さんを軽んじ、己の意見を聞こうとしない土方を恨みに思っての意思表明だった――らしいぜ」

「馬鹿馬鹿しい。あの人がそんなことで死ぬものか」

吐き捨てた永倉に、言った原田は肩をすくめた。

「俺もそう思うが、あの人の心は分からずじまいだったからな」

「しようがない。死んだらそれまでだ」

西本願寺の境内で原田と永倉が会話する傍ら、素振りをする総司は内心頷いた。新選組に属する者にとって死は珍しいものではない。戦や巡察時に斬られた者、隊規違反で切腹した者、斬首した者、病死した者――在隊歴が長い者ほど、多くの死をその目に焼きつけてきた。中には非業の死を遂げた者もいたが、それをずっと哀しんではいられなかった。

——どうせまた死ぬのだ。泣いてもきりがない。涙は己が死ぬ時にとっておけばよいものを……。

山南の葬式が終わり、涙に暮れる隊士の前で呟いたのは瀬川だった。間者だった隊士によって斬られたが、強い気力で生き延びた。性格が悪く、皆から嫌われている瀬川は、気にかけてもらっていた山南の死を前にして、そんな台詞を述べた。

——お前が山南総長の代わりに死ねばよかったんだ……！

山南を慕っていた隊士が瀬川に摑みかかりながら叫んだ。たまさか通りかかった総司と斎藤が止めに入り事なきを得たが、これが土方や監察の面々だったらただでは済まされなかっただろう。

——愚か者め。命の代わりなどできぬに決まっているだろう。

斎藤に肘を固められて突っ伏した隊士は、斎藤の言葉に首を横に振った。

——そうでなければ、あの人が死ぬはずがありません。

——ならば、あの人は誰の代わりに死んだというのだ？

斎藤の言に、隊士はぐっと唇を嚙みしめ俯いた。その隊士の中に答えがあったのか否か、総司は知らない。彼は先日除隊届を出し、正当な理由があったので無事受理された。このように、死別以外にも別れがあったが、この隊にいる以上そちらの方がまれだ。死にたくないのなら、強くなるしかない。斬られる前に斬るのだ。人を斬ることになるなど数年前までは考えてもみなかったが、今ではそれが当たり前になった。

——実は、あんたを疑っていた。

まだ試衛館にいた頃、斎藤は近くで起きた辻斬りの下手人を総司と思ったらしい。

――俺は人を斬ったことなんてないよ。

驚いて否定すると、斎藤は素直に頷いた。疑っておきながら、総司の様子を見て違うと悟ったようだった。今なら総司も分かる。人を斬った者は剣が変わるのだ。共に上洛した者たちは皆そうだった。変わらなかったのは近藤くらいなものだ。大抵の者は動揺し、高揚する。二度、三度と回数を重ねるうちに、こういうものかと落ち着く。何事も慣れるのだ。総司も慣れた。人を斬りたいと思ったことはない。だが、強い相手と剣を交えたいという想いは常に抱いていた。手にするのが木刀から刀に変わっただけだ。

(相手にとってはたまったものではないな)

くすりと笑い声を漏らした時、総司は己を呼ぶ声に気づいた。

「どうしました」

「どうしたはお前の方だ」

返ってきた答えに、総司は首を捻った。溜息を吐きながら近づいてきた永倉は、総司の手から木刀を奪い取った。いつの間にか原田の姿は消えていた。

「腕がもげるまで振る気か」

総司は口を開きかけ、やめた。腕が痺れていることにたった今気づいた。赤い色が目について手のひらを見てみると、肉刺(まめ)が割れて血が滲んでいた。

「痛い」

「気づいた途端に現金な奴だな」

永倉は呆れ声を出すと、肩にかけていた手拭を差しだした。有り難く受け取った総司は、木刀についた血を拭おうとしたが、先に止血しろと怒られ、慌てて従った。すぐに血は止まったものの、永倉の咎めるような視線にたじろぎ、俯いた。

「まるで何かにとり憑かれたようだな」

永倉の呟きに、総司は顔を上げた。ひたと合った目に責めるような色は浮かんでいない。

「山南か」

「……違う」

山南の一件は引き金に過ぎない。だが、原因が何かと問われても答えようがなかった。

「分からない」

言い直した総司に、永倉は顎を撫でながら呟いた。

「いつだったか言ってたな……芹沢の才には誰もかなわない、と。その中にはお前も入っているのか?」

永倉の問いに、総司は答えられなかった。それは永倉に言われるまでもなく、これまで何度も己に問いかけたものだった。

あの頃と比べ、剣術の腕前はさらに向上し、人を斬ることにも躊躇しなくなった。己は強い――そんな自惚れを抱いても、誰も総司を責めぬだろう。だが、死人と力比べはできない。夢を見られぬ代わりに妄想してみても、あの日と同じく勝負はいつも引き分けだった。あと一歩どうしても届かぬのだ。勝利を摑み取れる日は遠いように思えた。

「確かに奴は強かったが、それ以上に弱かった。酒に溺れて我を失くし、本願を忘れて暴れた。いくら腕が立とうと、そんな奴についていく奴などいない。奴が今生きていたとしても、俺たちの頭には座ってなかっただろうよ。力があるだけじゃ駄目なのさ。心がなけりゃあ……それだけでも駄目だがな」

永倉は勢いをつけて言ったが、最後は小声だった。芹沢を貶めた結果、近藤を褒めたことに気づいたのだろう。不本意そうな顔を見て、総司は苦笑を漏らした。

「俺は芹沢さんとの真剣勝負に負けたことがあるんだ」

形としては引き分けだが、総司の中では敗北だった。

「今も奴が生きていたとする。剣を交えたら、勝つのはお前だ」

一瞬目を見張った永倉は、何の迷いも見せずに言い切った。

「死人には勝てない」

「不服そうに言うな。殺したのはお前だろ」

軽く笑って述べた永倉は、固まった総司を置いて去った。小柄な背を見送り、ゆっくり目を閉じた。

暗闇からぬっと飛びだした芹沢は、何の躊躇いもなく総司に襲いかかる。とっさに刀を抜くと、刃と刃がガチッとぶつかる音が響いた。ぐぐぐ、と力を込めて刀を押す芹沢は、口許にニヤリと笑みを浮かべた。総司も負けじと刀を押し返したが、力の分は芹沢にある。じわじわと押されながらも、総司は刀を弾き、その勢いのまま相手の喉を突く。勝った——そう喜んだ時には、芹沢は総司に刀を振り下ろしていた。

目を開き、ふっと息を吐く。妄想の中での引き分けは常のことだが、そのたび悔しさが浮かぶ。総司にとってそれはやはり敗北でしかない。しかし、今はそれよりも気になることがあった。永倉は無駄なことを一切言わぬ男だ。そんな永倉がわざわざ口を出してきた。それほど切羽詰まって見えたのだろうか。

(気をつけなければ)

総司は頬を叩いた。他人に気を遣わせることが総司は嫌いだ。心遣いは嬉しいが、そうさせてしまった己の至らなさを思い知る。

——もっと欲を持っていいんだ。お前はそれが許される奴だ。

——お前の剣術の腕は抜きんでている。他の連中だってそう言ってる。もったいないよ、お前は。

以前、周助や永倉にかけられた言が蘇った。皆は「欲がない」と言うが、総司は己の欲深さを知っている。そうでなければ、こんな風にはなっていないだろう。総司は肉刺が潰れた手のひらをじっと見た。このところ稽古に力が入りすぎている。止めてくれる者がいないといつまでも木刀を振った。それは真剣でも同じだった。


市中で浪人数名が暴れているとの一報を受け、総司たち一番隊は現場に駆けつけた。隊士の誰よりも先に到着した総司は、両替商の店先でたむろしている不審な男たちを見つけた。彼らの腕の中には、十五、六と思しき娘がいた。

(……可哀想に)

娘の着物は半分以上はだけており、柔肌が露わになっていた。大人しく従っているのは、首に脇差の刃を当てられているせいだ。青い顔をして震える娘の後方には、女が一人うつ伏せに倒れていた。抵抗して斬られたのだろう。血の海ができている。

「女も得たことだし、そろそろ帰るか」

男はそう言いつつ、娘の頬をべろりと舐めた。その瞬間、総司は刀の柄に手を掛けた。

「うぎゃああ……！」

蛙を踏みつぶしたような悲鳴が轟いた。女の頬を舐めた男が地に倒れ、斬られた肩を押さえてのたうちまわった。その傍らで、女は呆然と立ち尽くした。

男を斬ったのは総司だった。突然の事態に、男の仲間たちは呆気に取られた顔をした。正気に戻った一人が、真っ赤な顔をして総司に脇差を振りかざした。

「手前え、何しやが――ぐっ……あああああ」

悲痛な叫び声を上げた男の脇差は、柄を握った男の手ごと地に落ちた。噴きだした血を被った男の仲間三人は、狂ったような声を上げながら逃げだす。

総司は素早く後を追い、まず一人の背中を斬り捨て、すぐさまもう一人の足を斜めに払った。最後の一人は逃げ足が速かった。このままでは撒かれてしまうと思い、とっさに拵の小刀を抜き、男の背に向かって投げた。

「っ――」

声にならぬ声を上げた男は、一度体勢を崩したものの、まだ逃げようとした。男の醜態に眉を顰めた総司は、さらに足を速めた。あと半歩と距離が縮まった時、総司は男の肩を摑み、反対の手で背に刺さった小刀を引き抜く。位置を変え、ぐっと力を込めてもう一度突き刺した。ぐりぐりとえぐるように傷口を広げると、男はがくりと膝を折った。

背後に立っていると、男はゆっくり振り向いた。全身を震わせ、顔は真っ青だ。

「……わ、悪かった……助け……どうか、助けてくれ……」

足に縋りついて命乞いをしはじめた男を、じっと見下ろした。

「……そう言った女を斬り殺したくせに」

呟いた総司は、男の横面を思い切り蹴飛ばした。吹っ飛んだ男は白目を剝き、動きを止めた。

「先に戻って報告します。あとはよろしく」

総司は踵を返して言った。

「あ……承知しました……」

後ろで控えていた一番隊の隊士が、怯えたような声で返事をした。少し前に追いついたものの、どうしたらよいか分からず右往左往していたようだった。道に点々と倒れた男たちに恐る恐る近づく隊士を一瞥しながら、総司は道を戻りはじめた。往来にいた人々が遠巻きで見つめてくる視線には、隊士たち以上の畏怖が籠っている。

「……鬼や」

誰かの呟きが耳に届いたが、それが己のことだと総司は気づかなかった。あちこちに飛び散った血の跡が何かに似ている——そんなどうでもよいことを考えていたせいだろう。

屯所に着いて早々、返り血に染まった総司を見るなり怒鳴ったのは井上だった。

「湯屋に行け」

「着物は洗っといてやるからさっさと着替えろ。そんな形でみっともねえ」

井上の言に従い、総司は着替えてすぐ湯屋に向かった。

汚れを落とし、ゆっくりと歩いて屯所に帰った。赤から黒に変わりはじめた空を見上げ、言いようのない気持ちが浮かんだ。

「……何だか気味が悪いな」

呟きを拾ってくれる者などいない。こんな時こそ亥之助を連れてくればよかったのかもしれぬが、彼には仕事がある。山南の小姓だった亥之助は、勘定方配属となった。近藤の小姓にという案も出たのだが、土方が認めなかった。

——あの子は強引なところがあるけれど、根はいい子ですよ。機転が利くし度胸もある。

話を聞いた総司は、土方の許に談判しに行った。

——剣の腕はからきしでも、勘や頭は悪くない。監察にとも考えたが、俺の言うことを素直に聞くような従順なたまではねえとよく聞いていたからな。

土方の返答に、総司は黙った。総司が土方に亥之助の話をしたことなどほとんどない。亥之助のことをよく知るのは、総司の他にただ一人だけだった。

勘定方配属となってからというもの、亥之助は以前のように総司のそばに寄ってこなくなった。内勤の隊士は少数だ。多忙なのだろう。はじめは清々(せいせい)したと思ったが、今頃さみしくなった。懐かれていた猫に素っ気なくされたような心地だ。

「……でも、あの子は犬か」

くすりと笑った総司はぴたりと足を止めた。

「闇討ちのつもりなら、いささか勇み足ですよ」

総司は静かに言った。つけられていることには、少し前から気づいていた。腕組みをしながら、ゆっくり振り返る。刀に手を掛けるべき場面だが、必要ないと判断した。尾行中から声をかけた今も殺気は感じられない。

相手の姿は見えない。大方、木の陰に隠れているのだろう。日が暮れて間もない頃合いだ。夜目の利く総司には、まだ十分明るかった。

たっぷり十は数えた頃、木陰からぬっと人影が現れた。姿勢の悪い男は地に視線をやり、相変わらず総司と目を合わせようとしない。

「……その割に剣呑だ」

総司が低い声音を出すと、男——大石はびくりと震え、足を止めた。ふふふ、と総司は笑った。顔を上げた大石は怯えたように瞳を揺らす。白々しいものだ、と総司は思った。大石は驚いた振りをして足を止めたが、間合いを読んだのだろう。

「やっとその気になりましたか」

からかいまじりに問うと、大石は素直に「はい」と頷いた。

「五日後、手合せ願えませんか——道場ではなく、外で」

大石はそう言って、はじめて総司の目をじっと見た。どこまでも昏い色をしている。少し前まで考えていた亥之助とは正反対だ。この目の色をした男を総司はよく知っていた。殺して大分経つというのに、未だに追い求めている。

「……いいですよ」

総司はにこりと微笑んで答えた。対する大石は、片頬を歪めるようにして、かすかに笑みらしきものを浮かべた。勝負は五日後の七つ半、壬生村の外れで行なわれることとなった。


それから、総司はひたすら約束のことを考えて日々を過ごした。稽古や調練、巡察といった日々のことも手を抜かなかったが、まだ行なわれてもいない勝負の妄想ばかりした。いくたびも繰り広げられたその戦いは、総司に勝ちと負けをそれぞれ五分ずつ与えた。

(……今日勝てばいい話だ)

目が覚めた瞬間、総司は布団の上に乗った両手をぐっと握りしめた。約束の刻限まで半日以上あるが、すでに興奮していた。どくどくと脈打つ音が聞こえ、鳥肌が立った。

そのうち、体調がすぐれぬのかと心配した隊士たちに声をかけられ、慌てて布団から這い出た。道場で稽古をした後、朝餉を済ませ、巡察に出た。

この日、総司は不逞浪士を四人も捕縛した。帰隊して引継ぎを終え、同隊の者たちが屯所の中に引き上げるなか、総司は回れ右をした。大石も一番隊所属だが、今日は非番だ。

「沖田さん……あの、どちらへ行かれるんですか」

遠慮がちに声をかけてきたのは鳥山だった。いかにも心配そうな声音で引きとめられたので、無下にできず足を止めた。

「人と会う約束をしているので、少し出てまいります。ちょっと遊んでくるだけですから」

「あ……もしや、子どもたちと」

鳥山は安堵の表情を浮かべて、息を吐いた。

「俺もご一緒しましょうか」

「今日は少し顔を出すだけだから、次はぜひ」

総司は笑って述べ、歩きはじめた。山南の死後、どこか様子のおかしい総司を、鳥山はいたく心配しているようだ。それに気づいていながら、総司は応えなかった。

(……ごめん)

心中で詫びた総司は、西本願寺の門を出た瞬間、足を速めた。大石との約束まで半刻——十分間に合う。勝負を終えて屯所に戻ったら、鳥山と話そうと総司は思った。鳥山以外の一番隊の者たちにも声をかけ、これまでのことを詫びるのだ。あれほど重苦しかった胸が、今は羽のように軽かった。このまま飛んでいけそうなほど浮ついている。剣術があってよかった。ほっと息を吐いた総司だったが——。

「申し訳ありません」

とっさに謝ったのは、角を曲がってきた女とぶつかりそうになったためだった。飛びだしてきたのは相手だったが、目を見張って驚いている様子だ。顔面蒼白で唇は戦慄き、まるで化け物にでも会ってしまったかのような表情である。心配になった総司が声をかけようと口を開いた時、女はふらりとよろけた。

「危ない」

叫びながら、総司は慌てて女を抱きとめた。肢体の柔らかさに胸が逸ったのは、ほんのわずかな時だった。

「……大丈夫ですか。ねえ……娘さん」

軽く身体を揺すって問うたが、返事はない。女は青い顔をしたまま、固く目を瞑っている。心の臓が悪いのだろうか。胸を押さえて喪神した女を見つめて、総司は眉を寄せた。

(……よし)

内心頷いた総司は、女の膝裏を持ち上げて抱きかかえると、そのまま屯所に駆け戻った。

「沖田殿……そちらの女人は——」

「急病人です。お医者を呼んでください」

西本願寺の境内ですれ違った寺僧にそう返しながら、女を横に抱えた総司は足を速めた。自室には一番隊の者たちがいる。男の巣窟に女一人を放り込むのは、いつも「鈍い」と言われる総司でも気が引けた。だが、無人の部屋は納屋くらいしかない。埃っぽい場所に病人を寝かせてはまずかろう。

脳裏に浮かんだのは、「人と会う約束をしている」と言っていた近藤の姿だった。近藤と土方はそれぞれ一人部屋だ。近藤が不在の今、彼の居室は無人のはずである。女を抱え直した総司は、鼻腔(びこう)を掠めた甘い匂いに気づかぬ振りをして、屯所の奥に走った。

「――何だお前は」

襖を開けた瞬間、低い声音が響いた。声を発したのは、部屋の真ん中に座す男だった。

(誰だ……?)

見覚えのない顔だった。剃髪(ていはつ)した頭を見る限り、僧侶なのだろう。しかし、少しもそんな風に見えない。胡乱な目付きに不遜(ふそん)な性格が表れているような眉や唇を持ち、腕組みをして胡坐を掻いている。近藤の部屋でこんな態度を取る人間を、総司ははじめて目にした。

「おい、布団はどこだ」

かけられた声で我に返った総司は、いつの間にか男が立ち上がり、勝手に押入れを開けているのを見て目を剝いた。何をしているのかと問う前に、男は布団を見つけて勝手に引っ張り出した。畳の上にそれを敷くと、総司を見て怒鳴った。

「早くその女をここに寝かせろ」

何が起きているのか分からぬまま、慌てて言われた通りにしたが――。

「な、何してるんです」

総司は驚きのあまり、上擦った声を上げた。女を布団に寝かせた途端、男が女の帯を緩め、着物の前を開いたのだ。

「断りもなくこんなことしては駄目ですよ」

総司は非難の声を上げたが、男は無視した。傍らに置いてある箱を開け、中から見覚えのない道具を取りだす。目を瞬き、「それは……」と呟くと、男はふんと鼻を鳴らした。

「聴診器という西洋の医術道具だ。これで胸の音を聞く」

青白い顔をした女と、威勢のいい奇妙な男を見比べ、総司は恐る恐る問うた。

「あなたは……お医者さまですね？」

「見りゃ分かるだろ」

「はあ……」

「少し黙っていろ。胸の音がよく聞こえん」

「失礼しました」

片手で口を押さえた総司は、上目遣いでじっと男を見た。医者というよりも武芸者の面構えだ。体軀もしっかりしており、眼光も鋭い。総司の不躾な視線を気にする様子もなく、淡々と処置を続けた。何をしているのかはよく分からなかった。少しでも視線を下げたら、女の裸体が目に入ってしまう。

総司は女を知らぬわけではない。江戸にいた頃、あまりに女っ気がないことを心配した周助が、永倉に金を渡し吉原（よしわら）へ連れて行くように頼んだことがあった。上洛後は武功を上げるたび、遊里に引っ張って行かれた。一夜を共にした相手は何人かいるが、通い詰めるほどのぼせたことはない。

――お前は女が嫌いなのか？

以前、原田に真面目な顔で問われたことがある。総司は「そんなことはない」と即答した。偽りではなかったが、好きかと問われても同じ答えを返しただろう。

女の柔肌に触れた時、総司ははじめて己が男であることを実感した。それまで総司は他人を男とか女とかという括りで考えたことがなかったが、顔立ち、身体つき、声――どれをとっても女というものは違う生き物だった。己にないものばかり持っている女が、総司は少し怖くなった。一度その虜になれば、きっと溺れてしまう。それで目指す道から外れたら――そう考えると、恐ろしくて堪らなかった。

（女は怖い生き物だ。否――女で道を踏み外してしまう男が愚かなだけか）

くすりと笑った時、咳払いが聞こえた。視線を感じて見ると、名も知らぬ医者が呆れた表情を浮かべて言った。

「青い顔をしたり、赤い顔をしたり、急に笑いだしたり、忙しい奴だな。出ていけ、とさ」

男が顎で示した先には、いつの間にか目を覚ました女の恨めしげな顔があった。


坊主頭の奇妙な男は、松本良順といった。近藤に乞われて屯所に赴いた彼は、幕府御典医――つまり、公方さまの主治医だった。なぜそのような人物が新選組局長と懇意の仲になったのか？　その問いに、松本は笑って答えた。

「近藤はな、俺を斬りにきたんだよ」

一見冗談かと思われたそれは、全くの嘘ではなかったらしい。西洋医術を扱う松本は、尊王攘夷の志を持つ者たちから疑いの眼差しを向けられていた。医術だけではなく、異国そのものにかぶれているのではないか――と。近藤もそう考えたようだ。

「近藤のえらいところは、江戸に来た折に真実を確かめに俺の許に直談判しにきたことだ。こちらの言い分を聞かずに斬りつけていたら、俺は死んで奴の前に化けて出てやっただろうな」

松本は笑い話として語ったが、聞いた者は皆青褪めた。近藤が松本を認めなかったら、今頃近藤も松本も生きていない。松本は武士ではないが、幕臣だ。京都守護職お抱えの身分の近藤が、幕臣を殺してただで済むわけがない。

(若先生はすごいなあ)

松本の話を聞いた総司は素直に感心した。近藤は己の立場を顧みず、信を持って行動した。馬鹿正直だと嘲笑する者もいるかもしれぬ。だが、総司は近藤のそういう真っ直ぐなところを尊敬していた。松本もそう思ったらしい。だから、己を斬りにきた男と腹を割って話し合い、招きにも応じたのだろう。

女人の診察を終えた後、松本は帰ってきた近藤の案内を受け、屯所を視察した。新選組が借りている北集会所をくまなく見回った松本は、顔を顰めてこう述べた。

「病人や怪我人が多すぎる。なぜだか分かるか? それはな、ここがあまりにも汚いからだ。碌に風呂も入っていねえだろ。湯屋に行く暇もないというなら、屯所の中に作ってやれ。こんなに広いんだ。どうにかできる。ひどく膿んだ傷を持っている奴もいたが、あれじゃあいつまで経っても治らねえぞ。ちゃんと医者に診せろ。隊士の中には餓鬼も多いようじゃないか。あんたたち上の連中が面倒を見てやるべきだ」

近藤は眉尻を下げて恐縮するばかりだった。話を聞いた土方がすぐさま松本の指摘通りにことを進めたので、隊士たちの健康状態は改善されるはずだ。土方の迅速な行動に感心した松本は、土方の肩を叩き「お前はなかなかしっかりしているな」と褒めた。

「その時の周りの連中の面がすごかった。自分がやったわけでもないのに、真っ青になっていたぞ。鬼に殺されるとでも思ったんだろうよ」

後日、永倉からその話を聞き、総司は腹を抱えて笑った。誰にでも愛想がいいものの、存外人の好き嫌いがある総司は、たった一度会っただけで松本を気に入った。気が合いそうだと思ったのはお互い様だったようで、その後松本はよく総司を外に連れだし、総司も気安く「美味い飯を食わせてください」と頼むような仲になった。

もっとも、出会ったその日は、そうなるとは考えてもいなかった。松本の素性を聞いた総司は、まともに挨拶もできぬまま屯所を出たからだ。

「……良い天気ですね。雲が少ないせいか、いつもより空が高い気がします」

努めて朗らかな声を上げたものの、前を歩く女人から返事はない。

「京に来てから、どうもすっきりしない天気が多くて嫌になってしまいます。故郷にいた頃は、晴れの時は明るく真っ青な空で、雨の時は昼でも真っ暗な灰色空だったので。京の冬は本当に冷え込みますよね。夏は驚くほど暑い。あのじめじめがどうもなあ……もっとからっとしてくれたらいいのに。でも、秋はこちらの方が好きなんです。どこに行っても見事に鮮やかに染まってる。雨の中でも美しかったなあ。紅葉はお好きですか？」

どんな話題を振ろうとも、女は無言だった。流石の総司も少々気まずさを覚えたが、家に送るまでの辛抱だと己に言い聞かせた。

松本の診断によると、女――志乃はただの過労らしい。寝不足でふらついていたところ、総司とぶつかりそうになり、驚きのあまり気を失ったらしい。二本差しの相手と衝突しかけたのだ。驚くのも無理はない。総司は二歩前を歩く女を、じっと見据えた。

――お世話になりました。帰ります。

松本にそう言って頭を下げた志乃は、総司には見向きもせず部屋を出た。総司が慌てて後を追わなかったら、隊士に見咎められたことだろう。屯所が移る前のこととはいえ、梅の例もある。梅は菱屋の愛人だったが、芹沢に手籠めにされ、彼の許に来た。

暗闇に浮かび上がる、男女の裸身——白い肌が真っ赤に染まった画が、脳裏に蘇った。足を止めかけた総司は、すぐに前に進んだ。物言わぬ女は、小柄な体軀に似合わず早足だ。またふらついた時に支えられるように、片時も目を逸らさず見守ることにした。

志乃が足を止めたのは、室町通五条（むろまちどおりごじょう）の古い長屋の前だった。戸を引き、中に入りかけた志乃に、総司は深々と頭を下げて言った。

「驚かせてしまって、申し訳ありません。もし何かありましたら、遠慮せずおっしゃってください。沖田に通してくれ、といえば分かるようにしておきますので——わっ」

総司は思わず声を上げた。腕を引っ張られ、長屋の中に引きずり込まれたのだ。驚きの声を発する間もなく、志乃は総司の腕を摑んだまま低く述べた。

「嫁入り前の女人の身体を不躾（ぶしつけ）に眺めた責任をどう取られるおつもりですか」

豹変ぶりに気圧（けお）され、総司はきょろきょろと長屋の中を見回した。助けてくれる者などいるはずもない。まるで親の仇を見るような目で総司を睨みつつ、志乃は言った。

「私と夫婦（めおと）になっていただきます」

「……お断りします」

そう答え頭を下げるや否や、総司は一目散に逃げだした。胸のうちにぞわぞわと湧いてきたのは、恐怖の類（たぐい）だろう。刀を突きつけて脅されたわけではない。だが、志乃はコウのように総司を心から慕っているわけでもないのに、夫婦になれと平気で口にした。

「ああ……こわい、こわい」

身を震わせながら、総司は屯所にひた走った。

「もう用事はお済みですか」

帰隊し、自室に入るなり、蟻通が声をかけてきた。部屋には彼しかおらず、総司はほっと息を吐いた。

「ええ……あの人なら無事に送り届けましたよ」

疲れた声音で答えると、蟻通は愛想のない顔を横に傾けて言った。

「子どもと遊ぶのは取りやめになったんですか」

「――ちょっと出てきます」

言うや否や、総司は畳を蹴って部屋を飛びだした。廊下を駆けながら、舌打ちを漏らす。

(くそ……)

総司はずっと大石との勝負を待ち望んでいた。何度振られようとも、諦められなかった。大石との勝負には己の命を懸ける価値があるとさえ思った。その勝負を一時でも忘れた。人生で一番のしくじりだと泣きそうになった。

約束の場所にたどり着いたのは、六つ半に差しかかった頃だった。そこには誰の姿もない。総司はその場にしゃがみ込み、膝を抱えた。肝心な時にいつも邪魔が入る。日頃の行ないが悪いのだろうか。酒も女も博打もやらず、隊務に励んでいるというのに――。

風で揺れる木々の間からひょっこりと大石が現れることを期待したが、四半刻経ってもその場にいるのは総司ただ一人だった。

「……帰ろう」

途方に暮れた声音で呟いた総司は、ゆっくり立ち上がり、とぼとぼと歩きだした。

――私と夫婦になっていただきます。

あの女のせいだ――そう考えかけて首を横に振った。志乃の言動に振り回されたのは確かだが、気もそぞろだったからあのような事態になったのだ。すべては己が招いた種だ。

「はあ……」

深い溜息が漏れた直後、暗闇から一閃の光が放たれた。

視界の端でそれを認めた総司は、とっさに身を引く。空振りした光は、すぐさま向きを変え総司めがけて突進する。あと少しで首に届くという時、総司は自身の刀でその光を弾き飛ばした。

キン――と硬質な音が、静かな闇に轟いた。ざっと音を立てたのは、総司の両足だった。一気に数歩の距離を縮めた総司は、光を放った闇の中の黒い影を刀で払った。

肉を断つ感触がした。深くはないが浅くもない。もう一太刀で相手の動きは止まる。

総司が一瞬動きを止めた隙に、相手は一目散に逃げだした。足音がすっかり聞こえなくなった頃、総司はようやく刀を鞘に納めた。

(……なぜ躊躇ったんだろう)

己の行動の意味するところが分からず、総司は首を捻った。相手の力量はなかなかのものだったが、総司の方が優っている。それは間違いないのだが、なぜか引っかかった。殺してはならぬ――誰かにそう言われたような心地がした。

決戦を逃した二日後、総司と大石はようやくまともに顔を合わせた。この日は折よく二人とも午後から非番だった。総司は亥之助に頼んで大石を呼びだし、平謝りした。

「約束を破って申し訳ありませんでした」

大石が目の前に現れるや否や、総司は深々と頭を下げた。許しを得られるまで顔を上げる気はなかった。寡黙な大石のことだ。せっかくの機会をご破算にした総司への怒りもあり、長いこと沈黙を守るのだろうと思っていたが——。

「……頭を上げてください。あの日、騒ぎがあったことは話に聞いています」

総司は恐る恐る顔を上げた。大石の口調も表情も、常と変わらぬものだった。安堵した総司は、詫びの言葉を重ね、こう続けた。

「向後は決してこのようなことがおきぬようにします。ですから、ぜひもう一度——」

総司は目を見開いた。大石がはじめて微笑んだのだ。前に見せたことがある皮肉げなものではなく、裏のない笑みだった。

「お断りします」

大石は笑みを浮かべたまま言うと、一礼して踵を返した。総司は慌てて後を追った。しかし、大石は足を止めない。前に回り込んで立ちふさがると、ようやく立ち止まった。

「大石さんのお怒りが治まるまで待ちます。だから、どうか俺と手合せしてください」

総司は頭を下げて必死に頼んだが、大石は目を伏せ、首を横に振った。

「今のあなたとは打ち合う必要はないようです……またその機が訪れたら、こちらからお声がけします」

大石はそう言うと、再び歩きだした。頭を上げかけた総司は己の横を通りすぎる大石を見て、ハッとした。着物の袂から覗いた腕が白い。そこには晒が巻かれていた。隊務や稽古で怪我をするのは日常茶飯事だ。珍しいことではない。だが——。

(血の臭いがする)

鼻腔を掠めた気がしたが、一瞬だった。総司が固まっている間に大石は去った。

「沖田さん」

大石の姿がすっかり見えなくなった頃、亥之助が密やかな声をかけてきた。いつものように物陰から覗いていたのだ。亥之助に伝言を頼んだ時点でこうなることは分かりきっていたため、咎めようとは思わなかった。その代わり、こう言った。

「一つ頼んでもいいかな」

亥之助は大きな目を瞬かせた。総司からそんな声をかけたのははじめてだった。

「一昨日の大石さんの行動を知りたいんだ」

「……内密にですね。承知しました」

あっさり請け負った亥之助に、総司は苦笑した。理由も聞かずにいいのかと問えば、久方ぶりの「恩義がありますから」という決まり文句が返ってきた。

本来は、監察方に頼むべき事案だ。しかし、彼らに依頼すれば、たちまち土方に伝わってしまう。何の証もない状況で憶測を報告するわけにはいかない。それに、話しているうちに、総司と大石の勝負の件が露見してしまうかもしれぬ。

亥之助に頼みつつも、総司は自力で動くことにした。腹の探り合いは不得手だが、せめて大石の人となりや評判くらいは自分でも探ってみようと考えた。

(確か、あの人には弟がいたな)

名を造酒蔵(みきぞう)という。隊士ではないが、一度屯所を訪れたことがあった。造酒蔵も剣術を学んでいるとのことで、新選組の稽古に交ざることになった。その日、総司は非番ながら道場に赴き、嬉々として相手を務めたのだが——。

(兄弟でこうも違うものか)

総司はひどく落胆した。おそらく顔に出ていたのだろう。総司に手ひどく打ち据えられた造酒蔵は、顔を真っ赤に染め怒りに震えた。

「あん時のお前はひどいもんだった」

覗きにいった道場にいた原田に造酒蔵の話を振ってみると、呆れ声が返ってきた。

「相手の力量を測りもせず、手加減せず突っ込んだ。あいつの力量が分かった後も、二度三度と手合せを強いただろう？　皆が見ている手前、引っ込みがつかず引き受けたのだろうが、造酒蔵は赤っ恥を掻いて帰る羽目になった」

「……大石さんの弟だから、もっと強いと思ったんだ」

「兄弟揃って同じ才を持っている方が珍しいものだ。谷のところを見れば分かるだろうに」

唇を尖らせた総司を見て、原田は面紐を結び直しながら続けた。

「兄の大石が見ていなかったのが幸いだな。あいつにわざわざ告げ口するような友がいなくてよかったよ。もっとも、造酒蔵が大石に告げ口したかもしれんが……いや、ないか。あの兄弟は谷のところと違って、不仲のようだったしな」

「すごいな。よく見てますね」

「お前が見なさすぎなんだ。永倉や他の奴らも言ってたぜ。大体、性格からして奴らは正反対だ。兄は暗くて大人しいが、弟は派手でかしましい。折り合いがよくないのも頷ける」

「そうなんだ……」

ぽつりと述べると、原田は「何だよ」と口をへの字にした。

「今さら大石の弟がどうしたっていうんだ」

「夢に出てきたんですよ。試合している夢にね」

「お前は夢まで色気がないのか」

原田は憐れむような目で総司を見た。

道場から出た総司は、腕組みをして歩きだした。大石が総司を襲った者と仮定するなら、動機は何なのだろうか。

(不仲なら、弟の件で腹を立てたということはないか……)

ならば、総司の誘いがあまりにしつこく腹が立ったのだろうか。しかし、それで闇討ちするとは思えなかった。一昨日のように失敗する可能性もあるのだ。下手をすれば返り討ちに遭うかもしれぬ。そんな危険を冒してまでその方法は選ばぬだろう。

(……単純に、俺を斬りたかったのか?)

新選組では有無を言わさず人を斬ることはほぼない。尋問が重要視されたため、捕縛が主だった。しかし、時に生死を問わぬ場面もあった。そんな時、大石は率先して人を斬った。あの他人の目を見ない大石が、じっと敵を見据え、笑みを浮かべながら刀を振るというのだ。その姿は夜叉が乗り移ったかのように恐ろしいらしい。総司はその様子を見たことがないが、容易に想像できた。大石の目は、芹沢の目とよく似ている。

西本願寺の広い境内を歩き回りながら、総司はあれこれ思案した。今は故郷にいる造酒蔵が隊士だったとしても、話は聞けなかっただろう。

あんたの兄さん、俺を殺そうとしたのかな——などと訊けるはずもない。

数日後、総司は亥之助から例の報告を受けた。

「あの日、大石さんは非番でした。七つ頃まで屯所にいたというのは、同じ部屋の隊士が証言しています。その後、ふらりと出かけて、一刻ほど経って戻って来たと……ただし、こちらは門番の言です。屯所の中で見たという証言はありませんでした。影の薄い人なので、見当たらなかっただけかもしれませんが……」

眺めていた帳面から顔を上げた亥之助は、顔色の曇った総司を見て眉尻を下げた。

「お役に立てませんでしたか」

「いや……あんたの調べは素晴らしいよ。どうもありがとう」

そう言いながら、総司は懐から財布を探った。謝礼を渡そうとすると、両手で制された。

「前から思っていたんだ。ただ働きをさせるわけにはいかないよ」

「恩返しだと言っているではありませんか。いつまで経っても分かってくれないんだから」

「それなら、飯でも行きますか。奢るくらいならいいでしょう」

総司の言を聞いた亥之助は、腕をさすりながら、困ったような顔で笑った。

「……何でもします」

「もう十分してもらってるさ」

微笑みながら言うと、亥之助は首を横に振った。

「何でもします……だから――」

いくら待っても続きは聞こえない。嘆息すると、亥之助は怯えたように肩を震わせた。

「……あの日に怪我を負った隊士が知りたいな」

ぽつりと述べると、亥之助は弾けるように顔を上げた。しばし見つめ合った後、大きく頷き、頭を下げた。

新選組は百名以上を超す大所帯だ。全隊士を調べるのはいくら探索能力に優れた亥之助でも無理だろう。それを承知で頼んだのは、意地悪をしたかったからではない。それで亥之助が得心するなら、と思ったのだ。

だが――。

「申し訳ありません。もうしばしお待ちください」

それから顔を合わせるたび、亥之助は眉尻を下げて述べた。総司は罪悪感に駆られたが、あの夜、総司を襲ったのは誰だったのか――それが知りたかった。新選組隊士は長州の者をはじめとして敵が多い。だが、なぜか総司は己を狙ったのが隊の人間に思えてならなかった。根拠はない。ただの勘だ。しかし、その勘はよく当たる。

下手人が隊士の誰かだとする。何の恨みを買ったのだろうか。

あれこれ考えてまたしても境内を歩き回っていた時、前を通りすぎようとした男がいた。

「ねえ、あんたは誰かに恨まれている覚えがありますか」

問うと、相手は怪訝な表情を浮かべた。もっとも、土方よりもさらに無表情であることが多いので変化は微々たるものだ。

「ない」

斎藤の返事に、総司は目を瞬いた。

「図々しいと思っているな」

素直に頷くと、斎藤は軽く肩をすくめて述べた。

「心当たりなら数え切れぬほどあるが、確信はない」

「なるほど……ねえ、あんたなら俺を恨んでいる相手が分かるかな」

なぜ俺に訊く、とぶつぶつ言いながらも、斎藤は幾人も挙げた。

「あんたに斬られた連中の家族や親しき者たち、あんたに袖にされた女たち、谷兄弟——」

三番目に挙がった名を聞いた瞬間、谷周平の秀麗な顔が、総司の脳裏によぎった。周平は近藤の養子でありながら、力を発揮することができず、周りから浮いている。

「俺がもっと天然理心流の稽古をつけてやればよかったのか……」

「あんたは本当に他人の気持ちが分からぬ男だな」

斎藤の呆れ声を聞き、総司は顔を赤らめた。斎藤は隊の中でもっとも何を考えているか分からぬと思われているような男だ。親しい友を作らず、無表情で寡黙——そのくせ、口を開けば辛辣(しんらつ)な言葉を吐く。そんな男に、他人の気持ちが分からぬと言われた。

「あれは、あんたが師範でも上達しない。あんな奴を養子にするなど、近藤さんも酷なことをする」

「周平さんがくすぶっているのは、彼自身のせいだ。若先生とはかかわりない」

「資質がない周平が悪いというわけか」

「資質がないとは思わない。努力と胆力は足りていないけれど……それは、心持ちや鍛錬次第で変わってくる」

「ならば、一生変わらぬな。奴の心持ちこそ変わることはない」

皮肉げな笑みを浮かべて言った斎藤は、用は済んだとばかりに足早に去った。

数日後——総司が襲われた夜と時を同じくして、周平がひどい怪我を負ったという話を耳にした。総司にその話を伝えたのは、探索を買ってでた亥之助だった。

「全身に打撲があるようです」

「……刀傷は」

「刀で斬られたというよりも、殴る蹴るといった暴力を受けた様子だそうですが……」

確かめてきましょうか、と亥之助は真面目な顔で言う。

「着物も下帯もすべて取れと言うつもりなのかい」

「大量の水をぶっかけて、脱がざるを得なくさせます」

「豪快だなあ……駄目だよ」

笑いを押し殺しながら言うと、亥之助はしゅんと肩を落とした。

「調べてくれてありがとう。でも――」

「引き続き調べます」

あまりにも真摯な表情で述べる亥之助に、総司はもういいと言えなくなった。なぜこれほど尽くしてくれるのか――亥之助の抱く恩義の大きさが、今さらながら恐ろしくなった。

「……周平さんの調子はどうです？」

亥之助と別れた後、総司はいつも周平の稽古をつけている井上にそう訊ねた。六番隊の部屋には、井上以外誰もいなかった。巡察から戻るなり、皆出かけたという。部屋の隅で胡坐を掻いている井上は、ぼうっと庭を見るともなしに見ている。

「まあ……やってるよ」

井上らしからぬ煮え切らぬ答えに、彼の隣に腰を下ろした総司は目を瞬いた。

「もしかして、お腹が痛いのかな」

「そうなのか？　後で聞いてみるよ」

周平のことだと思ったらしい井上は、総司の心配そうな顔を見て笑って答えた。

（これは大変だ）

井上の笑顔は常と違って陰っている。無理をしているのがはっきり分かった。

昨年、井上は故郷に帰ろうとした。はっきり聞いたわけではないが、彼の心が隊から離れかけたのは明白だ。共に上洛した総司たちが井上の異変に気づき、必死に引きとめた。皆の説得を聞いた結果、井上はすべての迷いを捨てたかのように見えたが――。

「……源さん」

総司の口から弱々しげな声が漏れた。心ここにあらずといった様子の井上も、流石に妙だと思ったらしい。

「どうした、そんな泣きそうな面して……お前えこそ腹が痛いんじゃねえか？」

「ここにいてくれないと困ります」

「医者を呼んできてやるから、ちょっと待ってろ」

「医者などいりません。腹が痛いわけじゃないんですよ」

苛立った声を上げた総司に、井上は不思議そうな顔を向けた。

「何で怒ってんだよ。何かあったのか？」

「俺じゃなくて源さんがね」

そう答えた瞬間、井上の首から上が朱に染まった。顕著な変化に、総司は目を丸くした。

「お、お前……気づいていたのか」

額を拭うような仕草をして呟いた井上は、観念したようにぽつぽつと話しだした。

「俺は病に罹っちまったんだ」

総司はぎくりとしたが、話を聞いてまた驚いた。病は病でも、違う種のものだった。

「……懸想（けそう）しているのは分かりました」

それでどうしたのだと問うと、井上は赤みが引かぬ首を傾げた。

「何か大変な事情があるのでしょう？　そうでなければ、懸想しただけでそれほど気落ちした素振りをするわけがない。もしや、懸想した相手が、長州者の愛人だったとか――」

「あの娘は初心なんだ。まだ誰とも通じちゃいねえよ」

井上は怒鳴り声を上げた。総司は目を瞬き、「袖にされたんですか」と問うた。

「……まだ想いを伝えてもいねえよ」

「だから悩んでいるんですか？」

井上は唇を尖らせて、応と答えた。「何だ……」と呟いた言葉は、井上の耳にも届いたらしい。キッと睨まれて、総司は身を引いた。

「お前にはくだらねえことかもしれねえが、俺にとっちゃあ一大事なんだ」

「失礼しました」

素直に頭を下げると、井上はむっと黙った。先日、斎藤にかけられた言葉が蘇る。溜息が出そうになるのを堪えて顔を上げると、井上は困ったような笑みを浮かべた。

「まったくよお……お前えと話していると、故郷にいた頃を思いだすなあ」

首を傾げた総司に、井上は目を細めて続けた。

「お前があんまり昔のままだから、つい言い過ぎちまう」

「それほど童子のようですかねえ……」

総司は頬を掻きながら、苦笑交じりに答えた。二つ下の斎藤や藤堂よりも幼く見られるのは常だが、こうしみじみと言われてしまうと、文句の一つも返せない。

「餓鬼というかさ、そのまんまなんだよ」

「源さんだってそのままでしょう」

「まあ、俺も変わらねえ方だと思うが」

「何だかよく分からないこと言うなあ。まるで、山南さんのようだ」

井上は驚いたような顔をした。総司自身も驚いた。あれほど親しかった相手の名を、総司は長らく口の端に上らせなかったのだ。

「……難しいことを言うのはあの人の役割ですからね。いくら源さんでも、その役割を取ったら怒られちゃいますよ」

「山南は心が広いから、そんなことで怒らねえよ」

ふっと笑った井上は、吹っ切れたような表情を浮かべた。

（この人には決して言えないなあ）

総司が隊の者と思しき誰かに命を狙われたことも、その下手人が井上の教え子である周平であるかもしれぬことも——。

井上と別れた総司は、自室に向かった。

「お疲れさまです」

「うん」

同室の一番隊隊士の労いに頷いた総司は、畳の上にごろりと仰向けになった。

「布団を敷きましょうか」

首を横に振ると、それ以上何も言ってこなかった。蟻通のこういうところを総司は気に入っていた。これが鳥山なら、総司が目を瞑っても、あれこれ話しかけてくるだろう。井上の次にお節介な男を思いだした総司は、くすりと笑いを漏らしながら瞼を下ろした。

大石、周平——そのどちらかが、総司を襲った下手人なのだろうか。それとも、第三の者がやったのだろうか。

斎藤の言を信用するなら、これから多くの者を調べなければならない。袖にされた女が複数いるのはきっと間違いだろう。総司の脳裏にはたった一人しか浮かばなかった。

しかし、コウはすでに他家に嫁いだらしい。

——夫婦仲睦まじく、幸せに暮らしているそうだ。

一度、近藤にそっと教えてもらったことがあった。

——周平さんにも、その話を……？

眉尻を下げ、薄い唇を横に引き結び、近藤は頷いた。嘘が下手な人だ、と総司は思った。

周平はコウをどう思っていたのだろうか。興味がなさそうに見えたが、憎からず想っていたのかもしれぬ。周平から恨まれる要因がたくさんあることに、総司は今さら気づいた。

寝返りをして横になり、立てた肘の手に顎を乗せて蟻通を見つめた。

「あんた、好い人はいるんですか」

「は……」と間が抜けた声を出した蟻通は、眉を顰めて総司を眺めた。

「……たまの休みに訪ねていく相手くらいしかいませんよ」

「長いんですか？」

「池田屋の一件の祝いで行った島原の店で知り合いました」

ぼそりと答えた蟻通に、総司はへえと感心した声音を出した。蟻通が島原の妓とどのような付き合いをしているのかは分からぬが、二人の間には少なくとも一年以上の絆（きずな）がある。

「落籍したいと考えたことは」

「ありませんね」

蟻通は即答した。意外に思った総司は半身を起こして、蟻通の近くまでにじり寄った。

「その妓のこと、好きなんでしょう？　そばにいたいとは思わないんですか」

「……落籍できる金があったとします。だが、それだけじゃ足りない。養っていく金もいる。俺にもしものことがあれば、相手は一人になる。そうなった時、俺は後のことまで面倒が見切れる甲斐性がない……そもそも、俺のような下っ端が妾など持てる身分ではないでしょう？」

真面目に語った蟻通は、自嘲の笑みを浮かべた。蟻通は腕が立つが、己を低く見るところがある。従兄の七五三之進の件が未だ尾を引いているのかもしれぬ。例の一件後、他の隊士たちからの誤解は解けたが、距離が縮まったわけではないようだ。

大石も周平も蟻通も、この隊に居場所があるようには見えない。だが、三人とも新選組から出ていこうとしない。総司は首を撫でながらぽつりと述べた。

「俺も恋でもすれば分かるのかな……」

他人の気持ちをもっと推し量ることができたら、この先後悔することもなくなるだろう。

「沖田さんなら、いくらでも相手がいるでしょう」

「そうですかねえ」

「まず、あんたが他人に興味を持たないと駄目ですよ。剣術が強い女でも探しにいったらどうですか。京中を見て回れば、一人くらいいるかもしれない」

「それはいい考えですね」

ぽんっと手を打ちながら答えた総司に、蟻通は「冗談ですよ」と呆れ声を返した。

蟻通とそんな話をした数日後のことだった。

「……沖田さん、少しよろしいですか」

昼餉後、自室に戻ろうと廊下を歩いていた総司に、庶務方の隊士が声をかけてきた。確か、橘（たちばな）という名だ。何かの手続きで一、二度話したことがある。こちらに、と連れていかれた先は、橘が仕事場にしている一室だった。文机が三つ置いてあるので、ふだんはあと二人いるのだろう。今は昼餉に行ったのか、不在だった。

文机の前に座した橘は、横に置いてある箱から文らしきものを取りだし、渡してきた。屯所に届いた文を受け取り、中を改めた後、宛先の主に渡すのは橘たちの役目だ。それは、相手が幹部であろうとかかわりない。隊内に潜む間者をあぶりだすための取り決めだ。文の中を見られるのを嫌う人間は多いが、総司はどうとも思わなかった。総司に送られる文は、近藤たちも目を通す故郷の支援者たち連名のものばかりだ。見られて困るものはない。

「鹿之助（しかのすけ）さんかな？」

「いえ……お志乃さんという方です」

総司は開きかけた文を思わず閉じた。

「何が書いてありました？」

眉尻を下げた橘は、誰もいないのに声を潜めて言った。

「……その方を娶（めと）られるのですか」

絶句した総司は、文を懐にしまいながら、さっと立ち上がった。

「この件は内密にお願いします。局長にも副長にも……どうか」

「承知しました」

総司のただならぬ様子に驚いたのか、橘は素直に頷いた。部屋を出た総司はまれに見る早歩きになり、すれ違った隊士たちに驚きの目で見られた。

自室に入ると、折よく無人だった。息を吐いた総司は部屋の隅に座り、恐る恐る文を開く。読み進めるうちにゆっくりと力が抜けた。

「……変な人だなあ」

独り言ちた総司は、もう一度頭から文を読み返す。そこには、先日の礼が述べられつつ、返事の催促が書かれていた。何に対しての返事かといえば、総司が送っていった時に震えあがった「夫婦になっていただきます」という言に対するものだった。

（……強請ったくせに、返事を待っているんだ）

まるでどこかの子犬のようだ、と総司はふきだした。あの時はぞっとしたが、今はただおかしかった。志乃は総司の所在を知っている。わざわざ文を送らずとも、当人が直談判しに来ればいい話だ。故意でないとはいえ、裸身を見た弱みがある。近藤や土方の前でその事実を訴えられたら、平謝りしてしまうだろう。だが、志乃はそうしなかった。

総司はまた橘の許に戻り、文机と矢立を借りた。

先日の件お断り申し上げ候。

流石にその一言だけではまずいと思い直したのは、以前心ない言葉で傷つけた女子の顔が浮かんだからだ。しかし、上手い断り文句など出てこない。悩んだ結果、先日の非番のことを書いた。たらふく昼飯を食い、壬生寺で子どもたちと遊び——と記したところ、これでは日記だと気づいたが、直さなかった。書き終えた文を渡すと、中を確認した橘は忍び笑いを漏らした。

近藤と伊東が数名の隊士を引きつれ長州入りする——その話を耳にしたのは、近藤の居室に呼びだされた時だった。総司よりも先にそこにいた土方は、腕組みをして仏頂面を極めていた。その顔を見た瞬間何かあったのだろうと察したが、よもやそんな話を聞かされるとは思わなかった。

「……俺は反対です。あまりにも危険ですよ。まるで飛んで火に入る夏の虫だ」

「敵地に入るのだ。危険は承知の上で行く」

「どうしてそんな……伊東参謀はなんと言っているんです？」

あの賢いと噂の男が、勝算もなしに敵地に飛び込んでいくとは思えない。総司の問いに、近藤はニッと白い歯を見せた。

「国事に全身全霊をかけて死ねるならば本望だ——と。ああ見えて熱い男だ」

「伊東さんまで……」

どうかしている、という言葉を呑み込んだ総司は、ちらりと土方を見た。

「こたびの出張は取りやめだ」

ようやく発した土方の一言に、総司は息を呑んだ。総司を浪士組に連れていくと言った時も、芹沢率いる水戸派に近づきすぎた時も、山南の処断が決まった時も、直接近藤を諫めることはなかった。土方は近藤に弱い——それを知っている総司だからこそ、近藤の言を真っ向から否定した土方に驚いたのだ。

「もう決まったことだ。留守を頼む。隊のことはすべてお前に一任する」

「引き受けないと言ったらどうするつもりだ」

「新選組が瓦解（がかい）するな。お前はそれでもいいのか」

土方はぎろりと近藤を睨んだ。怒りが籠った眼差しにも近藤は動じる様子がない。

しばし睨み合いが続いた後、近藤は総司に視線を向けた。

「どうしても行かれるというなら、俺も連れていってください」

「それはならぬ」

即答され、総司はぐっと奥歯を噛みしめた。お前が来ても役に立たぬと言われたのだと思ったが——。

「俺に何かあった時は、お前が天然理心流五代目を継いでくれ」

総司はまじまじと近藤を見た。厳めしい顔に真摯な表情が浮かんでいる。冗談ではないと気づき、堪らず土方の様子を窺った。己と同じく驚いているかと思ったが、なぜか安堵したような息を漏らした。

(……何なんだ)

混乱した総司は、再び近藤に視線を戻した。近藤は土方と総司を交互に見つめ、大らかに笑って言った。

「お前たちがいてくれてよかった。おかげで何の心配もせず、旅立てる」

近藤のその言葉は、総司と土方からそれ以上の否定の声を奪った。

その後、近藤たちの長州入りを知った井上や永倉は、土方以上に反対した。

「若先生、馬鹿な真似はするもんじゃねえ。長州なぞに行ったら、命がいくらあっても足りねえぞ。駄目だ、駄目だ。あんたは新選組の局長で、天然理心流の宗家なんだ。あんたに何かあったら、隊士も門弟も周平も皆泣くぞ」

井上はそれこそ泣きそうな顔で必死に引きとめ、永倉は冷ややかな顔をして言った。

「新選組も大所帯になった。思想の相違が出てきてもしようがないが、これ以上それが顕著になるようなら、身の振り方を考えねばならん。また会津さまにお伝えするようなことになるかもな」

そんな脅しをかけられても、近藤は揺るがなかった。隊内に噂が蔓延する頃には、近藤たちの出立が数日後に迫っていた。もはや長州入りは取り消せない。命懸けの近藤たちを止められる者など隊にはいなかった。そんな中。

（……すべて打ち明けよう）

総司はそう決意し、さっそく近藤と約束を取り付けた。

「出立間際のお忙しい時期にお呼び立てして申し訳ありません」

以前近藤に連れてきてもらった祇園の料亭に近藤を呼びだした総司は、人払いをするなり頭を下げた。

「いや、お前と差しで呑むのは久方ぶりだ。嬉しいよ」

酒を舐めるように呑みながら近藤は言った。嬉しいというのは本音なのだろう。顔に浮かんだ微笑は穏やかで、まるで故郷にいる時の近藤に戻ったかのようだ。そのせいで、総司はなかなか打ち明けることができずにいた。

鬼。土方が行なっている人斬り――上洛前からのその所業のことだ。土方の不審な動きに気づいてから、何度も近藤に相談しようとしたものの、どうしてもできなかった。近藤と土方は義兄弟の盃を交した仲だ。二人の間には総司も割って入れぬほどの信頼が築かれている。それを粉々に打ち砕いてしまうかもしれぬことなのだ。

（若先生は土方さんを許すだろうか……）

近藤はあまりにも正直で潔癖だ。生涯の親友で己の片腕と認めた男が、隊とは違うところで手を血で染めつづけていると知ったら――。

相手が土方といえど、近藤は許さぬだろう。否、土方だからこそ断罪するはずだ。

総司は目の前に並んだ料理には一切手を付けず、俯いた。酒も飲まず、黙りこくる総司に、近藤は何も問わなかった。時折「美味いな」と呟き、黙々と平らげた。

厠に立った近藤は少し経って戻ってきた。その手には熱い茶が入った湯呑が握られている。それを総司に差しだしつつ畳の上に座し、また舐めるように酒をちびちびと呷った。端座する総司は、膝の上に置いた手を握りしめた。そうしないと泣いてしまいそうだった。

せっかくもらってきてもらった茶がすっかり冷めた頃、近藤は視線を落として呟いた。

「お前にはいつも感謝している。ここまでついてきてくれてありがとうな」

「……嫌だなあ」

まるで今生の別れのようだと冗談を言える状況ではなかった。長州の地に足を踏み入れたら、近藤の命は誰にも保証できない。同行する伊東たちも無論危ういが、新選組の頭である近藤は誰よりも危険だ。

「どうしてもついていっては駄目ですか」

「五代目を託したことをもう忘れたのか」

「忘れるはずがありません。……ただ、俺は跡目よりも、若先生が大事なんです」

ぐすりと洟を啜る音が聞こえて、総司は顔を上げた。近藤は瞳に涙を溜めていた。鼻は赤く、唇の下にはたくさんの皺が出ている。

「俺はいい弟子を持った。あの日、うちに来てくれた子どもがお前でよかった」

「若先生……」

「天然理心流を頼む――それに、歳を助けてやってくれ」

また今生の別れのような台詞を吐いた近藤に、総司は唇を噛みしめこくりと頷いた。

結局、秘密を打ち明けることはできなかった。

(俺は一体何のために若先生を呼びだしたのだろう)

己を買ってくれた嬉しさよりも、不安が優った。近藤は死ぬ覚悟を持っている。それは、新選組に身を置く皆に言えることだが、近藤の覚悟は皆のそれ以上に本気だ。

(もし、若先生が死んだら――)

近藤の身が心配だった。そして、総司にはもう一つ気がかりがあった。


「最近、調子がいいんだ」

巡察の後、北集会所の廊下で遭遇した井上が、総司を見るなり笑って言った。誰のことと言わぬあたりがせっかちな井上らしい。

「周平の奴、人が変わったかのように熱心に稽古を受けやがる」

気がかりの一人の名を出され、総司は浮かべた笑みを引きつらせた。

――ならば、一生変わらぬな。奴の心持ちこそ変わることはない。

斎藤はそう明言した。あの男でも読みを外すことがあるのかと意外に思ったが、すぐにそれどころではないと青褪めた。総司が襲われた同日に怪我を負った周平への疑いは未だ晴れていない。それを知っているのは総司と亥之助だけだ。土方のことを打ち明けられなかった総司が、近藤に周平のことを話せるわけがなかった。

「どうした、妙な面して」

「……本当に人が変わったんでしょうか」

「誰かと入れ替わったとでも言うのか？　そりゃあ、奴は次兄の万太郎とよく似ているが、歳が違う。入れ替わったら流石に気づくさ。どんな心の変化があったか分からねえが安心したよ。ゆくゆくは天然理心流の宗家を継ぐ男だ。心身共に強くなってもらわなけりゃあならねえ。剣術に興味が湧いたのなら、これ以上言うことはねえな」

呵々と笑った井上は、総司の肩を叩いて去った。

（……困ったなあ）

総司はますます恨まれるのだろう。好きでも嫌いでもない相手にどう思われようと構わぬが、相手は近藤の養子だ。万が一の時は総司が天然理心流を継ぐことになったからといって、周平の養子縁組が解かれたわけではない。だが、この先どうなるかは正直分からない。

募った恨みはどうなるのだろうか。いくら考えてもよい想像は浮かんでこない。またいつかの闇に呑み込まれてしまいそうだった。

頭の中から嫌な想像を振り払うように首を振った時、総司は橘に声をかけられた。

「……もしや——」

ぎくりとして呟くと、橘は困ったような顔で頷いた。渡された文をさっと懐にしまった総司は、橘に礼を述べて外に出た。

境内の奥にある大木に登り、その太い枝に腰かけ、文を開いた。

昼餉を食べた後すぐ走り回るのは身体に悪いというようなことが書かれていた。総司の文を踏まえての内容だということに、少し経って気づいた。何でも、志乃は女医だという。総司のように壮健そのものという若者は不調に気づきにくいので、身体を労わって行動するようにとの忠告もあった。末尾に結ばれていたのは、返事を寄こせとの催促だった。

「……変な人だ」

総司は呟き、くすくすと笑い声を立てた。一瞬でも心を癒してくれた礼にと、また返事を書いた。悩みを綴るわけにはいかぬので、また在りし日の非番の出来事を綴った。それを託すと、読んだ橘は笑いながら快く請け負ってくれた。

もらった文を読み返している間に、志乃からまた文が届いた。

一番組頭が遊んでばかりで大丈夫なのかという心配と、子どもたちと遊んであげるのはいいことだと褒める言葉があった。志乃は毎日忙しく働き、休む暇もないという。患者の中には子どもも多く、皆健気に病や怪我と闘っているとのことだった。

読み終えてすぐ、総司は矢立を手にした。子どもが早くよくなりますように、と祈りを込めながら認め、橘に渡した。中を確認した橘は、唇を噛みしめ何度も頷いた。

数日後、志乃から文が届いた。三日後、総司は返事を認めた。

試衛館にいた頃のことを書くと、次の文には志乃の故郷のことが記してあった。志乃が京の人間でないことは、京訛りがないことからも分かった。はっきり書かれていないが、総司と同じ東国の出身なのだろう。京の人間はよそ者に冷たいというが、皆優しいと書かれた文に、総司は「羨ましい」と返した。池田屋の一件後は一時的に風当たりが弱くなったものの、依然として新選組は厄介者と見られている。己のことはまだしも、尊敬する近藤や仲間たちを悪く言われるのは哀しかった。

それに対する志乃の返事は、「当たり前です」という冷たいものだった。人斬りが歓迎されてはおかしな世だから我慢するべきだ、しかし泥を被っても正義を貫き通せ、と思わぬ叱咤激励の言葉が並ぶのを目にして、総司は大いに笑った。

冷たいかと思えば熱く、興味がないのかと思えば後になってそのことを話してくる。冗談など言わなそうに見えて軽口を叩き、にわかに真面目に叱咤する——志乃は不思議な女だった。その不思議さが、総司の目には面白く映った。

たわいない日々のことや時に真面目なことも綴った文は、数日と空けず交わされた。志乃の文には必ずどこかに「あの時のご返事を」と催促する文言（もんごん）があった。それが冗談であることに総司が気づいたのは、大分経ってからだ。

（……どんな顔をして文を書いているんだろう）

くすりとした総司は、いつの間にか悩みが隅に追いやられたことには気づかなかった。

雪がちらつきはじめた頃、近藤たちが帰京した。

「皆、よく留守を守ってくれた」

出迎えた隊士たちに向かって、近藤は温かな声音を出した。

「局長も……ご無事で何よりです！」

鼻を赤くし、目を輝かせて述べる隊士たちを見て、近藤は満足そうな笑みを浮かべた。

（どうしたんだろう）

近藤に挨拶しようとした総司は、彼の後ろに佇む伊東の顔を見て目を瞬いた。いつも柔和な表情を浮かべている伊東が、唇を真一文字に引き結んでいる。冷たい色を帯びた瞳が、ある一点——近藤の背をじっと見つめていた。

総司の視線に気づいた伊東は、にこりと笑んだ。その目が笑っていないことに総司が気づいたことを、悟ったのかもしれぬ。すっと体温の下がった表情を浮かべると、伊東は皆と話すこともなく、自室に戻った。

出張中に何かが起きた——それは間違いない。出張から戻って以来、近藤と伊東が二人で話しているところを見なくなった。

「仲睦まじかったのになあ」

「こりゃあ、何か起こるんじゃねえか。これまでみたいにさ」

過去の例を考えれば、そうした口さがない噂が流れるのもしようがなかった。総司も内心はらはらしたが、ひと月後にまた違った動揺が走った。

慶応(けいおう)二年一月下旬——近藤と伊東が、また長州へ赴くことになった。

「一体どうなってるんだ……」

近藤たちが旅立った日、井上は総司の許に来て呟いた。

「あの人たちは仲がいいのか悪いのか分からねえ……通じ合っているようでてんで合わねえのかと思いきや、また命懸けの旅をするんだものなあ……総司、お前えには分かるか?」

「俺が分かると思いますか」

「すまねえ。お前えに分かるわけがなかった。どうせ訊(き)くなら歳に訊くべきだったな」

「訊(たず)ねておいて失礼だなあ」

総司は呆れ声で答えた。土方に訊ねたところで教えてくれるわけがない。

(案外土方さんも分からなかったりするのかもな)

当事者間にしか分からぬことならば、外野がいくら考えても無駄である。そう言うと、井上は

「何だそりゃあ」と怒った。

「局長、参謀といえど、俺たちと同じ隊の人間だろ。隊のことなのに、二人の間で考えを止められちゃあ、俺たちはどうやって動いたらいいんだよ」

「俺に言われても困ります。局長と参謀に言ってくださいよ」

「もう行っちまったから言えねえよ」

「随分とお怒りだなあ」

怒ってねえ、と言った井上は、顔を朱に染め、膝の上で固く拳を握った。

「……今度こそ帰ってこられなかったら、どうするつもりなんだよ」

押し殺した声音に、総司は胸が衝かれる思いがした。

——俺に何かあった時は、お前が天然理心流五代目を継いでくれ。

あの時拒否できていたら、こうして心が重くなることもなかっただろう。

「帰ってきますよ」

呟くと、井上はきゅっと眉を寄せて「根拠は何だ」と言った。

「近藤勇だから」

「……そりゃあ素晴らしい根拠だ。お前にしちゃあ上出来だ」

高らかに笑った井上に、総司は微笑を返した。

(これで得心してくれるのは源さんくらいなものだろう)

その予想は的中した。

近藤たちが長州へ出張した頃からじわじわと、隊内に嫌な空気が流れだした。いくら土方が隊内をまとめているとはいえ、大勢を一人で見るのには限界がある。

「頭が揃って隊にいない。これでは隊が存在する意義がないのではないか——とさ」

「誰がそんなこと言ってるのかな」

「その阿呆な言に頷いた奴は何人か知っているが、告げ口は好かん」

「いいですよ。噂を教えてもらえただけで十分だ」

永倉に礼を述べた総司は、その足で土方の許に向かった。噂の件を語りはじめてすぐ、土方は眉を顰めて「放っておけ」と答えた。

「おや、ご存知でしたか」

「俺が知っていると分かっていて言いにきたんだろ。お前も永倉も」

「俺も永倉さんも、お忙しい副長の助けになりたいと思ったんです」

真面目な表情で言った総司を、土方は鼻で笑った。

「殊勝な部下を持って幸せだ」

「そうでしょう。お困りなら、何でもお手伝いしますよ」

「お前の頭がもう少し切れるようになったらな」

「俺の頭は今さらよくならないので、そこは期待しないでください。あんたからしたら俺は馬鹿でしょうけれど、馬鹿は馬鹿なりに考えて動きます。考えるのが無駄だというなら止めるから、代わりに指示をください。その通りに動いてみせますよ」

「……お前えが馬鹿だとは思ってねえよ」

呟いた土方に、総司は目を見開いた。確かに、土方は軽んじている相手と深く付き合うような男ではない。何だかんだと言いつつも、買ってくれているのだろう。

いつになったら、肩に乗った荷を半分預けてくれるようになるのだろうか。そんな日は来ない

――そう割り切れたら、楽だった。

諦めの悪い己に嘆息した数日後、ある事件が起きた。

松原通東洞院で大石が広島藩士を斬った。それだけならば、よくある一件で済んだかもしれぬ。だが同日、大石の弟造酒蔵が斬られた。江戸にいるはずの造酒蔵の死を総司がその日のうちに知ったのは、遺骸が新選組の屯所に運ばれたからだ。

人目につかぬ深夜にこっそり運び込まれた遺骸は、屯所の使われていない部屋に寝かされた。隊士たちはすっかり寝静まっていたが、異変に気づき目を覚ました者は多かった。

「何だこの声は……」

そこら中で戸惑うような声が上がった。動揺のざわめきが大きくなってきた頃、

「俺が様子を見てくるから、皆は寝てください。明日も早いんですから」

仕方なくそう言った総司は、布団から抜け出て廊下に出た。

「うううううう……うううう……」

獣の唸り声――そうとしか思えなかったが、それは屯所の中から響いている。他の部屋から顔を出した隊士に中に戻るように言いつつ、総司は薄暗く、冷たい廊下を声を頼りに進んだ。

「ううう……ううう……ううううう……ううう……」

呻き声が響く部屋の前に立った総司は、そこの襖をわずかに開き固まった。敷かれた布団に横たわる青白い顔をした男と、彼に縋ってすすり泣く大石鍬次郎――そこには思いもよらぬ光景が広がっていた。二人に気を取られて気づくのが遅れたが、部屋の隅にはもう一人いた。行灯の仄かな明かりに浮かび上がった秀麗な面は、総司を認めて固く目を閉じた。

静かに襖を閉めた総司は、大石の泣き声が聞こえなくなるまでそこに端座しつづけた。様子を

見にきた者たちには、ただ首を横に振った。事情は話さなかったが、皆何か察したような顔をして、足音を潜めて去った。

「造酒蔵……」

その夜、大石は一度だけ弟の名を呼んだ。

後日、造酒蔵は光縁寺に埋葬された。大石に会うために上洛したが、その前に持病で亡くなった――と発表されたが、それが偽りであることを総司は知っていた。布団に寝かされた造酒蔵からは血の臭いが立ち昇り、生々しい刀疵がついていた。

一体、誰が造酒蔵を斬ったのだろうか。西本願寺の境内にある大木の枝に腰かけながら、総司はぐるぐると考えを巡らせた。

あの日、大石は広島藩士を斬った。それを恨みに思った同藩の者が、大石と間違えて造酒蔵を斬ったのだろうか。だが、大石と造酒蔵は姿形も声もまるで似ていない兄弟だ。まず見間違えることはないだろう。ならば、大石と造酒蔵が共にいるところを見て、弱そうな造酒蔵を狙ったのだろうか。あり得る線だが、得心がいかなかった。仇討ちの相手が目の前にいるならば、当人を狙うはずだ。それに、大石は初見で剣術の腕前が優れていると分かるような気を纏っていない。堂々としている造酒蔵の方がまだ強く見えそうだ。

（分からないな……）

あれこれ考え込むのは性に合わぬが、今は己しか頼りにならない。総司が困っているといつも手助けしてくれた亥之助は、勘定方に配属されて以来、あまり顔を合わせなくなった。総司が襲われたあの件を調べてもらった時は密に連絡を取っていたが、それも時が経つにつれてなくなった。多忙なのだろうが、避けられているような気もした。亥之助の性格ならば、無理に時を作っても会いにくるだろう。何かした覚えはなかったが、鈍い総司のことだ、気づかぬうちに傷つけたのかもしれぬ。

堪えた溜息が口から漏れた時、総司はこちらに向かって近づいてくる気配に気づいた。耳慣れた足音にハッとし、素早く枝から地に降り立った。駆けてきた亥之助は、目の前で足を止めた。子犬のように縋る目をしている。

「どうしたの」

総司は低い声音で問うた。びくりと肩を震わせた亥之助は、大きな目をうろうろと彷徨わせ、やがて総司をまっすぐ見つめた。

「……公費を横領した疑いのある人物がいます」

頷いて先を促した総司に、亥之助はごくりと唾を呑み込みながら続けた。

「勘定方の方です……少々不審な動きが見られたので調べてみたところ、あの人が扱った公費から五十両がなくなっていました。……ですが、俺の勘違いかもしれません。はっきりとした証を摑むまで、俺の口からその人の名を挙げるのは――」

「俺はあんたの勘を誰よりも信じてる」

亥之助は目を瞬かせ、何かを堪えるように俯いた。言うか言うまいか思案しているのだろう。総司はじっと待つことにした。

散々躊躇した後、亥之助は小さな声を漏らした。

「河合(かわい)……耆三郎(きさぶろう)」

河合は前年の六月、公金を取り扱う際に失策を犯し、勘定方から降ろされたが、その後の働きが認められ、復職を果たした。まれな例なので、他人に興味がない総司も覚えていた。

「ありがとう」

礼を述べた総司は、土方に告げに行こうと踵を返しかけ、止まった。

「あんたも行こう。手柄になる」

結構です、と亥之助は即座に答えた。

「序列が上がる。今度こそ監察方に取り立てられるかもしれない」

「俺は……河合さんによくしてもらいました」

振り絞るようにして述べた亥之助を見て、総司は眉尻を下げて頭を掻いた。

（……馬鹿な真似をしてくれたものだ）

河合は気が弱そうな見目をしているが、意外と目端が利くのだろうとは思っていた。そうでなければ、一度降格された隊士が、短期間で序列を上げられぬはずだ。土方が気に入っているのだとしたら、使える男で間違いない。そんな男がなぜ隊を裏切るような真似をしたのか。五十両は大金だが、実家が豪商だという河合が身の危険を冒してまで得ようとするものでもないはずだ。

「温情を、と伝えておくよ」

「そんなもの何の役にも立たない」

吐き捨てるように言った亥之助は、目を見張った総司に気づき、唇を噛んだ。

「……申し訳ありません」

「いや……あんたの言う通りだ」

それを分かっていながら、総司は土方に報告しに行く。亥之助も、総司に伝えればどうなるのか、知っていたはずだ。隊規を破れば、処罰が下る——それが隊の決まりだった。

土方への報告は簡潔に終わった。

「河合が隊の金に手をつけているそうです」

率直に告げた総司に、土方は「ご苦労」と述べた。眉ひとつ動かさぬ様子からして、河合の件は存知のことだったのだろう。

「温情を、という声がありました」

無駄だと知りつつも告げると、土方は顎をしゃくって戸を示した。

亥之助の言は当たった。河合は確かに罪を犯し、切腹の処罰が下った。地味で大人しい男ではあったが、友からは慕われていたらしい。切腹の日、拳を握りしめ、涙を堪えながら河合を見守る数名の隊士がいた。彼らは皆、河合と同じ勘定方であるはずだ。

部屋の真ん中に座した総司は周囲を注意深く見回した。河合に共犯者がいないとも限らない。それを探るのは総司の仕事ではないが、気になった。河合のように気が弱そうな男が、たった一人でこれほどの隊規違反を犯すだろうか。

(……妙な様子の者はいない、か)

刀を手にしたまま、河合は静かに涙を流し、固まった。憔悴(しょうすい)しきった顔は一気に老け込んだように見えた。これまで隊規違反を犯し、切腹に処された者たちは、死への恐怖で震えていた。最後まで落ち着いていたのは山南くらいなものだ。山南は覚悟を持っていた。その他の隊規違反者は、よもや不正が露見するはずがないと高を括っていたのかもしれぬ。

ふと戸を振り返った。河合の友人――確か、名を酒井(さかい)といった――が、土方に肩を摑まれて、ぐっと詰まったような表情をした。

あっ、と思ったのはそのすぐ後だった。

河合の切腹が終わると、皆無言で立ち上がり、部屋を後にした。再び戸を振り返った時、土方の姿はすでになかった。河合の変わり果てた姿を呆然と見下ろす酒井ともう一人の隊士を残し、総司も退出した。

「あいつはここが好きだった……それは間違いないんだ。そうだろう？　なあ、酒井……」

中からそんな声が響いた。答えが聞こえてくる前に、総司は足早に去った。


河合の一件後、総司は壬生寺の境内にある男を呼びだした。

来るか、来ないか。後者だろうと思いつつ、総司は待った。約束の刻限は五つ——こんな刻限に外であの男と二人きりで会うのは珍しい。昔から、二人で外を歩く時はいつも明るいうちだった。そのほとんどは出稽古だった。早朝出かけて佐藤家に一泊し、翌朝出立する。主に総司が話したが、からかうと男も負けじと返してきた。じゃれ合いながらの道中はいつしか総司の楽しみとなった。あの頃のようなことはもうできぬだろう。総司は大人になり、色々なことを知ってしまった。

（それでも、どうしても分からないことがある）

それを、今日は知りたかった。これまでいくどとなく望んできたことだったが、これほど強く求める気持ちになったのははじめてだ。

近づいてくる足音が響いた。急いでいるように聞こえるが、男にとっては常通りのものだ。振り向いた時、目の前で足を止めたのは、総司が呼びだした男——土方歳三だ。

「来てくれたんですね」

「お前が来いと言ったんだろう」

呆れ声を出しながら、土方は総司の横に腰を下ろした。

「お上から呼ばれたんじゃないんですから、無視することだってできたでしょう」

「お前が呼ぶならどこだって行ってやるよ。これまでだってそうだったろ」

「……俺があんたを呼びだしたことなんてなかったよ」

「何でも許してやってた」

土方の言に覚えはない。どちらかといえば、総司が土方を許してきたはずだ。

(鬼であることを黙っていてやったじゃないか)

むっと唇を尖らせた総司は、ぽつりと言った。

「……それももう終わりだ」

口から漏れたのは、冷え冷えとした声だった。土方の顔からさっと表情が消えた。人形のように整っているが、土方も三十二だ。目の下、口許には細かい皺が出ている。常に寄せている眉間の皺は深い。

(鬼でも老けるんだなあ)

だが、鬼といえども死なぬわけではない。

「これで少し傷をつければ血は流れる」

腰の物をそっと叩いて言えば、土方はゆっくりと口を開いた。

「俺を斬る気か」

「ふ……あははは」

高らかな笑い声を上げた総司に、身構えた土方は目を丸くした。総司が笑いださなかったら、刀を抜いたのだろうか。それとも、いつか山南に斬りかかられた総司のように、暴挙を止めようとしたのだろうか。だが、土方の腕では総司を止められない。

ようやく笑いを引っ込めた総司は、黙ってこちらを見つめている土方に言った。

「河合は最期、あんたに笑いかけた。声にはならなかったけれど、何か言っていましたね」

土方は何も答えなかった。それが答えだと総司は思った。

お願いします——あの時、河合の口の動きはそう言ったように見えた。

「河合はあんたに何をお願いしたんですか」

「……知らん」

低く呟いた土方は、

「話はこれで終わりか？　俺は帰る」

ふんっと鼻を鳴らすと、腰を上げかけた。

「俺も鬼になります」

土方は中途半端な姿勢のまま、言った総司を睨みつけた。

総司が鬼になると決めたのは、芹沢を暗殺した夜だった。あれから随分と時が経ったが、その決意を土方に語ったことはない。くだらねえことを言うな、と言われると思ったのだ。実際、土方の顔にはそんな表情が浮かんでいる。

「わざわざ鬼になろうなんざ、酔狂なことだ」

「何とでも言えばいい。俺はもう決めました」

土方は分かりやすい男だ。勝手に決めるな、とその目は言っていた。だが、総司は引かぬと決めた。はじめて土方に疑いを持ったあの夜に、問いただしていればよかったのだ。そうしなかったのは、土方を信じつつも、疑っていたからだろう。

故郷にいた頃は、目を見れば考えが分かった。言葉などなくても、心が知れた。土方との関係はそういうものだと安堵しきっていたのだ。しかし、それは間違いだった。

「……他人の心など分からないんだ」

総司は俯いて呟いた。知らぬうちに土方に甘えていたのだろう。

「当たり前だ」

土方の返事に、総司はゆっくり顔を上げて言った。

「でも、俺の心は分かるでしょう。……俺はすべて話しましたよ。これ以上さらけ出せるものなんて一つもありません」

上げかけていた腰を下ろした土方は、何かを堪えるような顔をした。はじめて見たその表情にどのような意味が込められているのかは考えぬことにした。

土方を助け、共に鬼として生きたい――この願いが叶(かな)うのなら、他はどうでもよかった。大事なのは己の気持ちと、土方の許しだ。この二つが揃えば、総司はもう迷わないだろう。

春の夜の寒さに身が震えはじめた頃、土方は総司の方に身体を向け、頭を下げた。

「共に鬼になってくれ」

土方の口から出たのは、ずっと待ち望んでいた答えだった。そう言われたら、きっと嬉しくて堪らぬものだと思っていたが、総司の心は不思議と落ち着いていた。

（なぜだろう）

他人の気持ちどころか己の気持ちも分からず、苦笑した。

「……土方さん」

小声で呼びかけた総司は、顔を上げた土方をじっと見据え、金打(きんちょう)した。

翌月中旬、近藤が帰隊した。旅立つ時に一緒だった伊東たちは、所用があるとのことで別の帰途となった。

「……長州でも別行動をされていたと聞いたが、仲違いでもされたのだろうか」

「それはないだろう。局長のお顔を見れば分かる」

「確かに……局長は素直な方だ。おそらく、旅先でよい収穫があったのだろう」

道場で稽古中、隊士数人がこそこそと噂話をした。彼らの視線の先には、皆に手ほどきしている近藤の姿があった。局長自らこうして稽古をつけるのは、久方ぶりのことだった。帰隊して間もないが、疲れはすっかり取れたらしい。

もたれかかっていた壁から身を離した総司は、じっと眺めていた近藤に近づいていった。

「局長、代わりましょう」

「分かった――いや、その前に一手願ってもいいか?」

思わぬ申し出に、総司は目を瞬いた。背後でわっと湧いた声から察するに、隊士たちは皆、総司と近藤の手合せを望んでいるらしい。

「よろしくお願いいたします」

笑顔で頭を下げた総司に、近藤も微笑み返した。

三本勝負で、総司は二本取った。だが、内容は近藤の方が優れていると総司は思った。近藤の剣術は行く前と比べて変化した。技に磨きがかかった――というわけではない。

(気組みが増した……迫力が違う)

人を斬ると剣が変わるが、それに似ていると総司は思った。だが、近藤がはじめて人を斬ったのは、何年も前だ。出張中に誰か斬ったという話は聞いていないが、仮にそうしたことがあったとしても、斬った人数が増えるだけだ。

はじめは近藤の変化が気になった総司だったが、そのうち大した問題ではないと思うようになった。帰隊してからというもの、近藤は以前にも増して精力的に動いた。それは、他の隊士たちにも伝わり、隊は徐々に活気づいていった。近藤が不在だった時の陰鬱さは、消えてなくなったように見えた。

(やはり、若先生がいないと駄目だ)

皆の様子を眺めるたび、総司はにこにこした。試衛館にいた頃もそうだった。近藤がいてはじめて皆が上手く機能した。天然理心流門下や新選組隊士の中には、近藤を百姓出の能無しだと軽んじる者もいる。だが、それが大きな間違いだとそろそろ気づく頃だろう。

よかった、と安堵した総司だったが、同じくらいこう思った。

「……何でも揃いすぎると、怖くなるなあ」

ぼそりと述べた時、総司は廊下を進む足を止めた。声をかけて、庶務方の部屋に入る。

「また来ていますよ」

含み笑いをしながら言ったのは、橘だった。箱を開き、恭しく総司に差しだす。

「今回も中を改めさせていただきました。文面は相変わらず……」

総司は頬を赤らめつつ、礼を述べて文を受け取った。

「こちらでご返事を書かれますか？　私はこれから非番なので、よろしければお使いください。この箱の中に入れておいてくだされば、いつものように届けておきます」

「ありがとう。しかし、あんたは口が固いし、本当に気が利きますねえ」

「ぜひその言葉を局長と副長にお伝えください」

「うん――いや、駄目だ。そうしたら、この文のことが露見しちまう」

頭を抱えた総司を見て、橘は明るく笑って外に出ていった。遠ざかっていく足音に耳を澄ませながら、総司は寝転がって文を開いた。

橘が言うように、内容はいつも通りたわいのないものだった。少し違ったのは、例の決まり文句の後に、思いだしたかのようにこう書かれていたことだった。

春の忘れ物を同封いたします。

何だろうと首を傾げた時、文の間からひらりと何かが落ちた。それは、桜の押し花だった。そっと拾い上げた総司は、桜をまじまじと見ながら、己の頰をするりと撫でた。

「……変な人だ」

呟いた総司は、半身を起こし、文机に向かった。


近藤に遅れること半月、伊東たちが帰隊した。

「伊東先生。ご無事で何よりです」

熱烈な出迎えぶりを遠くから眺めた総司は眉を顰めた。

「皆こそ無事で何よりだ。さっそく今日から勉強会を再開しよう」

「先生、流石に今日は……」

焦ったように言う隊士に、「冗談さ」と述べ高らかに笑う伊東は、前回の帰隊時とは違い、上機嫌だった。

（……何か変だ）

総司は伊東とほとんど話したことがない。だが、今の伊東が常と違うことは分かった。

(出張中に何があったんだ？)

今回は途中から別行動をしていたらしいが、そこで何か起きたのだろうか。だが、総司が違和感を覚えたのは、伊東だけではない。近藤も今回の出張後に様子が変わった。その変化は、伊東のそれと似ているような気がした。別行動を取る前に、二人の間に何かが起きたのだろうか。

伊東たちが屯所の中に入っていくのを見届けた総司は、潜んでいた縁側からそっと境内に出た。向かったのは、境内の奥にある大木だった。いつの間にか、その木の枝に腰かけて考え事をすることが癖になっていた。壬生にいた頃は、壬生寺の墓所で同じことをしていたが、あの時と違うのは誰かに話しかけることがなくなったことだった。

(誰かと言っても、死人だけれど)

おまけに、それは総司が殺した相手だ。気味が悪い男だ、と口元を歪めて笑う男の顔が脳裏に浮かび、総司は苦笑した。そんな軽口を叩かれるほど、総司は芹沢と親しくなかった。一方的であれ、死後の方が芹沢とよく話した。しかし、それもいつの間にか回数が減った。死んだ者のことばかり考えていられぬほど、忙しい日々を送っているせいだろう。

(死んだ者ばかりじゃないか)

大木の下に立った総司は、そこに佇む男に笑いかけた。

「大石さん、勝負しませんか」

「今はまだ……」

暗い声で答えた大石は、頭を下げて去った。一度も振り返らなかった猫背の男を、総司は静かに見送った。

――お前え、あのでかい木に登るのはやめろ。境内にあるもんは皆、お西さんのもんなんだぞ。勝手に遊ぶんじゃねえ。

井上がそう言って総司を叱った時、大石はそばにいた。あの男は総司がここに来るかもしれぬことを知っていたのだ。

最近、総司は大石に勝負を持ちかけていなかった。隊の編成が変わり、大石は監察方所属となった。顔を合わせる機会が減ったことが一番の原因だが、正直それどころではなかったのだ。大石がここにいなかったら、思いだすこともなかったかもしれぬ。わざわざ存在を知らしめるような真似をしたくせに、大石は勝負を断った。今はまだ、と述べたが、

「いつになるんだろうねえ……」

ぽつりと呟いた総司は、大石がもたれかかっていた木をそっと撫でた。

久方ぶりに大石と話したことにより、総司はあの夜の一件を思いだした。下手人を捕まえるのを諦めたわけではないが、すっかり失念していた。何か事が起きるたびに悩み事を忘れてしまうのが、総司の長所であり、短所でもあった。

(結局、大石さんだったのだろうか……)

それを肯定するにも否定するにも証がない。あの亥之助が調べても分からなかったことだ。時が経った今、総司が改めて探っても、真実が判明することはないだろう。

「沖田さん、どちらに行かれるんですか」

巡察が終わった後、屯所から出て行こうとした総司に訊ねたのは鳥山だった。総司の姿を見ると必ず声をかけてくるところは亥之助に似ている。

(俺はいつの間にか二匹も犬を飼っていたのか)

苦笑した総司は、前を向いたまま「馴染みのところに」と答えた。

「へ」

間抜けな声を出した鳥山は、きょろきょろと周囲を見回し、密やかな声を出した。

「……上手く誤魔化しておきます。どうぞごゆっくり」

嘘をあっさり信じる素直さは、亥之助とは似ていないと総司は苦笑を深めた。

屯所を出た総司は祇園に向かった。馴染みというほど馴染んだ相手はいないが、たまにはそういうのもいいかと思った。

鳥山を騙したことに罪悪感を覚えたわけではないが、鳥山は以前から総司を慕い、心配してくれている。厚い信頼を向けられ悪い気はしないが、総司はさほど鳥山を特別に想っていない。そのことを鳥山が気づいているのか否か、総司は知らなかった。

(知らないことばかりだ)

誰かを特別に想うようになれば、少しは他人の気持ちが分かるようになる——本当にそうであるのか試してみようと思った。

八坂(やさか)神社の祇園石段下に差しかかった時だった。

「…………」

息を止めた総司は、腰のものに手を掛けた。石段の陰に凄まじい殺気を帯びた者が立っている。はっきりと姿が見えぬ上に、ほっかむりをして顔を隠している。

「——誰だ」

低い声音で問うた時、暗闇から殺気と共に刀が繰りだされた。素早く抜いた総司は、相手の攻撃を刀で撥ね退け、そのまま突いた。踏み込みも速さも完璧といっていいものだった。だが、相手はそれを間一髪避け、駆けだした。

「待て」

退路を断とうと前に出た総司を避けて、男は石段を駆けあがった。そちらに行くとは思わなかった総司は舌打ちを漏らし、数歩遅れて石段を上りはじめたが――。

「うわあああああ」

断末魔の叫びが響き、総司はとっさに身を横に避けた。石段を上りきった男が、たたらを踏んで転がり落ちてきたのだ。男が動きを止めたのは、地に倒れた時だった。

石段の上に立つ人影を眺めて呆然とした総司は、我に返って石段を駆け下りた。うつ伏せに倒れた男を仰向けにした総司は、彼の胸から流れる血をじっと眺めた。

(心の臓を一突きか……流石だな)

男はすでに息を引き取っていた。総司はごくりと唾を呑み込みながら、男が被っていた布を取った。露わになったのは、新選組隊士谷三十郎の顔だった。

「何であんたが……」

総司は青褪め、驚愕の声を漏らした。

「あんたを恨んでいると教えてやったことがあるはずだが」

そう答えたのは、石段の上から下りてきた斎藤だった。総司は眉を顰め、記憶をたどった。

――あんたに斬られた連中の家族や親しき者たち、あんたに袖にされた女たち、谷兄弟――。

「……周平の方じゃなかったのか」

ハッとして斎藤の顔を見上げると、そこには何の色もついていない平板な表情が浮かんでいた。同志を闇討ちしようとしたとはいえ、谷も同志の一人だ。共に生きてきた仲間を殺しても斎藤という男は、顔色一つ変えぬらしい。

「周平もあんたを恨んでいるさ。だが、奴は自分以外の皆を恨むような奴だ。そのおかげで、一人に対する恨みはそう深くない。こういう奴の方が腹に溜めこんでいるものだ」

冷たい目で三十郎を見下ろしながら、斎藤は淡々と述べた。

「……周平さんの件で、俺を恨んでいたのか」

総司は嘆息交じりに言った。これまで一度も三十郎からの敵意を感じたことはなかった。斎藤の言う通り、三十郎は必死に腹の中に総司への恨みを溜めこんでいたのだろうか。しかし、恨まれている当人ではなく、かかわりのない斎藤がなぜそれに気づいたのだろうか。

疑問と困惑で一杯になった総司を一瞥して、斎藤は言った。

「気に病むことはない。ただの逆恨みだ」

「……そうかな」

「では、あんたが悪いのか?」

「誰が悪いとかそういうことではない気がする。ただ……ひどいなと思うよ」

首を傾げた斎藤に、総司は眉尻を下げて微笑んだ。三十郎の所業が露見すれば、ただでさえ肩身の狭い思いをしている周平の居場所がなくなる。谷兄弟の絆が固いことは隊の皆が知っている。周平も万太郎も、総司に敵意ありと見なされ、処罰されるかもしれぬ。

三十郎が弟たちを想う気持ちは、海よりも深いものだったのだろう。想いが強すぎるあまり、このような暴挙に出た。だが、まことに弟たちのことを想うなら、他の方法を取ったはずだ。追い詰められ、冷静さを欠いた末の行動だったとしても、踏みとどまるべきだった。

「沖田さん、腹は減らないか」

斎藤の言に、総司は目を瞬いた。

「俺は昼飯を食いそこなったんだ。この上、夕飯まで抜くのは御免だ」

そう言うなり、斎藤は歩きはじめた。驚いた総司は立ち上がり叫んだ。

「おい……斎藤」

屯所に報告して、他の隊士を連れてこなければならぬ場面だが、斎藤の足は屯所とは反対に向かっている。谷の遺体を放って、一体どこに行くというのか――。

数間先で足を止めた斎藤は、前を向いたままぽつりと述べた。

「俺はこれから酒を呑む。俺は酔うと大抵のことは忘れるんだ。今夜のことなど何も覚えちゃいないだろう」

あんたはどうだ、と問われた総司は、しばらくして歩きはじめた。隣に並んだ瞬間、斎藤は総司をちらりと横目で見据えた。

「俺も酒を呑むとすべて忘れてしまうんだ」

「それは初耳だ」

珍しく歯を見せて笑った斎藤は、静かに足を踏みだした。土方に負けず劣らず俊足の男に置いていかれぬように、総司も急ぎ前に進んだ。

その夜、総司と斎藤は、すべてを忘れたふりをして酒を酌み交わした。赤い顔を揃えて屯所に帰ると、方々から「三十郎さんが」という焦った声が響いていた。

谷の死から数日後、非番の総司はある場所に来た。

(分からないなあ……)

なぜここに来てしまったのだろうか。こんなところに来ても悩みは解決しない。今、総司の心の中を占めているのは、谷が横死した夜に斎藤が酒を呑みながら呟いた言葉だった。

——いつも敵は思わぬところに……己の近くにいるものだ。

谷や、間者として隊に潜り込んでいた者を指したのだろう。用心するに越したことはないという意味だったに違いない。だが、総司には、思い当たる節がありすぎた。

あの夜、総司を襲ったのは三十郎だったのだろうか。

もしも、他の誰かだとしたら——。

元来、総司は深く考えることが不得手だ。それを自覚しつつ、頭が割れるほど考えた。それでも、答えは見つからなかった。否——見つけたくなかったのだ。真実が判明する時、それはすなわち仲間の裏切りを知る時だ。他人からどう思われようと、総司はあまり気にしない性質だ。今でもそれは変わらない。結局、想いはその人物のものなのだ。だから、総司は己の想いも止められぬものだと知っていた。

心の赴くままに進んだら、たどり着いた先がここだった。室町通五条の古長屋の前に立った総司は、控えめに掲げている「医療処」という小さな看板の字をなぞるように眺めた。

「……今日はわざわざご本人が届けてくださったんですか」

後ろから声をかけられて、総司はゆっくり振り向いた。路地を歩いてきた女は、左手に治療箱を持っていた。往診の帰りなのだろう。

「次はあなたの番でしょう」

「では、ご返事の催促にいらっしゃったんですか」

志乃は目を瞬いて言うと、総司の横に並び、戸を引いた。中に入って治療箱を下ろし、肩から脇の下に掛けていた襷(たすき)を解(ほど)きつつ続けた。

「それほど楽しみにしてくださっているとは思いませんでした」

総司は苦笑を漏らした。その通りだ、と思ったのだ。

はじめて文を受け取った時はむっとした。だが、中を開いて読むと、苛立ちはたちまち雲散霧消した。一度会っただけの相手に契りを求め、わざわざ文を認める。そんな不躾なことをする相手など、本来は嫌いなはずだ。だが、総司は志乃の文を読み、その人となりを知るのが楽しみだった。次の文が待ち遠しくて、すぐに返事を認めた。いつになったら夫婦になるのかと志乃が記せば、お断りしますと総司は返す。その他は、たわいない話題ばかりだった。独り言を呟き、それに時折答えが返ってくる――ただそれだけだ。そこには、甘さも優しさもなかった。恋い慕う想いも激しい情愛も含まれていない。慈しみや恨みつらみとも無縁だった。総司と志乃の間には何もない。

だが――。

「……あなたの文が好きです」

総司の漏らした言葉に、志乃は開きかけた口を閉じた。

「いつも楽しくて、笑わせてもらっています。何度目の文だったかな……幼い頃に隠れ鬼をした時、上手く隠れすぎて誰にも見つけてもらえなかったと書いたでしょう。皆が帰った後もそこでじっとしていたら夜になってしまって、捜しにきた姉に叱られたって。頑固で可愛くない子だったとあなたは書いていたけれど、俺はいいなと思いました。何事も真剣にやらないと上達しないでしょう？　たとえそれが遊びでも上手いに越したことはありません。俺も剣術が上達するまでにはたくさん失敗を繰り返しました。何度も怒られて……若先生は優しいけれど、怒ると怖いんです。よく怒る源さんや土方さんはそんなに怖くないんですが。特に、土方さんなんて皆にひどく怖がられているけれど――」

何の話をしにきたのだ――はたと気づき、総司は口を噤んだ。心の赴くままに来たのは間違いない。だが、その理由と目的は、ここを訪れた今になっても分からなかった。当人が分からぬのだから、志乃にはもっと謎だろう。にわかにやって来て、脈絡のないことを話しだした総司を気味悪く思っているのかもしれぬ。

「鬼の副長、と呼ばれているんですよね。でも、沖田さんにはお兄さんのような存在で、ちっとも怖くない。からかって遊ぶとむきになって返してくるから面白い……」

いつの間にか畳に座していた志乃は、驚いた顔をした総司を見て、そっと手招きをした。

「ご返事を書くまで、続きをお話してください」

総司は息を呑んだ。志乃の顔にはうっすらと笑みが浮かんでいる。

しばし逡巡したのち、総司は思い切って足を踏みだし、長屋の敷居を跨(また)いだ。

四

その夏は、雲一つない晴天が続いた。常にも増しての暑さだったが、それでも日中の巡察は常通り行われた。

「流石(さすが)の俺も参った」

犬のように舌を出し、荒い息を吐きつつ巡察から戻った原田を、総司は笑って励ました。

「あと半月もすれば、大分楽になりますよ」

「その前に茹だって死んじまうかもしれん」

頭に被っていた笠を外しながら、原田は息を吐いて屯所の中に入っていく。原田と入れ替わりに巡察に向かう総司は、配下の隊士に笠を被るように命じて、西本願寺を出た。

(これは確かに参るな)

数歩歩いただけで蒸し風呂に長く浸かったような心地を覚えた総司は、思わず苦笑した。

丈夫が取り柄の原田が音を上げたこの夏、文武に優れ、家臣の信も厚かった将軍家茂は死去した。幼少の頃から病弱だった身は、たび重なる苦難に堪えきれなくなったのだろう。家茂の死を受け、第二次長州征伐は中止となった。これにより助かったのは、攻め手であるはずの幕府だった。

重い甲冑(かっちゅう)をつけ、刀に槍、火縄銃といった装備の征長軍に対し、長州側は最新式のゲベール銃を持ち、迎え撃った。六月に戦端を切ったこの戦は、当初から長州側の圧倒的有利に事が進んだ。第一次征伐から一年半も経っての開戦ということもあり、そもそも乗り気でない諸藩が多かったことも災いした。戦況は覆せぬと見越した者たちの中で、長州藩への石高削減などの和睦案も出たが、これは長州側が拒否した。全国に開戦を流布した手前、引くに引けなくなった幕府にとって、皮肉にも家茂の死はよい口実となった。

しかし、そんなことを露ほども考えず、深く哀しむ者もいた。

「あのお優しい方がこれほど早く身罷られるとは……代われるものならば、代わって差し上げたい」

集めた隊士一同の前で号泣する近藤を見て、総司は胸が痛んだ。もらい泣きをする隊士も多い中、近藤の傍らに座す土方と伊東は揃って苦い表情を浮かべている。

「まずいことになったな。あの方がいなくなったら、朝廷との仲はどうなる」

総司の横で永倉がぼそりと述べた。家茂は孝明帝の覚えもめでたく、朝廷と幕府の仲を取り持つ要だった。その意味では、たとえ病弱で臥せることが多くとも、生きているだけで価値のある男だったと言えよう。

「そうだな、これでまた会津さまのご負担が増えちまうな……」

近藤に負けぬほど涙を流しながら、井上が呟いた。今後、朝幕の間を取り持つ役は京都守護職の松平容保に一任されるだろう。しかし、有能な容保公も病弱だ。これ以上の負担は命取りになる――誰もがそう思ったに違いない。

雲行きが怪しくなったのは、この頃からだった。

家茂の死去後、市中で制札が抜き去られるという事件が多発した。新選組も市中見回りを強化し、目を光らせたが、なかなかその現場には行き当たらなかった。

「こそこそと制札を引っこ抜いて満足するとは……俺はそういう肝っ玉の小さい奴らが大嫌いな

んだ。引っこ抜いた制札で屯所に乗り込んでくるくらいしろ！」

最も怒りを露わにしたのは、血の気の多い原田だった。

「とっ捕まえてくれるのは有り難いが、くれぐれも無茶はするなよ」

原田の激昂ぶりを、近藤は苦笑まじりに窘めた。近藤は時にあっと驚くほど感情が昂るが、それをずっと引きずることはない。しかし、流石に将軍の死は堪えたようだ。少しでも笑みを見せるようになった近藤を見て、総司は安堵の息を吐いた。

その三日後の九月十二日――事は起きた。三条大橋の西詰北で三度も立て続けに制札が抜き去られた。警備を命じられた新選組は、近くの会所に原田率いる十二人、酒屋に新井忠雄率いる十二人、町屋に大石率いる十人を配置した。下手人が現れたら、皆で囲い込み一網打尽にする手筈だ。監察の大石や浅野薫もおり、捕り物の支度は完璧だった。

原田たちが今か今かと下手人たちを待ち構えていた時、いかにも怪しき様子の者たちが現れた。皆が固唾を飲んで見守る中、彼らは制札に手を掛けた。

「……よし、抜いたぞ」

現場を押さえた原田隊が捕縛に動いて間もなく、新井隊が駆けつけた。これで、大石隊が来れば、一瞬で相手方を捕えられると隊士たちは皆そう思った。しかし――。

「大石たちはまだか」

原田は顔を真っ赤に染めて怒鳴った。少々離れた場所にいた大石たちへの連絡は浅野がするはずだったが、土壇場で怖気づいたために当初の予定は大幅に崩れ、陣形が乱れた。

「おい……今のうちに逃げるぞ」

応――と声を上げたのは、異変を察した敵方だった。一目散に逃げだした敵方を、隊士たちは必死で追った。結局、新選組が捕縛できたのは三人――あとの五人は取り逃がした。

「お前……自分が何をしたのか分かっているのか」

隊士たちに囲まれ叱責された浅野は、地べたに端座し、真っ青な顔で震えた。皆を手で制した原田は、浅野の傍らに屈み込んで言った。

「隊を辞めるなよ」

私刑を受けるのではと震えていた浅野は、原田の思わぬ優しい台詞に涙した。そんな浅野を見下ろして、原田は優美に微笑んで述べた。

「怯懦(きょうだ)に駆られるのは辛いだろう。ここにいる限り、一生味わうことになる。……決して辞めるなよ」


時局を論じる必要がある――はじめにそう提言したのは、近藤だったのか、伊東だったのか。制札事件が落着した数日後、新選組局長と参謀の会合が密やかに行われた。そこには、土方や伊東の側近の服部や内海次郎(うつみじろう)といった数名の隊士がいた。総司もその一員として、会合が行われた島原の角屋を訪れた。

厠と断り部屋を抜けだした総司は、一階の縁側に座し、庭を眺めた。行燈(あんどん)に照らされた木々が鮮やかな色に染まっている。日が落ちても紅葉が楽しめるなど贅沢(ぜいたく)なものだ。

(議論よりもこちらの方がずっといい)

上で繰り広げられていることを思いだし、総司は息を吐いた。

――これから幕府は衰退の一途をたどります。

――今後次第だ。きっと手がある。

――その手とは一体どのようなものでしょう。局長の考えを聞かせていただきたい。

――武器の調達が必要不可欠だ。そのために、異国と手を組み――。

――尊攘の心はどこにやられたのか。

――……常に心の中に。しかし、それとこれとは話が別だ。

伊東は聡い男だ。近藤も馬鹿ではない。互いの思惑を分かった上での会合なら、狐と狸の化かし合いといったところだろう。

「……俺は貉かな。あの化ける奴がいい」

そう呟いた時、くすりと笑う声が聞こえた。

「変わった奴だとは思っていたが、まさか妖怪だったとは」

「皆には内緒だよ」

「言わないさ。俺がおかしく思われる」

肩をすくめて言った藤堂は、総司の横に座った。話に加わらなくていいのかと問うと、

「伊東さんと近藤さんの独壇場だ。割って入ったら、二人とも嫌な顔をするぜ」

藤堂はつまらなそうに答えた。藤堂は伊東に学び、それなりの知識を持つ。生意気な口さえ慎めば、議論に参加できるはずだ。そう述べた総司に、藤堂は呆れた顔を向けた。

「相変わらず鈍いな。昔からお前はそうだった。誰に対しても親切だが、同じくらい無関心だ。だから、山南さんもお前のそばにいるのが心地よかったんだろうな」

藤堂の口から飛びだした名に、総司は固まった。表情を取り繕う間もなく、藤堂はよく整えられた庭を見据えながら続けた。

「あの人も優しかった。お前と違うのは他人に関心があったことか。周りを気にしすぎるきらい

があったから、肩の力を抜けばよかったんだ。そう言ったところで聞きやしなかったが……あちこちに気を遣い、肝心の自分のことは後回しにする。だから、あんなことになったんだと、墓の前で文句を言ってやった。お前もやればいい。結構すっきりするぜ」

「……うん」

ぎこちなく微笑んで頷くと、藤堂は総司の顔を指差し「狸みたいな面だ」とふきだした。

「狸、可愛いじゃないか」

頬を膨らませた総司を見て、藤堂はますます笑う。酔っているのか、随分と機嫌がいい。

「怒るなよ。俺の長所は素直なところだ。短所もまたしかりな」

胸を張って言う藤堂に、総司は内心同意した。山南も藤堂の素直さに救われていたはずだ。切腹の際に藤堂がいたら、介錯人は彼が務めていたかもしれぬ。それ以前に脱走などしなかったかもしれぬ。

——そんな考えが浮かび、総司は首を横に振った。

山南切腹後、藤堂が江戸から帰った時、総司は責められるつもりでいた。総司は山南が処断されると分かっていながら、屯所に連れ帰った。直接責めてくる人間はいなかったが、皆が総司の決断を非人情と思ったのは知っていた。

しかし、藤堂は総司を責めなかった。永倉や原田のように励ますことはなく、近藤や井上のように労わりの眼差しも向けなかった。隊務の件で話し合い、時に冗談を言って笑い合った。総司は藤堂といる時だけ、山南がいた頃と何ら変わりない日々を過ごした。

「……藤堂は優しいよ」

総司の呟きに、藤堂はむっと顔を顰めて、気持ちが悪いと言った。あまりに嫌そうな顔だったが、耳が赤い。にやにやとした総司を見て、藤堂はちぇっと舌打ちした。

「お前に餓鬼扱いされるのは癪に障るな」

「何度も言うけれど、俺の方が二つも上だ。剣術の腕前もはるかに上だけれどね」

「この野郎」

藤堂は声を上げ、総司に飛びかかった。取っ組み合っていると、二階の窓から「煩い」と怒鳴り声が響いた。それが伊東のものと分かった二人は、顔を見合わせて笑った。


近藤と伊東が時局論議を交わした後、特段の変化もなく日々が過ぎた。

「意外でした。俺はてっきり何か動きがあるかと思っていたんですよ」

巡察の後、土方の居室に寄った総司は、戸を閉めるなりそう言った。

「あっという間に年の瀬だ。最後まで意見は合わなかったようだけど、妥協点を見つけたのかな。あるいは、見つけられなかったからこそ、じっくり機を窺っているんでしょうか」

無視されても懲りずに続けると、土方はやっと振り返って仏頂面を見せた。

「お前はこれから非番だろ。ここでゆっくり考えていけばいい」

「何です、いつもはさっさと出ていけと言うくせに。それに、俺には予定が――」

「妙に忙しそうじゃねえか。俺あそっちの方が気になるが」

立てた肘の手に顎を乗せながら、土方はニヤリとして言った。

「……年の瀬ですからね、色々と忙しいんです」

「お前が非番の日に出かけるようになったのは、夏くらいからだろう」

(嫌な男だな)

舌打ちを無理に抑えつつ、総司はそそくさと土方の部屋を退出した。廊下をずんずんと歩きながら、両手で顔を撫でる。少し火照っているようだ。これでは、勘の鋭い土方でなくても、分かってしまうだろう。井戸で水を汲んで顔を冷やした後、総司は屯所を出た。

四半刻後、室町通五条についた総司は、ある長屋の前でふうっと息を吐いた。

「お志乃さん、沖田です。お邪魔してもよろしいでしょうか」

「どうぞお入りください」

その返事以外聞いたことなどないのに、なぜかここに来ると臆病になる。手を伸ばせずにいると、戸が開いた。呆れたような半目でじっと総司を見上げた志乃は、身を横に避けて中に誘った。前掛けと襷を外した志乃に、総司は「今日は終わりですか」と訊ねた。

「この後、誰かが訪ねてくるようなら診ますが、往診は終わりました」

「お疲れさまです。俺は非番になりました。その代わり、明日は早いんです。俺は朝早くともへっちゃらなんですが、俺の隊で非常に朝が苦手な男がいまして」

「蟻通さん。腕が立つのにやる気がない人ですね」

総司はぱっと顔を明るくして頷いた。志乃は他人に興味がなさそうに見えて、文に書いた些細なことでもちゃんと覚えていてくれる。

「あの人は欲もないんです。もっと欲を出せば、すぐに伍長くらいにはなれるんですよ。でも、なりたくないのかな。上に立つことを面倒くさいと思うような人ですから」

「欲がない人の方が私は好きです」

固まった総司を見て、志乃は不思議そうに首を傾げた。総司も「欲がない」とよく言われるが、剣術には並々ならぬ執着と欲を持つ。それを捨てろと言われても無理だろう。

「沖田さん」

かけられた声に我に返ると、志乃はじっと総司を見上げていた。まっすぐな瞳にどぎまぎしていると、志乃は困ったような声を出した。

「今日もそうしてそこにずっと立っていらっしゃるおつもりですか」

総司は頭を掻き、苦笑した。谷の一件以来、志乃の許には何度も通っているが、土間までしか足を踏み入れたことがない。志乃は毎度律儀に「上がってください」と言ってくれるが、どうにも腰が引けてしまい、結局帰るまで土間に立ち尽くしたままだった。

「……俺は壮健そのものでしょう？　お医者さまの家に上がることに慣れていないんです」

「沖田さんが立っている場所も、私の家の中だと思いますが」

「土間ですから。ここは大丈夫」

そう言うと、志乃は口に手を当て忍び笑いを漏らした。そんな志乃を見て、総司は胸が苦しくなった。

総司がこれまで接した女たちは皆、親切で優しかった。それは、総司に好意を持ってくれていたか、その方が都合がよかったのだろう。優しくされて悪い気がする者などいない。それは、相手が男であろうと女であろうと同じはずだ。だから、総司はなるべく他人に親切で優しくあろうと考えたが、志乃はまるでそんな気などないようだった。

――私と夫婦になっていただきます。

はじめて会った時からして、そんな無理難題をぶつけてきた。文の中でもそうだ。突然志乃の許を訪ねた日、どうしてあんな真似をしたのか総司は訊ねた。

――ちょっと困らせて差し上げようと思ったんです。

志乃は悪びれず答えた。腹が立たなかったといえば嘘になるが、それよりも残念に思った。それを、総司は不思議に思った。

「そういえば、志乃さんはおいくつなんですか」

総司の問いに、志乃は目を見張った。出会って随分経っているのに、今さら聞かれて驚いたのだろう。志乃の答えは、総司が予想しているよりもいくばくか上だった。

「数えで二十八——もう少しで二十九です。年増で驚きましたか」

「いいえ、そんな……俺は年上の方が好きです」

「あら……」ときょとんとして呟いた志乃に、総司は慌てて言った。

「年下か年上かと言われたらの話です」

志乃に限った話ではないと必死に言い訳すると、志乃は苦笑しながら首を横に振った。

「大丈夫、自惚れたりしません。沖田さんにはもっといい方がお似合いですもの」

「お志乃さんはいい方ですよ」

むきになって言い返す総司に、志乃は目を瞬いた。

「……思い違いをされているんじゃないかしら」

「いいえ」

「どうしてそうお思いになるんでしょう。私は……」

思いつめたような表情をして口ごもった志乃を見て、総司はますます胸が苦しくなった。

「俺はお志乃さんをお慕いしています」

驚いたのは、その言葉を口にした総司自身だった。

(そうか……俺はお志乃さんを好いていたのか)

とうに芽生えていたであろう気持ちを、総司は今はじめて自覚した。間を空けず通い詰めていたくせに、なぜそのような真似をするのか分からなかった。女に好かれたことも、抱いたこともあったが、恋をしたことはない。だから、これが恋なのか判別できなかった。だが、よく考えずとも、理由はそれしかない。

（とんだ愚か者だ）

度が過ぎた己の鈍さに羞恥がこみ上げてきた総司は、赤く染まった顔を隠すように俯いた。きっと志乃も呆れているのだろう。がさがさと物音がするも、志乃は何も言わない。

やがて、外から駆けてくる足音が響いた。

「先生、来てもらえまへんやろか。坊がまたえらい咳込んで、ぎょうさん血を……」

戸の向こうで焦ったような声がした。

（胸が悪いんだろうか……可哀想に）

総司はさらに頭を下げ、踵を返しかけたが——。

「沖田さん」

畳の間（ま）から降りながら言った志乃は、総司に文を押しつけた。総司は苦笑して受け取った。いつの間にか続いていた文のやり取りはこれで終わるのだろう。

「先生、坊を……坊を助けて……！」

戸を引いた途端、泣きながら長屋の中に入ってきた女を気にしつつ、総司は外に出た。文を握りしめたまま、ゆっくり歩く。これまで交わした何気ないやり取りが脳裏に蘇った。想いを告げたことに悔いはない。だが——。

（もう少しだけ共にいたかったな……）

総司は溜息を吐きながら、近くの神社に入った。閑散とした境内を進むと、社（やしろ）の前で猫が居眠りをしていた。そっと近づき、横に座る。逃げるかと思ったが、ちらりと薄目を開けただけで微動だにしない。思わず微笑んだ総司は、そっと文を開いた。

書かれている文言を何度も読み返した総司は、ざっと音を立てて立ち上がった。迷惑そうな声で鳴く猫に謝りつつ、急ぎ社の外に出て、先ほど歩いた道を今度は駆けた。

志乃が長屋に帰ったのは、総司がそこに戻って半刻ほど経った頃だった。赤く染まった陽を背に歩いてきた志乃は、前掛けを朱に染めていた。先ほど訪ねてきた女人の子どもが吐いた血なのだろうか。曇った表情が、総司を認めてわずかに和らいだ。

長屋の前で並び立った時、総司はぽつりと問うた。

「……上がってもいいですか」

目を見張った志乃は、どうぞと微笑んで答えた。


総司がはじめての恋を知った頃——孝明帝が崩御(ほうぎょ)した。家茂死去後、崩れつつあった朝廷と幕府と諸藩の均衡を何とか維持できたのは、幕府に同情的だった帝がいたからだ。これから討幕派の者たちの勢いが加速していくであろうことは、火を見るよりも明らかだった。八月十八日の政変、池田屋事変、禁門(きんもん)の変、長州征伐——数々の屈辱を晴らすために幕府を攻め立てるはずだ。彼らには失うものがないが、取り戻したいものは数多くある。

慶応三年一月——新年を迎えた新選組屯所は、正月の目出度さとは裏腹のどんよりとした空気に包まれていた。それは、孝明帝崩御のせいばかりではなかった。

「……まだ帰って来ないのか」

押し殺した声で井上が問う。縁側で足を抱えて座る総司は、境内に顔を向けたまま頷く。門から数名の隊士が入ってきた。島原に様子を見に行った者たちが帰隊したのだろう。そこには永倉たちの姿はなかった。

昨日から、伊東、永倉、原田、斎藤の四名が島原の角屋で居続けしている。隊務ではなく、無断外泊だ。七つを過ぎたが、今日も帰る様子がない。

「一体何を考えていやがる……左之助や新八だけならまだしも、伊東さんや斎藤がいるというのに——まさか、誰かに襲われたということはねえか」

「それはないでしょう。迎えに行った彼らを見てください。てんで慌てていないもの。何かあったのなら、応援を呼びに駆け戻ってくるでしょう」

「そりゃあそうだが……がっくり肩を落としているように見えるぞ」

「連れ戻せなかったんですよ。局長や副長のお怒りに触れるのが怖いんでしょう」

何だそりゃあ、と顔を顰めてぶつぶつ述べた井上は、縁側を下りて、帰隊した者たちに近づいていった。総司は抱えた足に顎を乗せて、ふうと息を吐いた。井上の言の通り、今回の件が永倉と原田だけならまだ得心がいった。数年前、彼らは近藤批判を表明した。今回も同じ理由から起きたのだろうか。だが、そこに伊東と斎藤がいるのは解せなかった。

伊東の取り巻き以外で彼と距離が近いのは藤堂だ。その藤堂は、今回の一件に加わっていない。そもそも、伊東が支持者の一人も連れずに、さほど仲がよくない永倉たちと共に遊郭へ繰りだしたのも謎だ。伊東は議論好きなので、意外と弁の立つ永倉を誘ったのだろうか。しかし、原田はそうしたことに無縁の男である。斎藤に至っては非常に無口だ。酒が入れば多弁になるということもない。斎藤は数年前の近藤批判時にも永倉たちに同調したが、総司はそれも奇妙に思っていた。斎藤は誰とも群れぬ男だ。試衛館時代の面々とは親しいが、他に比べればという程度である。

(命を懸けてまで同調するとは思えない……どうも裏がありそうだ)

結局、伊東たちは翌日になっても帰ってこなかった。昼過ぎ、巡察を終えて屯所に戻った総司は、近藤に呼ばれ部屋に向かった。

「迎えに行ってやってくれ」

近藤の頼みを、総司は二つ返事で頷いた。近藤の自室を出て廊下を歩いていると、不機嫌な顔をした男が前からやってきた。秀麗な顔が歪み、凄みが増している。

「……もしかして、振られたのかな」

「無駄口叩いてねえで、お前えもさっさと行ってこい」

すれ違いざま背を叩かれた総司は、「痛い」とぼやきつつ、にやっとした。

西本願寺を出た総司は、供の一人もつけず島原に向かった。昨日の隊士たちに続き、土方、総司と続けて迎えにこさせるなど、伊東たちもなかなか度胸が据わっている。

角屋に着くと、すでに話が通っていたのか、すんなりと伊東たちのいる間に案内された。

「おお、沖田くんだ。よく来てくれたね、さあどうぞ」

そう言って座布団を差しだしたのは、目元と頬を朱に染めた伊東だった。一目見て酔っているのが分かったが、それは伊東以外の面々も同様だ。

「土方の次は沖田だ。ほら、見ろ。俺の読みは当たった」

常よりもさらに垂れた目をした永倉が、原田に手を差しだして笑った。

「……やい、沖田。お前のせいで負けたんだ。お前も払え」

永倉に財布を投げた原田が、総司を睨みつつ文句を述べた。また他人を勝手に賭けの対象にしたらしい。溜息を吐いた総司は、伊東が勧めた座布団の上に座した。

「早く帰りましょうよ。近藤さんたちが待ってる」

「その近藤さんは迎えにこないのか」

永倉は楽しげな声音を出したが、目は笑っていない。

「あの人が大将だ。火急の時に下を動かすばかりで己が動かぬのはどうかと思わないか？」

「つまり、土方さんや俺では役立たずというわけですか――舐められたものだな」

「……総司」

永倉は真面目な顔をして、珍しく総司の名を呼んだ。ごくりと唾を呑み込んだのは原田だろう。横たわっていた斎藤は半身を起こし、なりゆきを見守るような素振りを見せた。

「そういう問題ではないよ、沖田くん」

「それなら、どういった問題がおありなんでしょう」

割って入った伊東に、総司は冷え冷えとした声音で問うた。その場に満ちた緊張感を無視して、伊東は呑気に酒を勧めながら言う。

「沖田くんはこの一件が問題だと思っている。だが、近藤さんはどうだろう」

「そう思っているから、副長や俺を迎えにいかせたのだと思いますが」

「深刻に考えているなら、彼が真っ先に来たはず。だが、こうして二日経っても来ない。こちらの想いを承知の上で応える気がないんだよ。私はそれこそが問題だと思っている」

そう述べた伊東は、盃を手にさえしない総司を見て、残念そうに溜息を吐いた。

「はじめからお二人で話をすればいいではありませんか。なぜ永倉たちを巻き込むんです」

「俺たちも局長と腹を割って話したかったんだよ。そこにいる伊東さんも交えてな」

今度は永倉が割って入った。浮かべた笑みには苛立ちが滲んでいる。ざっくばらんに見える永倉だが、自尊心が高く同志意識も強い。好き勝手に振る舞いつつも、常に場を取りまとめることに苦心している。そんな己が議論の外にいることが許せないのだろう。近藤と伊東――隊にある二派の頭と腹を割って話さなければ、面目が立たぬのかもしれぬ。

永倉を気遣わしげに見つめる原田は、友を心配してついてきたのだろう。原田は粗野で短気なところが目立つが、実は井上といい勝負なほど情に厚い。原田は永倉のように、近藤たちと議論を交わしたいという欲求はないと思ってよさそうだ。

総司は、胡坐を掻いている斎藤に視線を向けた。ほぼ無に近い表情からは何も読み取ることができない。斎藤は誰に対しても距離がある。情がないわけではないが、厚くはない。永倉や原田が暴走しないように自ら見張りにきたとは思えなかった。

誰かに頼まれたのだろうか。近藤か、はたまた――。

「土方さんか」

ぽつりと言うと、斎藤の眉がわずかに動いた。

「何だよ、また来たのか？」

そう言って立ち上がった原田が窓から下を覗いた。視線を逸らした斎藤を見て、己の推量が正しいことに気づいた総司は、おもむろに立ち上がった。そのまま暇（いとま）を告げようとしたところ、伊東に手首を掴まれた。

「今日を逃したら、きみと酒を呑む機会はなさそうだ。一献（いっこん）くらいは付き合ってもらおう」

「お望みなら、いつだって付き合いますよ」

「言ったな。では、さっそく」

おどけた顔をして言う伊東に、総司は苦笑して従った。一献と言いつつ、数杯呑まされた総司は、その後大した話もせず結局一人で屯所に帰った。

報告のために近藤の許に向かう途中、廊下の角を曲がった瞬間、大石が現れた。酒を呑んだのが分かったのだろう。大石は鼻に皺を寄せながら、お疲れさまですと低い声音で述べた。あまりにも不承不承といった言い方に、総司は思わずふきだした。

「何か……」

「いいえ、何でも」

総司は真面目な顔を作って、軽く手を振った。そのまま前進したが、視線がずっと追ってくる。不思議に思い振り返ると、案の定大石はこちらをじっと見つめていた。

「手合せを願えませんか」

「……永倉さんたちが無事に帰ってきた後なら、喜んで」

「それなら——結構です」

頭を下げた大石は、足早に去った。今度は総司がその背を見送ることになったが、大石は一度も振り返らなかった。

近藤への報告を終えた総司は、労いの言葉をもらってすぐ、土方の部屋を訪ねた。

「斎藤が可哀想だなあ。つまらなそうでしたよ。俺も入れてくれたらよかったのに……斬るしか能がないと思っているでしょう?」

「嫌な餓鬼だな」

顔を歪めて述べた土方を見て、総司は（いじめすぎたか）と内心舌を出した。総司が斬るしか能がないのはまことだが、それを土方は認めたくないらしい。近藤や井上も同じなのだろう。総司に無垢な子どもの役割を押しつけることで、心の安寧を築いているのだ。

「……確かに嫌な餓鬼かもしれません」

「珍しく殊勝じゃねぇか」

探るような目をして述べた土方に、総司は近藤に伝えた内容を告げた。土方は顔を顰めたものの、想像したほどの怒りは見せなかった。

「また説得に行ってもいいんですが、俺も土方さんも力不足のようですからね」

「放っておけ。三日もいりゃあ、満足して帰ってくるだろ」

頷いた総司は、土方の部屋を辞去した。斬首や切腹の予定なら、近藤も土方もあれほど落ち着いてはいないだろう。安堵した反面、もやもやとした嫌な気持ちも湧いた。これまで隊規違反で処罰された者たちの中には、はっきりと罪が分からぬ者もいた。彼らが本当に隊規を犯したのか——それを知る者はいない。

（……こういう時に夢でも見られたらいいのに）

死んだ者の気持ちなど分かるわけがないが、訊けるものなら訊きたかった。


その日遅く、伊東たちは帰隊した。四名には、謹慎処分が下されることとなった。最悪の事態は免れたが、この先どうなるのか、心配する隊士たちは多かった。だが、それは杞憂で終わった。伊東たちは幹部だ。それぞれが参謀、組頭から降格となれば、隊を揺るがす事件として印象付けられてしまう。おそらく、それは避けたかったのだろう。四名の処遇は謹慎のみ——否、謹慎らしい謹慎も行なわれぬまま時が過ぎた。

そして、伊東は九州へ旅立った。長州視察の時との違いは、近藤が隊に残った点だ。

「法度を犯した参謀が何の処分も受けぬまま股旅か。死の法度でも幹部には勝てぬのだな」

「滅多なことを言うな。俺たちのような下っ端は陰口を叩いただけで腹を切らされるぞ」

「冗談だと笑い飛ばせぬところが辛いな」

隊士たちの嘲笑交じりの噂話を耳にした総司は、ふっと息を吐いた。

（芹沢さんや山南さんのことを忘れてしまったのかな）

そもそも、知らぬのかもしれぬ。芹沢が死んだのは三年以上前だ。山南の死は約二年前だが、それ以降に入隊した者は噂話程度しか聞いたことがないのだろう。

厳格だった法度に特例ができた——それは事実だろう。近藤と伊東たちの間に何らかの話し合いがもたれたと考える方が自然だ。永倉が欲した答えを、近藤が述べたのだろうか？　しかし、それで満足するのは永倉たちだけだ。伊東の思惑は違うところにあるはずだ。伊東は近藤を慕って上洛したわけではない。己の信念に基づき、近藤に乞われて来た。

近藤は伊東に何と言ったのだろうか。大事な約束を交わしたとしたら——。

境内の大木の枝に座す総司は、隊士たちが去るのを静かに待った。ようやく人気がなくなった頃、ひょいっと飛び降りた。本日の隊務はすべて終えた。夕餉までまだ時間がある。

「よし——」

顔を両手で挟むようにして叩き、腕を振って歩きだす。心の臓が早鐘を打ちはじめたことに気づき、苦笑した。捕り物の時にもこれほど緊張はしない。刀を振るのは得手だが、それよりずっと簡単なはずのことが不得手だった。それでも、足を止めることはなかった。

四半刻後、総司は愛しい女の家にたどり着いた。

「お志乃さん」

長屋の前で声をかけると、間もなく戸が開いた。「どうぞ」と白い手に誘われ、素直に従った。長屋の中に漂う薬種(やくしゅ)の匂いにもすっかり慣れた。くすぐったさを覚えて頬を掻くと、すでに畳に上がった志乃が口元に手を当てて笑って言った。

「いつまで経っても自分から上がってくれない」

「ああ……ごめん」

慌てた総司は下駄を脱ぎ、志乃の近くに行った。

「今日は春らしい一日でしたね。昨日は寒かったのに、日差しが痛いくらいに眩(まぶ)しくて。巡察から戻って、境内で素振りをしていたんですが、汗が出てしようがなかった。そういえば、さっき久しぶりに子犬に会ったんです。いや、もう子犬じゃないか……文にも何度も書いた亥之助という隊士なのですが、俺の後をよくついて回ってね。でも、勘定方になってからというもの、ほとんど顔も合わさなくなってしまってちょっと寂しいんです」

笑って言うと、志乃は眉尻を下げて頷いた。

「……沖田さん」

小さな声で呼んだ志乃は、総司の手に手を重ねた。向けられた熱っぽい眼差しに、総司はぐっと口を噤んだ。想いが通じ合った日もこうして志乃から手を伸ばしてくれた。総司から触れたことは一度もない。

(どうしてだろう……)

志乃は笑みを見せてくれるようになった。だが、口数は減り、こうして泣きそうな顔をするようになった。幸不幸が入り混じった表情を見るたび、総司はどうしたらいいのか分からなくなった。分からぬまま、志乃の手を握り返し、そっと肩を抱き寄せた。

「志乃さん……あんたは——」

問いかけは、志乃の口の中に吸い込まれた。互いの肌を知ってからも、総司は志乃のことをよく知らぬままだった。

西本願寺の桜が散りかけた頃、伊東が帰京した。

「伊東先生、よくぞご無事で……!」

隊士たちの手厚い歓迎を受けた伊東は、二度目の長州出張帰りの時と同じく上機嫌だった。いい収穫があったのだろうと思った総司は、数日後土方から思わぬ話を聞かされる。

「分隊……? それを許したんですか」

総司は低い声音で問うた。対面で胡坐を掻く土方は、腕組みをしながら頷く。

「じゃあ、隊規違反で処断だ」

「それができたら苦労はねえ」

眉を顰めた土方は、伊東が述べた弁を淡々と語った。

別動隊を作ってはどうか——伊東がその話をはじめて口にしたのは、近藤と二度目の長州入りをしている時だった。近藤の答えは「否」だった。しかし、伊東は食い下がった。

——隊を二分するというわけではありません。居住と行動を別にするだけです。隊の意志はこれまでと変わらぬまま——そうでなければ、分隊する意味がない。

そんなことをせずとも、これまで通り共にやっていけばいいと近藤は答えた。しかし、伊東は首を横に振った。

——二度敵地に踏み込み、近藤さんもよく分かったでしょう。敵は手強い。戦力も人材も何もかも優っている。このままでは、幕府は一年と持たぬかもしれない。

そう明言した伊東に、近藤は思わず摑みかかったが――。

――幕府を存続させるために、私たちは尽力せねばならない。市中の警備だけで満足するなど、真っ平御免だ。近藤さんもそうお思いでしょう？　だから、別動隊を作るんです。私たちは、これから倒幕を目指す者たちと交わりを持つ。しかし、裏切り行為ではない。その時に得たものは、必ず我らが隊に還元するからです。

どこまでもまっすぐな瞳に、近藤は何も返せなかったという。

「伊東さんはやはり才子ですね。若先生のつぼを心得ている」

話を聞いた総司は、素直に感心の言葉を述べた。

「分かりやすいつぼだ。あれならお前も押せるだろう」

「まるで若先生と俺が馬鹿みたいな言い方をするんだものなあ」

むすっと唇を尖らせた総司は、どうするんですと問うた。

「どうもこうもねえ。すべては伊東の言う通りだ」

「……どうして伊東さんばかり優遇されるんです。局長直々に誘ったという経緯があるからですか？　でも、誘いに乗ったのは伊東さんだ。あの人が自ら選んだことなのだから、恩義を覚える必要などないじゃあありませんか」

そう言うと、土方は唇を歪めて笑った。

「お前は近藤が義理だけで動くような男だと思っているのか」

総司は黙って首を振った。いくら人がいいとはいえ、近藤は新選組局長だ。義理だけで動くはずがない。そう見えたとしても、必ず裏がある。今度の裏は何なのだろうか。伊東が別動隊を作り、隊を離れて活動する——そんな勝手な振る舞いを許し、近藤や新選組が何か得をするのだろうか。

「……泳がせて真意を探る」

ぽつりと述べると、土方は片眉を持ち上げた。頷かなかったが、間違っているとも言わなかった。伊東たちを泳がせ、真意を摑む。その真意が隊の意志と反するものならば——。

「伊東さんたちはいつ出ていくんですか。何人参加するんです」

「数日内にはとのことだ。今のところ参加者は、伊東を入れて十三名だ」

「その中にいるんですか」

名を言わずとも、伝わったのだろう。眉を顰め頷く土方を見て、総司は嘆息した。

伊東が作った別動隊は、御陵衛士(ごりょうえじ)という名がついた。その名の通り、孝明帝の御陵を守るという意味だ。尊王の志が篤い彼らにぴったりなのだろうが、

——でもよお……この名から新選組を連想する者はいねえんじゃねえか?

という井上の呟きには、総司も苦笑するしかなかった。

伊東たちが隊を出る日、屯所前に隊士たちが集った。御陵衛士として出ていく者と、新選組に残る者——後者の方が大勢だが、屯所にいながら見送りに出てこぬ者もいた。土方や大石がその筆頭だ。近藤の姿もなかったが、彼は隊務で外出中だった。

伊東が帰隊した頃に散りかけていた桜は、もう跡形もなく姿を消した。青々とした木々を見上げながら、総司は荷の確認をする藤堂に近づいていった。

「いい名だね」

藤堂は驚きつつも、破顔して頷く。

「俺も気に入ってる」

「新選組の次にいい名だ」

「御陵衛士の方が、字面も語感も美しいだろう」

「新選組の方が強そうだよ」

「お前はとことん強いものが好きだな。単純な奴だ」

からからとした笑い声を上げた藤堂は、総司の背後をじっと見据えた。

「まあ……これでお別れだ」

藤堂の呟きに、総司は表情を引き締めた。分隊に伴い、新選組と御陵衛士との間でいくつかの約定ができた。そのうちの一つに、互いの隊に近づかぬことという条項があった。

――御陵衛士は新選組の別動隊だ。なぜ同志に近づいちゃならないんだ！

顔を真っ赤にして怒った原田に、隊士のほとんどは同意したことだろう。だが、そうした取り決めがなければ、今後どのような綻（ほころ）びが出てくるか分からない。表面上は円満な分隊であるが、実際は疑惑だらけの離隊だ。伊東が「別動隊」と強調しなければ、分隊はかなわなかった。その伊東の真意を知る者はいない。先を見通す力に長けた土方も、摑み切れてはいないようだった。

伊東たちを泳がせた先に何が待っているのか――。

遠い目をする藤堂の肩を叩き、総司は耳打ちした。

「こっそり遊びに来ればいい。藤堂は小柄だから、俺の背に隠して連れてきてあげるよ」

「この」と怒って拳を振り上げた藤堂から逃げた総司は、こんな日でも一人離れた場所に佇んでいる斎藤の許に向かった。

「仰々しい名だね」

「藤堂にはいい名だと言っていたようだが」

「だから、新選組の次にいい名だと思ってる。その間には大きな差があるけれどね」

「あんたはその性格の悪さをどうにかした方がいいな」

「俺にそんな注意ができるのはあんたくらいだ。だから、出ていかないでよ」

総司の言に斎藤は目を細めた。これも藤堂には言わなかった本音だと気づいたのだろう。

「あんたは俺よりでかいからね。俺の背に隠して連れてこられない」

「ここに戻る時は、誰の背にも隠れず堂々と来るさ」

それは協定違反だと諭す間もなく、斎藤は小さな荷を背負い、歩きだした。

（……また頼まれたの？）

大きな背中に問うたが、返事は勿論なかった。藤堂や伊東たちも旅立ち、残った隊士たちは徐々に屯所の中に戻りはじめた。お前えもさっさと中に入れ、と声をかけられたが、総司はしばしそこに立ち尽くした。本堂の方には、僧侶や参拝客がいる。だが、なぜか境内に立っているのが己ただ一人のような心地がした。

別れはいつでもさみしいものだ。だが、今は別離よりも、己が頼りにされないことにさみしさを覚えた。斎藤の代わりを務めたかったわけではない。ただ、必要とされたかった。大きく息を吸い込むと、胸の中が草木の青い匂いで満たされた。それがまたさみしさを誘った。

ここに来るのは、何度目になるだろうか。両手のひらでは足りないだろう。声をかけるとすぐに「どうぞ」と返事をしてくれる。それなのに、総司はここに立つたび、否定の言葉が返ってくるのではないかとはらはらした。

「……お志乃さん」

戸の向こうに届くように、総司は意を決して呼びかけた。

「夜分に突然すみません。どうしても顔が見たくなってしまって……」

心の中の靄(もや)を晴らしてくれるのは、たった一人しか浮かばなかった。明日が非番だと気づいた瞬間、外泊届を出し、逃げるように屯所を後にした。分隊の件もあり、志乃とは半月以上会っていない。それまで足繁く通っていたので、随分と久しい心地がした。それで拗ねる女ではないと思いつつ、総司は戸に顔を近づけて呼びかけた。

「志乃さん、もしや怒っています……?」

応じる声は聞こえなかったが、不在ではない。中から咳払いが聞こえた。

「……風邪ですか」

痰(たん)がからまったのか、咳はなかなか止まらなかった。

「大丈夫ですか。誰か呼んできましょうか?」

焦っているのか、がたりと大きな物音が聞こえた。まるで人が倒れたような音だ。

「——入りますよ」

声をかけると同時に、総司は勢いよく戸を引いた。

「……え」

土間に一歩足を踏みだした体勢で、総司は固まった。心の臓を一突きされたかのような衝撃に襲われたが、そこに刀や槍を構えた刺客など一人もいない。いるのは、志乃と、彼女を胸に抱き込んでいる男の二人だけだ。

動きを止めたかと思った心の臓が、忙しく動き始めた。どくどくと脈打つ音が耳に響く。いつの間にか咳の音は止まっていた。抱き込まれた志乃の顔は見えなかった。別人なのでは——そんな馬鹿な考えは、女の髪に挿さった見覚えのある櫛の存在に気づいた時に失くした。それは以前総司が志乃にやったものだった。

「どうして……あんたが——」

「沖田さん……」

総司の問いに返事したのは、志乃を胸に抱き、顔を蒼白に染めた男——亥之助だった。

伊東たちの離隊から数日後、総司は土方に呼び出された。

「石井亥之助から除隊の申し出があった」

総司が部屋に入るなり、土方はそう切りだした。初耳だったが、総司は驚かなかった。あの時、固まった男二人の呪縛を解いたのは、亥之助の胸に抱かれていた志乃だった。

——私は前からこの人と共に生きていたんです……ごめんなさい、沖田さん——。

ここで亥之助に詫びたなら、総司は志乃の裏切りを許し、共に生きていこうと思った。だが、志乃は亥之助を選んだ。伸ばされなかった手を取ることはできない。

総司は亥之助をまじまじと眺めた。人間の顔色とは思えぬほど蒼白だが、いつの間にか背は伸び、身体つきもしっかりしていた。出会った頃の少年はもうどこにもいない。

——分かった……さようなら。

総司はそれだけ言うと、さっと身を翻し長屋の外に出た。沖田さん、と引きとめる声が聞こえたが、それは亥之助のものだけだった。

――俺は病に罹っちまったんだ。

当時は井上の言葉が理解できなかった。そんなことで苦しむくらいなら、その情熱をすべて剣術に向けた方がいいと思った。恋は一人ではできない。実らずに終わることもある。叶うかどうか分からずに悩みつづけるなど、無益だと信じて疑わなかった。

(俺は馬鹿だった……)

一時でもそれが素晴らしいと思ってしまった。不向きなことなどすべきではなかったのだ。己の分から外れた行動を取ったがために、しっぺ返しを食らった。

「……亥之助は今どこに」

「もう出ていった」

思わぬ返答に、総司は息を呑んだ。

「除隊願いを受け取ってくれなければ、この場で腹を切ると脅された」

「そんな脅しに乗ってあげるようなたまではないくせに……」

舌打ちを漏らした総司は、畳を蹴って立ち上がった。

「芹沢の件は口外しない、と言いやがった」

足を止めた総司はくすりとした。真っ青な顔をしていたが、亥之助のしたたかさは健在だ。

「真実を記した文をある人物に渡してある――そう言われたんでしょう?」

振り返って述べた総司に、土方は苦々しい顔で頷く。総司が同じように脅されていたことに確信を得たのだろう。「なぜ言わなかった」という呟きを耳で拾いつつ、部屋を出た。

恩を返したい――亥之助は総司にそう言いつづけた。その気持ちが嘘だったとは思えない。しかし、まことの心から総司を慕ってくれたなら、なぜ裏切るような真似をしたのだろうか。志乃と総司の関係を知らなかったわけではあるまい。もしそうなら、志乃の長屋で鉢合わせた時、亥之助は志乃を問い詰めるか、総司にぶつかってきたはずだ。名の通り、猪突猛進な男だ。

(犬ではなく猪だったか)

苦笑した総司は、屯所を出て、黙々と歩を進めた。通い慣れた近道だが、二度と使う気はなかった。これが最後になるだろう。

四半刻後、志乃の長屋の前に立った総司は、拳を握りしめて息を吸い込んだ。

「……亥之助、そこにいるんだろう？　あんたはよく尽くしてくれた。これからは土方さんの力になって欲しい。今度こそ監察になりなさいよ。俺が推挙する。……少しでもその気があるなら、考えてみてください」

恋敵に手を差し伸べるなど、馬鹿のすることだ。だが、総司は亥之助を憎み切れなかった。亥之助はいくどとなく総司を助けてくれた。恩返しだと言われたが、与えた以上のものをもらった。何一つ返せていないのは総司の方だ。

「あんたの働きを皆買っているんだ。だから、頼みます」

私情を捨て、新選組隊士として述べたが、応えはなかった。やがて、隣の長屋の住人が顔を覗かせた。中年の女は、探るような目で総司を上から下までじろりと一瞥した。

「お志乃先生なら今朝早くご転居しはりましたよ」

それだけ言って戸を閉めようとした女に、総司は慌てて問うた。

「どちらに行かれたかご存知ですか。お一人ですか、それとも――」

「さあ……けど、たまに訪ねてきはった男に手え引かれて出てきはりました」

女はそう答えると、さっさと長屋の中に入り、戸をぴしゃりと閉めた。

それから、瞬く間に半月が過ぎた。慶応三年四月——巡察から戻った総司は、引継ぎを終え、道場に向かった。そこにいた数名の隊士は、総司を認めるなり青褪めた。

「使ってもいいかな」

「勿論です。どうぞ——」

隊士たちは答えるなり、整然と並んだ。稽古がはじまると思ったのだろう。総司は一人だけ素振りを続ける男に近づき、相手の木刀が鼻を掠る際で足を止めた。

「手合せを願えませんか」

総司の言にざわめきが起きた。まだ諦めていなかったのかという呟きを拾い、総司は苦笑した。大石はそんな総司を昏い目で見つめ、こくりと頷いた。

「お受けします」

ざわめきがさらに大きくなった。ここにいていいのだろうか、という戸惑いのささやきに、総司はちらりと後ろを振り返った。

「いてもいいですよ。でも、なるべく息をしないで欲しいなあ」

総司の言を聞いた隊士たちは、ますます青褪めて道場を後にした。悪いことをしたと頭を掻いた総司は、道場の隅に大刀と脇差を置き、代わりに木刀を握って大石の前に立った。

互いに一礼し、総司は青眼、大石は下段に構えた。

「——やあーっ」

甲高い声を上げ、総司は大きく振りかぶった。その攻撃を木刀で力任せに撥ね退けた大石は、突きを繰り出す。ぶんっと風を斬る音が耳元に響いた。間一髪、顔を右に逸らした総司は、がら空きになった大石の胴を払おうとしたが――。

舌打ちを漏らし、素早く身を引いた。隙ができたと見せかけて、大石は総司を蹴り飛ばそうと足を振り上げた。蛇のように長い手足は、柔軟で俊敏だ。力も総司を上回る。

総司は身を屈め、大石の懐に飛び込んだ。胸を狙った突きは、大石の刀に払われた。瞬時に腕を引き、総司はまた突きを繰り出す。あとちょっとで肩に届くという時に弾き返され、今度は総司の前身に隙ができた。その瞬間を見逃さず、大石はぐっと踏み込んだ。

脳天から股まで一直線に斬られる――総司の脳裏にそんな画が浮かんだ時、大石の身が勢いよく後ろに飛んだ。大石の腹を抉るように、総司の突きが決まった。

「ぐっ、げほっ……」

壁に背をぶつけ、ずるずると座り込んだ大石は、腹を押さえて咳込んだ。足元に落ちた大石の木刀を拾った総司は、ゆっくりと大石の許に近づいていった。

「……鬼め」

落とした木刀を差しだした総司に、大石は下を向いたまま、掠れ声で述べた。噛みしめた唇と握りしめた拳が、震えている。まるで、心の底から悔しがっているような様子に、総司は首を傾げた。芹沢なら、木刀を奪い、総司が口を開く前に仕掛けるはずだ。

やがて、大石は立てた膝に顔を埋め、押し殺した嗚咽を漏らした。

「……なぜ泣くんです。まだ勝負はついてないのに……」

途方に暮れた声を発した総司に、大石は「畜生」と呟き、道場の床を力いっぱい叩いた。

大石を残し、総司は道場の外に出た。大石はなぜ泣いたのだろうか。悔しげな様子だったが、あれはまことの心から出たものなのだろうか。それほど勝負にこだわるならば、なぜなかなか引き受けてくれなかったのだろうか。

「芹沢さんなら泣くはずがない……」

呟いた総司は、ぴたりと足を止めた。無意識のうちに壬生まで歩いてきたらしい。西本願寺では大砲などの調練が禁じられているため、新選組隊士は今でも壬生寺に行く。総司が調練以外でここに来たのは久方ぶりだ。よく遊んでやった子どもたちとも随分と顔を合わせていない。せっかくだから寄ってみるかと足を前に踏み出しかけた総司は、さっと木陰に隠れた。墓所の方からこちらに向かって歩く男を見て、息を吞んだ。

山門を潜り、道に出た男は、総司に気づかぬまま去っていこうとした。小走りだが、ほとんど足音は立てていない。張りつめた気に覆われた男の後を、総司は追いはじめた。

(……本当に勘の良い子だ)

尾行をはじめて間もなく、総司は唸った。男が隠密行為を得手とすることは知っている。その力に、総司は何度も助けられた。監察になれと勧めたほどだ。

今さら何を訊こうと言うのだろう——総司は微苦笑した。この半月近く、総司は夢うつつのような心地で過ごした。心はあの日、志乃の長屋の中に置いてきてしまったのだと思ったが、亥之助の姿を目にした瞬間、蘇った。裏切られた怒りと哀しみ、無事を知った喜び——それ以上の困惑で頭がいっぱいだった。

目の前を通りすぎた時、亥之助の顔には、必死に涙を堪えるような表情が浮かんでいた。愛しい者と一緒になれて幸せではないのだろうか。なぜ壬生寺の墓所を訪れたのだろうか。まるで、総司が芹沢へ、藤堂が山南へと、死者と話をしに行っているように——。

――その人は俺の大事な人でした……だから、どうしても許せなかった。

憎々しげに述べた亥之助は、憎しみだけで顔を歪ませたのだろうか。総司は胸元を押さえた。早鐘を打ち始めた心の臓は、亥之助が足を止める時まで鳴りやまなかった。

四半刻後、亥之助はある家屋の中に入っていった。室町通五条の古い長屋は、総司が足繁く通ったあの長屋の、三軒隣の最奥だった。

ハハ、と乾いた笑いが漏れた。あの時顔を出して教えてくれた隣の者は、口裏を合わせたのかもしれぬ。総司はじくじくと痛む胸から手を離した。亥之助を追ってこなければ、こんなにも惨めで哀しい気持ちになることもなかった。

「――げほっげほげほっ……ガッ……！」

激しい咳、何かを吐きだした音、男の悲鳴――背筋に悪寒が走った。踵を返しかけていた総司は、何も考えずその長屋の中に駆け込んだ。

そこには、以前と似た光景が広がっていた。違うのは、亥之助が志乃の背後におり、彼女の背を必死にさすっていることだった。それに、畳に広がる朱――。

「……沖田さん……」

顔を上げた亥之助は、憔悴しきった顔で呟いた。口から血を吐きだし、肩で息をしていた志乃は、やがて目を閉じて静かになった。血の気はないが、息遣いは荒い。

ようやく我に返った総司は、低く述べた。

「医者を呼ぼう。南部(なんぶ)先生を――俺が直接呼んでくる」

「沖田さん……沖田さん……」

総司の名を繰り返し呼んだ亥之助は、志乃の血と、なぜか土に塗れた手を総司に伸ばす。

「……助けて……今度こそ、助けてください……どうか……」
父上――そう叫びながら、大粒の涙を流した。

会津藩医である南部精一は、松本良順の父・佐藤泰然の弟子で、木屋町に居を構えている。松本が新選組の屯所を視察に訪れた後、ひと月以上にも亘って屯所への往診を任された。そのことからも分かるように、松本からの信が厚く、誠実で真面目だ。今回も、症状を伝えるなり、すぐに頷いてくれた。

南部を伴い、長屋に戻ると、志乃は喪神したように寝ていた。その後、一度目を開けたものの、薬を処方されてまた眠りに就いた。穏やかな寝顔をした志乃よりも、彼女の手を握って離さぬ亥之助の方が青い顔をしていた。

「南部先生にはいくら感謝をしても足りません。助けてくださってありがとうございます」

治療後、南部を自宅まで送り届けた総司は、別れ際に何度目か分からぬ礼をした。頭を上げると、いつも穏やかな男が珍しく厳しい顔つきをしていた。

「沖田さんは、お志乃さんと親しくされていらっしゃるのですか」

迷いつつも頷くと、南部は意を決したように言った。

「沖田さんは師の大切なご友人です。はっきり言わせていただいた方がいいでしょう。お志乃さんは労咳です。病状はかなり進んでいます。あとどれほど持ちこたえられるか……」

総司はゆっくり瞬きをした。南部の言葉を理解するまで、しばしの時を要した。

――先生、来てもらえまへんやろか。坊がまたえらい咳込んで、ぎょうさん血を……。

あの女の人の子どもはどうなったのだろう――ふと、総司は思った。

「良順先生はすごい方です……先生なら、労咳も治せるのではありませんか」

「残念ですが……医者が万能であるなら、公方さまの病も完治されたはず——」

南部の答えに、総司は息を詰めた。松本が必死に将軍の治療に当たったことは総司も知っている。近藤が号泣したように、情の厚い松本も深く胸を痛めたことだろう。

人はいつか死ぬ。避けては通れぬ道だが、まだ早いと総司は唇を噛んだ。志乃は二十九——総司の三つ上なだけだ。これまで数々の命を助けてきた。それなのになぜ——。

「……あの人は俺の大事な人です。どうしても死なせたくない……どうか力を貸してください。あの人を助けてください」

お願いします、と続けた声は、掠れていた。深々と礼をした総司に、南部は問うた。

「……隊の方々はご存知なのでしょうか」

「いいえ……できれば、他言無用で——会津の方にも、松本先生にも……我儘ばかり言って申し訳ありません。無理を承知でお願いします……どうかお志乃さんを助けてください」

頭に血が上ってぼんやりしてきた頃、南部は衣擦れに紛れそうなほど小さな声で言った。

「分かりました」

総司はやにわに顔を上げた。苦渋の表情を浮かべた南部を認めて、再び首を垂れた。

梅雨の時期ではないが、連日鬱陶しい雨が続いている。目深に差した傘の下、総司は地を睨み据えながら黙々と歩く。地にできた水たまりに映った己の顔は、いつもからかう誰かのことを言えぬほど、険しいものだった。それをわざと踏み、無理やり笑みを作る。

長屋の前に立ってすぐ、いつものように戸が開いた。

「よくぞ来てくださいました」

そう言いつつ中から現れたのは、満面の笑みを浮かべた亥之助だった。腕を引かれた総司は、苦笑しながら長屋の中に入る。床に臥している志乃は、目を閉じていた。

「つい先ほどまで起きていたのですが……沖田さんが来てくださいましたよ」

志乃の肩を揺すりかけた亥之助を、総司は手で押し留めた。

「眠れる時には寝た方がいい。俺は毎日来るから、そんなに気を遣わないでください」

「……ありがとうございます」

感極まった様子で礼を述べる亥之助に、総司は苦笑いを濃くした。総司と亥之助は、志乃を巡る恋敵だった。しかし、それが全くの誤解であることを、総司はついこの間知った。

亥之助たちと再会した日、総司は再びこの長屋を訪れた。志乃は眠ったままだったが、彼女の枕元には亥之助の姿があった。これから、毎日南部に往診してもらうことになったと報告すると、亥之助は涙を湛えてこう言った。

——……謝らなければならないことがあります。俺は……俺たちは、沖田さんを騙していました。この人と俺は恋仲ではありません。お志乃さんは……俺の叔母なのです。

突然の告白に、総司は目を白黒させた。志乃と亥之助はまるで似ていない。裏切った後ろめたさを誤魔化すための嘘かもしれぬ——そう疑ったのが伝わったのだろう。ついに泣きだした亥之助は、涙と鼻水を拭いもせず語った。

——信じてもらえるわけがありませんが……まことなのです。どうかこの亥之助を信じてください……父上……。

またしても父と呼んだ亥之助に、総司は戸惑いと疑念を抱いた。だが、何も問わなかった。今は、志乃のことを考えるだけで精一杯だった。志乃が快復してくれるなら、亥之助に再び裏切られても、近藤や松本たちを裏切ることになってもいいとさえ思った。

——共に鬼になってくれ。

「……苦しいの……?」

総司は折り畳んだ膝の上で、ぎゅっと拳を握りしめた。

掠れた声音にハッと下を見た。薄目を開けた志乃が、眉尻を下げて総司を見つめていた。

「無理しては駄目ですよ……あなたはいつも我慢してばかりなんですから……」

「お志乃さん……」

志乃が伸ばした細い手に、総司はそっと触れた。「出てまいります」と小声で述べた亥之助は、土間に下りた。去っていく背中を見送った志乃は、くすりと笑いを漏らした。

「あの頑是(がんぜ)ない子があんな風に気遣えるようになったのは、沖田さんのおかげです。あの子、会うたびに沖田さんの話をするんですよ。まるで、自分の兄や父を自慢するように……父も兄弟もいないから、あなたのことをそんな風に思っているのでしょう」

「そうですか……そういえば、亥之助の父上は、あなたの兄上なのですか。それとも——」

問いかけた総司は、目を見張って固まった。笑みが消えた志乃の顔は青白く、総司をひたと見つめる目には憎悪の色が浮かんでいる。なぜそんな目で己を——動揺した総司は、そっと手を放し、視線から逃れるために俯いた。

「……義兄です。姉の婿でした」

ぽつりと聞こえてきた声音は穏やかだったが、総司は顔を上げられなかった。

「優しい人でした。姉を想い、私を実の妹のように可愛がってくれて、亥之助のことも……亥之助は、私が十一の頃に生まれたんです。昔からじっとしていない子で、ちょっと目を離した隙にすぐいなくなってしまうから、私はいつもあの子を追いかけていました」

嫁入りするまでは——志乃の口から飛びだした台詞に、総司は息を呑んだ。空咳を三つ続けた志乃は、しばらく経って続きを話した。

「相手は医者です。一回りも上だったから、夫というよりも兄のようでした。義兄と同じ歳だったので、尚更……でも、義兄とはまるで似ていない人でした。医者のくせに身体が弱くて……とても厳しかった。嫁に来た私に医術を叩き込んだんです。妻じゃなく、小者が欲しかったのね、と当時の私は拗ねた覚えがあります。でも……」

志乃が嫁に来て七年後、夫は病で倒れた。

——俺の死後、お前が路頭に迷うことがあっては困る。俺が教えた医術があれば、何とかなるだろう。お前は頭がよく、強い。俺がいなくても無事に生きろよ。では、な……。

今わの際の言葉を、志乃は今でも忘れられぬという。

「……自分は長く生きられないと昔から思っていたんですって。厳しい人だと思っていたけれど、弱い人だったのだとその時はじめて気づきました」

「弱い、でしょうか……自分よりも、あなたのことを考えていたのに……」

ぽつりと述べると、志乃は掠れた笑い声を上げて、また咽せた。

「心が諦めてしまったら、身体も諦めざるを得ません。死後の心配よりも、私と生きたいと願って欲しかった……七年も一緒にいたのに、あの人のことを何も知らなかったんです」

さみしげな言い方に、総司は胸が苦しくなった。

（俺もあんたのことを何も知らない）

そう言いそうになったが、ぐっと堪えてこう述べた。

「……俺は、自分以外は皆、他人だと思っています。慕っている姉上も、尊敬する若先生も、愛するあなたも……皆、他人だ。他人のすべてを知ることなどできません。だから、あなたは悪くないし、亡くなった旦那さんも悪くない。……俺なんて、自分のこともよく分からないことが多いんですよ。それに比べたら、お志乃さんや旦那さんは立派です」

掠れた息遣いが響き、総司はゆるりと顔を上げた。

(あ……)

総司は目を瞬いた。すっかりやつれた志乃の顔には、慈愛に満ちた笑みが浮かんでいる。震える喉から聞こえるのは息遣いのみで、声にはなっていない。だが、「優しい人」と呟いた志乃は、その言葉と表情の通り笑っているのだろう。再び伸ばされた手に、総司は恐る恐る触れた。

その手を強く握りしめながら、志乃は言った。

「誰よりも優しいのに、何の躊躇いもなく人を斬る……私は、そんな沖田さんをお慕いしておりました」


四月二十六日夜——隊務を終えた総司は、外泊届を出し、屯所を出た。久しぶりの晴天だ。空には半月よりもいくばくか欠けた月が浮かんでいる。それを眺めながら歩いていた総司は、やがて足を止めた。暗闇の中に、よく知った男が立っていた。

「明日の夕方までは非番です。それまでには帰りますよ」

行くなと叱責されると思ったが、男——土方は何も言わなかった。彼の前を通りすぎようとした時、衣擦れに紛れそうな声音が響いた。

必ず帰ってこい――と。

暗闇の中に土方を置きざりにして、総司は室町通五条に向かった。志乃たちと再会した日以来、総司は毎日欠かさず志乃の許を訪ねた。わざと遠回りをし、道を戻り、という行動を取ったのは、後をつけられていることに気づいていたためだ。一度も殺気を感じなかったおかげで、つけている相手は同志だと分かった。大半の者は途中で撒けたが、一人だけどうしても振り切れぬ者がいた。あれが土方だったのだろうか。

「あんたはそんなまどろっこしい真似などしないか……」

とうに姿が見えなくなった頃、総司はぽつりと述べた。

志乃の長屋に着いた時、ちょうど五つの鐘が鳴った。前に立った瞬間に開く戸が、今宵は閉まったままだ。首を傾げた時、中からすすり泣く声が聞こえた。

「御免――」

そう言いながら長屋に押し入った総司は、息を止めた。うう、と押し殺した呻き声を上げているのは、志乃が寝ている布団に縋りついていた亥之助だった。固く目を瞑った志乃は、うっすら笑みを浮かべているように見えた。やつれた青白い頬に、ほつれた髪がまとわりつき、唇が真っ赤に染まったさまは、ぞっとするほど美しい。

ふらり、と身を揺らし、総司は畳の上に静かに上がった。

「いつ……」

ぽつりと言いながら、総司は志乃の枕元に腰を下ろした。

「つい先ほど……俺の言葉に『そうね』と答えたきり……」

「あんたは何と言ったんです……?」

「そろそろ、沖田さんが来てくれますよ……と――」

「そうか……間に合わなくて御免……」

志乃の額をそっと撫でながら、総司は呟いた。

なぜ志乃が死ななければならなかったのだろう。悪い人間ならば、他にいくらでもいる。人を恨み、追いつめ、殺す者――それに己が当てはまることに、総司は今はじめて気づいた。総司が剣を振るのは、新選組のためだ。その大義名分のおかげで、胸が痛むことがあっても、しようがないことだと諦めた。

(人の死に、しようがないことなどないのに……)

しっぺ返しだ、といつかも思った考えがよぎった時、ようやく涙がこみ上げてきた。

「お志乃さん、御免……俺のせいで――」

「沖田さんのせいではありません……あの男のせいだ……あの男が皆悪いんだ」

総司の言を遮り、亥之助は叫んだ。面を上げた亥之助を見て、総司は目を大きく開いた。怒りに染まる赤い顔に、真っ暗な闇のような昏い目。その身を覆うのは、数々の修羅場を潜ってきた総司の背筋を震わせるほどの殺気――。

(これはまるで……)

総司は思わず身構えたが、

「どうして母を……俺を捨てたのですか、父上……」

顔をぐしゃぐしゃに歪めながら言った亥之助は、総司の腕に縋りつき、泣きじゃくった。柄を握った手を下ろした総司は、その手で亥之助の肩を摑んだ。

「……あんたの父上は一体誰なんです」

頭の中に浮かんだ答えがまことだとしたら――。訊くべきではないと思いつつ、総司は問うた。亥之助はゆっくり顔を持ち上げ、震える口を開く。

「俺の本当の名は、下村亥之助といいます。父は下村継次――あなたが殺した芹沢鴨です」

そう言った亥之助は、やはりどこまでも昏い目をしていた。


芹沢鴨こと下村継次は、志乃の姉・葉の婿となり、神社を継いだ。それから数年後、亥之助が生まれた。継次も葉も、まだ実家にいた志乃も、亥之助のことを大層可愛がった。志乃が両親の知己である、江戸の医者の許に嫁いだ後は、志乃の分も両親は子を慈しんだ。

しかし、亥之助が九つの頃、その幸せな日々は突如として崩れ去った。

「……ある時、父はにわかに人が変わったようになりました。元々、国事に興味があるのは知っていました。あの人はよく書物を読み、国学者と話し、剣術にも励んでいましたから……ですが、それまでは本当に穏やかで優しい人だったんです。怪しい連中とかかわるようになるまでは――」

どこで知り合ったのかは分からない。気づけば、神社に大勢の者たちが集うようになった。彼らは継次を頭首と仰ぎ、あちこちで騒動を起こした。それが、天狗党の一部だったと亥之助が知ったのは、継次が出奔して三年後――母が病で倒れた時だった。

――お前の父は、天狗党の連中とつるみ、方々で悪さを働いている。俺の弟も継次に殴り殺された。お前の母が病になったのは、ふらりと戻ってきた継次に手籠めにされたせいだ。梅毒を移されたのさ。お前も可哀想にな……あんな薄汚い血が流れているなんてよ。

母が亡くなった時、家を訪れてそう吐き捨てたのは、亥之助が幼い頃によく遊んでくれた、近所に住まう継次の親友だった。

「……その人のおかげで、母が亡くなった哀しみに溺れることはありませんでした。俺はその時、母の仇を討つと誓いました」

総司の腕を摑んだまま、亥之助は語った。手の震えは、怒りから来たものなのだろう。痛みを感じるほど強く握りしめられたが、総司は黙って好きにさせた。

父母共に失った亥之助は、江戸の志乃を訪ねた。夫に先立たれた志乃は、医者になっていた。事情を話すと、志乃は亥之助を抱きしめ、これから育てていくと誓った。

「叔母さんはまだ若い。ですが、俺のような大きなコブつきでは、再縁もかないません。だから、気持ちだけと言ったのですが……聞いてはくれませんでした」

それから、亥之助は志乃の許で暮らした。医術を学びつつ、剣術に励んだ。亥之助の本願は、母の仇を討つことだった。十五の時、浪士組に下村継次から芹沢鴨に改名した父が参加すると知った際、亥之助は志乃に本願をはじめて打ち明けた。

「必ずやり遂げなさい――そう言ってくれると信じていましたが……叔母は泣きながら、『義兄さんを許してあげて』と言いました。……叔母の初恋はあの男だったんです。信じられないでしょう?」

「いや……それで得心がいったよ」

一瞬目を見張ったものの、総司は頷いた。亥之助の父のことを問うた時、志乃は総司に憎しみの籠った目を向けた。その視線を彼女から向けられたのは、思えば二度目だった。一度目は、はじめて会った時だ。志乃は総司を見て、驚いた顔をした。二本差しとぶつかりそうになって怯えただけでなかったのだろう。そこには確かに憎しみが籠っていた。

志乃の制止を振り切り、亥之助は浪士組として上洛する芹沢の後を追った。殺す機会を狙いつづけたが、なかなかその機は訪れなかった。

「このままでは、と焦りはじめた頃です……叔母が、俺を追って京に来ました。仇討ちをするなとはもう言われませんでした。ただ、とにかく無事でいてくれと泣かれました」

その後、志乃はここ室町通五条の長屋で医療処をはじめた。医者に世話になる人間は、身も心も弱っている。そういう者は、ふだんよりも多弁になるものだ。

「叔母は患者から聞いた話を、俺によくしてくれました。……沖田さんは、俺が監察に向いていると言ってくれましたが、本当に向いているのはこの人の方だったんです」

志乃の顔を眺めながら、亥之助は苦笑交じりに言った。つられて微笑んだ総司は、ぽつりと述べた。

「この人が俺を受け入れてくれたのは、自分の初恋の男と、甥の父を殺された復讐のつもりだったのかな……」

「そんなことはありません」

即座に否定した亥之助は、総司の腕をますます強く握った。

「叔母は心からあなたを愛していました。はじめて会った時から、惹かれていたんです。夫婦に、と言ったのは、無論冗談でしょう。ですが、本心でもあったと思うのです。俺はそれが分かったから……」

あんたを殺そうとしたんです——亥之助は蚊の泣くような声で言った。俯いた丸い頭を見下ろしつつ、総司は（ああ……）と呻いた。

志乃と出会った日、総司は大石との勝負の場に向かった。戻ってくるはずがない大石を待つ間、総司は何者かに襲われた。相手は剣術の腕が冴え、気組みは大石にも勝るかと思うほどだった。その後、谷三十郎が総司を殺そうとしていたことが分かり、あの一件も彼の仕業かと思い込んでいたが――。

「あれはあんただったのか」

顎を引いた亥之助は、袖を捲って総司に見せた。そこには、確かに傷があった。大分薄くなってはいるが、見る者が見れば刀疵と分かる代物だ。

「……叔母に縫ってもらいました。沖田さんを襲ったと言ったら、泣きながら怒られました。その時、俺は改めて気づいたんです。叔母はやはり、沖田さんに惹かれているのだと……それに、俺も沖田さんを慕っているのだと……」

「……父を殺した相手なのに?」

問うと、亥之助はゆっくり顔を上げて、眉尻を下げて微笑んだ。

「俺は、国のためという大義名分で暴れ、人を斬り、母を蹂躙し、俺を捨てた父が憎かった。母が病で倒れ、俺が独りぼっちになった時、父は迎えになど来てくれなかった……そんな俺を助け、育ててくれたのは叔母です。俺には二人の母がいるけれど、父はいなかった。俺の父は天狗党で仲間を斬り、投獄されて死にました。芹沢鴨と名を変え、京に来て暴挙を行なったのは、俺の憎き仇――浪士組として上洛せんとした日、俺は芹沢と一戦交えるつもりでした」

幼き頃から剣術を習い、鍛錬を重ねた亥之助は、父に似た才の持ち主だった。だからこそ、己の腕ではまだ父を殺すことはできぬと知っていた。殺せぬとしても、せめて一矢報いたい――そう思った亥之助は、あの日、芹沢を呼びだし、ひどく詰った。芹沢は気が短い男だ。すぐに腹を立てて向かってくると思ったが、何を言っても黙ったままだった。

「……気紛れだったと今なら分かります。でも、俺はもしかしたらと思ってしまったんです。父はまだ俺のことを子と思い、慈しんでいるのだと——結局、鉄扇で殴り殺されそうになったのだから、とんだ笑い種です」

ハハハ、と乾いた笑い声を漏らした亥之助は、笑みを歪めて言った。

「あの後、俺は先回りして上洛しました。往来で待ち構えて、油断したところを斬ってやろうと……皆、浮かれていたでしょう？ でも、あの男は違った。それに、あなたも……」

総司をじっと見つめた亥之助は、ぽろりと涙をこぼした。

「あなたなら、あの男を殺してくれると思いました。読み通り、それは叶った。俺は本当に嬉しかったんです。ついに母の仇を討ったと……あなたに恩を返したいというのも本心です。それなのに、叔母とあなたが夫婦になると考えたら、父に抱いた殺意がにわかに湧き上がってきて……俺は、沖田さんがまことの父だったらとずっと想っていたのに」

ううう、と呻いた亥之助は、己の膝に顔を伏せて泣いた。揺れる髪を見下ろしながら、総司は息を吐いた。仇討ちのために利用され、殺されそうにもなったというのに、総司はやはり亥之助を憎み切れなかった。はじめはあれほど嫌だと思っていたが、人の心は分からぬものだ。共に時を重ねるうちに、想いが芽生えていったのだろう。

（あんたのことも……）

志乃に視線を戻した総司は、頰に手を伸ばした。肌は滑らかなままだが、あの温さはもうどこにもない。とうに過ぎた冬が、志乃の身を包み込んでしまったようだった。

——夫婦になっていただきます。

凜とした声音が耳に蘇り、総司は笑った。

「……夫婦になりましょう」

呟いた総司は、一筋涙をこぼした。

志乃は「沖田氏縁者」として、光縁寺に埋葬された。墓前で手を合わせた総司は、同じく墓参りにきた亥之助をちらりと見下ろし、訊ねた。

「本当に行ってしまうの」

頷いた亥之助は、数日経ってもまだ目元が赤い。輝きが失せた昏い目は、芹沢と瓜二つだ。亥之助は故郷に戻り、志乃たちの菩提を弔(とむら)いながら、今後の生き方を模索するという。

光縁寺を出た二人は、寺の前で立ち止まり、向かい合った。

「あんた、まだ嘘を吐いているでしょう。はじめて会った時、本当は十五だったんだ。ずっとおかしいと思っていたんですよ」

亥之助は目を瞬き、ふきだした。久方ぶりの明るい笑みにつられて、総司も笑った。

「達者でね」

「沖田さんも……どうか、ご武運を」

亥之助は総司の手を取って言った。何かを握らされたと気づいた総司は、手の中にあるものを見て眉を顰めた。それは、総司と芹沢の勝負を邪魔した、あの呼子笛だった。

「ある馬鹿な男が、乱暴な同心を懲らしめた時、その証として奪ったそうです。『正義の土産だ』と俺に寄越してきたのですが……まったく、どちらが悪党なのか。いつまでも持っているのは癪に障るので、墓の中に返してやったんです。でも……この前掘り返してしまいました。これは、沖田さんの命を救った大事な笛です。……馬鹿な父の形見でもある」

苦笑をこぼした亥之助は、深々と一礼し、去っていった。その場に残された総司は、呼子笛を口に銜えたが、吹かずにまた手の中に戻した。

「……変な餞別だなあ」

呟いた総司は、亥之助の姿が見えなくなるまで、彼の背中を見守りつづけた。


志乃の死去からひと月半後、新選組に激震が走った。

全隊士に招集がかかったその日、近藤は皆を前にして宣言した。

「恐悦至極の命を賜った。新選組隊士一同、幕臣にお取り立てだ」

「……若先生——いや、局長。そりゃあ、まことか」

力強く頷いた近藤を見て、問うた井上は頭を抱え、「うひゃあ」と奇声を上げた。

「俺たちが幕臣になるとは……多摩の百姓の子の俺が……なんてえことだ。うう……」

「嬉しいな、源さん……俺も嬉しいよ」

泣きじゃくる井上を眺めながら、近藤は目を潤ませて言った。それにつられたように、あちこちで泣きだす者、歓声を上げる者がいた。末席に座していた総司は、その場に満ちた熱気とは反対に、冷めていた。幕臣に取り立てられたのが近藤だけなら、素直に喜べた。百歩譲って、幹部のみなら、得心がいっただろう。新選組隊士のような寄せ集めの集団に頼らざるを得ぬほど、幕府は弱っている——そうとしか思えなかった。息を吐いた総司は、左に置いた刀を見下ろした。

(あんたを使って人を斬る——それが俺にできるただ一つのことだ)

末永くよろしく頼むよ、と心の中で念じていた総司は、気づかなかった。歓喜に震える隊士たちの中で、違う感情で震えている者たちがいたことを——。

翌々日、中村五郎、茨木司、佐野七五三之助、富川十郎、松本主税、岡田克己、中井三弥、松本俊蔵、高野良右衛門、木幡勝之進――以上十名の新選組隊士が姿を消した。彼らの所在はすぐに露見した。御陵衛士に入隊する――そんな文を残していったからだ。

「馬鹿共が……約束を忘れたのか」

総司と共に追っ手を命じられた永倉が、舌打ち交じりに言った。互いの隊を行き来しないこと――それは、新選組と御陵衛士の間に結ばれた約束の、最も大事な条項だ。

「屯所に近づくこともままならぬというのに、脱走した新選組隊士を奴らが受け入れるわけがない。少し考えれば分かるだろうに……幕臣憎しでそこまでするか」

中村たちが残した文には、幕臣に取り立てられることへの不満が綴られていた。

「自分たちが従うのは、あくまで天子さまのみ。二君に仕えるのは道理に反する……だったか。忠臣の鑑だと言いたいところだが、新選組隊士として今日まで働いてきたというのに、にわかに御陵衛士に鞍替えするなど、それこそ道理に反する」

永倉の言は、正論だった。入隊させてくれ――そう懇願した中村たちを、伊東は門前払いした。袋小路に迷い込んだ中村たちは、京都守護職を頼った。しかし、そこでも拒絶され、彼らはとうとう行き場を失った。そして、彼らのうち四名は、すべてを悲観して自害した。

翌朝、中村五郎らの葬儀がしめやかに行なわれた。彼らの死を哀しむ間はなかった。その日の午後、新選組の屯所が不動堂村に移ったのだ。広大な敷地を持つその屯所は、これまでのように借り物ではなく、正真正銘新選組のものだった。

「おお……まるで大名屋敷じゃねえか」

新しい屯所に入るなり騒ぎ出したのは、原田だった。

「でけえ声を上げるな！　お前はいっつもうるせえな、まったく」

「源さんだって興奮してるんだろ？　素直になれよ。なあ」

原田は近くにいた永倉に同意を求めた。屯所中を見回した永倉は、顔を歪めて言った。

「俺の素直な気持ちを言っていいのか？」

原田の顔から笑みが消えたのを横目で見ながら、総司は荷を置きに自室に向かった。西本願寺の北集会所では一番隊の者たちと同室だったが、今日から幹部は個室だ。

（えらくなったものだな。……あの人はそれが気に食わないんだろう）

永倉は剣術の腕が立ち、実戦での働きも優れ、頭も悪くない。出世は嫌ではないが、己の美学に反するそれは毛嫌いする。近藤の進め方が永倉にとってそれに当たることを、この数年で総司は学んだ。永倉は近藤を慕っているが、それと同じ分だけ苛立ってもいる。その理由を総司が知ることはないのだろう。数年前の総司なら、何の躊躇いもなく、当人に問うていたはずだ。

「大人になったということかな」

ぽつりと述べた言に返事はない。それをさみしく感じたことに気づき、総司は苦笑した。


元来夏が不得手だった総司は、上洛してから、すっかり夏嫌いになった。京の夏は、うだるような暑さだ。湿気を帯びているせいで、べたべたとして気持ちが悪い。日中の日差しは肌を焦がす炎のようだ。元々浅黒い総司はそれ以上焼けることはなかったが、その分身体の中に熱が吸収されてしまうのか、常に蒸し風呂に入っているような心地がした。

しかし、これほどひどかっただろうか。毎年嫌気が差すこの時期のことを考え、総司は首を捻った。暑気あたりになったのは、三年前だ。去年と一昨年は用心していたため、何とかやり過ごせた。今年は少しその用心が足りなかったのだろうか。

異様に喉が渇き、身体が怠い——そうした違和感を覚えつつも、忙しく働いているうちに日々が過ぎ、夜は死んだようにぐっすりと眠った。相変わらず夢は見なかった。よく食べ、よく動き、よく寝ていれば、少しの不調など吹き飛んでしまうと考えていたが、なぜか体調は悪くなる一方だった。

「沖田さん、近頃よく咳をされていますね。夏風邪ですか?」

ある日の巡察中、そう問うてきたのは鳥山だった。

「あんたはよく見てますねえ」

呆れ半分、感心しながら言うと、鳥山は「すみません」と怯えたような声で答えた。

「俺はまた余計なことを……つい先日も、それで友を怒らせてしまいました」

鳥山がちらりと向けた視線の先には、隊列の最後尾にいる蟻通の姿があった。いつも通り、つまらなそうな顔をしている。

「虫の居所が悪かっただけかも——ここでしばし待機していてください」

総司は足を止め、突然そんなことを述べた。一番隊の隊士たちの間に、緊張感が走る。

「お供します」

余計な世話を焼くなと言われ反省したはずの鳥山が、それを忘れたように言った。

「いらない。ここにいなさい」

総司の鋭い声音を聞いた隊士一同は、青い顔をして頷いた。

駆けだした総司は、近くの路地に入った。左手で口を押さえながら、ひたすら走る。だらだらと垂れる汗が異様に冷たく感じられた時、総司はようやく止まった。

「ガッ……げほっ！　げほっごほっ……げほっ！　う……がほっ！」

激しく咳込みながら、その場に膝を折った。鳥山と話している時、喉の奥からにわかにせり上がって来たものが、口から大量に吐きだされ、がくがくと身が震えた。

地を染めた朱――それは、総司の体内を巡っていたはずの、血だった。苦しみに悶えながらも、総司はふっと笑った。志乃は発病から数ヵ月でこの世を去った。これほどの苦しみに長らく苛（さいな）まれることなく、最期は穏やかに逝（い）った。

（よかった……）

「はあ……はあ……はあ……げほっ……はああ……」

ようやく咳が止まった総司は、脱力して座り込んだ。いつ斬り合いになるか分からぬ身だ。血がついても目立たぬように、新選組隊士は黒い着物を身につけた。おかげで助かった、と着物に付着した血を懐紙で拭いながら、総司は苦笑した。

「……参ったなあ」

ふと顔を上げた総司は、そこに広がる雨雲を見て、ゆっくり溜息を吐いた。

病を自覚した総司は、身分を偽り、医者を頼った。一ヵ所に通いつめては、監察に怪しまれ、後をつけられる可能性がある。方々の医者に世話になったが、南部の許には一度も訪ねなかった。南部は総司との約束を守り、志乃のことは口外しなかった。だが、総司自身が労咳になったとなれば、流石の南部も近藤たちに告げずにはいられぬだろう。

隠し通す――そう決意した総司は、不調を見せず、隊務や稽古に励んだ。総司は勘がいいのが取り柄である。まずい、と思う時にはさっと姿を消し、誰もいないところで咳込み、時折血を吐いた。最初のような大量喀血をすることはなく、痰に混じって少量の血が出るくらいだった。波が引くと、何食わぬ顔をして仲間の許に戻った。

「お前えはまた稽古をほっぽりだしやがったな」

井上に見つかりかけた時もあったが、「うるさいおじさんが来た」と笑って誤魔化した。顔を真っ赤にして怒る井上をからかいつつ、総司は内心安堵した。このまま何とかやり通せるのではないのか——そんな希望を抱きながら、秋を迎えた。

慶応三年九月——土方が井上以下数名の隊士を伴い、東帰することとなった。これからはじまる戦に備えて、隊士を募ろうというのだ。

「わざわざ江戸に行かずとも、京坂で募ればいいだろうに」

「身元が分からない人を入れるのが不安なんですよ。大変な局面に大勢の間諜が謀反を働くような事態になったら、困るでしょう？　故郷だったら、大体の人となりは分かりますからね。いざという時に安心して背中を任せられる人材が欲しいんでしょう」

総司が答えると、原田は「へえ」と感心した声を出した。

「お前、まるで大人みたいな物言いをするようになったな」

「もうすぐ二十七にもなりますからね」

「そうか。意外と歳がいっているんだな」

からからと笑った原田を、総司は半目でじろりと見た。

「何だ、怒ったのか」

「俺は怒ってないけど、怒った顔をした人がこっちに近づいてくる」

総司が指した先を見た原田は、げっと嫌そうな声を漏らして、そそくさと逃げた。

「あの人、怒られるようなことをしたんですか」

「覚えがねえな。お前の嫌そうな顔につられて、思わず逃げちまったんだろ」

原田らしさに笑い声を上げかけた総司は、途中で息を止め、俯いた。咳込むのを何とか堪えると、顔を上げてにこりとした。

「お土産買ってきてくださいね」

「話がある。ついてこい」

総司の言を無視して、土方は踵を返した。また咳が出そうになったらかなわない。総司は何とか逃げだす機会を窺ったが、土方の居室に着くまで隙を見せてもらえなかった。

「何の病だ」

座して早々問うた土方に、総司は腰を下ろしながら答えた。

「……流石は鬼の副長だ。目ざとくていらっしゃる。実は夏風邪がなかなか治らなくて、難儀しているんです。さっきも咳込みそうだったから、ぐっと堪えたんですよ」

「なぜ堪える。我慢などしねえで咳すりゃいいだろ」

「しつこい咳なんです。心配をかけたくないなあという可愛い弟心ですよ」

「俺は末っ子だ。弟なんざいねえ」

「俺だって兄などいません。三人姉弟の末っ子ですよ」

総司はへらへらと笑って言った。下がれ、といつものように怒られるのを期待したが、土方は真面目な表情を浮かべ、総司をじっと見つめたままだ。

「……そんな顔しても無駄ですよ。あんたの聞きたい答えなんて、俺は持っていないもの」

ぽつりと述べた総司は、軽く頭を下げて立ち上がろうとしたが、

「げほっ……」

とっさに手で口を覆った。早く止まれと願ったが、

「げほっごほっ……げほっげほっごっ……がはっ！」

「……総司！」

飛びついてきた土方は、総司の肩を支えつつ、背をさすった。ただでさえ白い顔が、紙のように真っ白だ。総司は激しく咳込んだまま、口角をぐっと上げた。

「笑ってんじゃねえよ……こんな時に、笑うな」

吐き捨てるように言った土方は、掴んだ総司の肩にぐっと力を込めた。

「げほっげほっ……がほっがっ……はあ……はあ……ハハハ……」

俯いた総司は、畳に広がった血だまりを眺めて呟いた。

「……俺はずっと黙ってた。だから、あんたも黙っていてください……」

駄目だ、と土方は首を横に振った。

「どうして……げほっげほっ……はあ……はあ……どうして——」

土方の胸倉を掴んだ総司は息を止めた。相変わらず顔面蒼白だが、鼻の頭だけ赤い。

(鬼の目にも涙だ)

そんな考えが浮かんできて、総司はまた笑みを漏らした。

「笑うな……畜生……」

土方は怒鳴った。涙声で怒られても、少しも怖くない。だが、胸が痛かった。

「……あの女を殺しちまえばよかった」

総司の愛した女に対する言葉とは思えぬことを、土方は平気で言ってのけた。総司は怒りつつ

も、反論できなかった。咳は止まったが、総司の口も畳も血に塗れたままだ。どうやっても誤魔化しようがない。だから、総司は再び同じ台詞を吐いた。

「黙っていてください……誰にも言わないと約束してください」

「馬鹿を言うな」

「あんたにしかこんなこと頼めない」

共に鬼として生きると誓った相手だ。近藤への思慕、志乃への愛慕とは性質が違う想いがある。そこに含まれるのは決していいものだけではないからこそ、総司は土方に縋った。

「俺は死ぬまでここにいたい。いさせてください」

頭を下げて述べたが、土方は何も返さなかった。総司はじっと待つことにした。

「……分かった」

小さな声音が響き、総司は顔を上げた。目と鼻を真っ赤に染めた土方は、虚ろな眼差しで総司を見下ろした。総司の背から離した手を腰にやると、いつかの総司と同じく金打した。

これでしばし生き永らえる――そう安堵した直後、土方の部屋をある男が訪ねてきた。

「歳、総司――入るぞ」

制する前に襖を開けたのは、総司がもっとも病状を知られたくなかった相手だった。

近藤が入ってきた時、総司は動揺のあまり、また咳込んだ。

「総司、大丈夫だ。落ち着いて息をしろ」

さっと総司に駆け寄った近藤は、穏やかな声音で総司を宥めた。青褪める土方を押しのけ、総司の背をゆっくりさする近藤は、総司に言うだけのことがあって落ち着いていた。今度は血を吐かずにほっとしたが、すでに吐いてしまったものは戻せない。

「今は養生の時だ。すぐによくなる」

近藤は総司をまっすぐ見つめて言った。頷いた総司は、不思議と落ち込んではいなかった。近藤が大丈夫と言うなら、その通りになるのではないかと思えた。

それから、静養の日々が始まった。どこかにやられるのではと危惧したが、屯所で様子を見ることとなった。それを主張したのは、意外にも土方だった。

「新選組の沖田が病で臥せっているという話が漏れたら、ここぞとばかりに命を狙ってくる者がいる。その時、誰が死ぬか分かるか」

問われた時、総司はこくりと頷いた。総司がよそで療養するとしたら、その時総司の看護と警護につく者が最低二人はいるだろう。他にも手伝いで来る者もいるかもしれぬ。

「お前が死ねば、他の誰かも死ぬ。新選組の沖田はそういうさだめの下にいるんだ」

「なるべく皆に迷惑をかけないように大人しくしています」

殊勝に答えたつもりだったが、なぜか土方は怒った顔をした。その意味を問う間もなく、土方は江戸に旅立った。

土方が不在の間、総司は生まれてはじめてのんびりとした時を過ごした。布団で寝ているだけだと体力が落ちるので、よほど体調が優れぬ時以外は、以前の屯所だった西本願寺まで散歩に行ったり、屯所の庭に出て日向(ひなた)ぼっこをしたりした。散歩の際には必ず供をつけられた。手が空いている腕利きの者が選ばれたので、顔触れは大体決まっていた。

「まさか、あんたに守ってもらうようになるとはね」

ハハハ、と笑った総司は、軽く咳込んだ。すぐに止まるかと思ったが、なかなか治まらない。

総司は立ち止まり、息を整えようとした。共にいるのが井上や原田だったら、「馬鹿」と叱りつつ、優しく背をさすってきただろう。しかし大石は、歩いている時と同様二歩後ろに控えたまま、大丈夫ですかとも問うてこない。

楽でいい、と総司は微笑んだ。病が露見してからというもの、周りは総司の一挙一動を見張り、心配した。気遣いは有り難いが、鬱陶しくもあった。何が起こるか分からぬ昨今、一隊士に気を回している暇などない。これが総司以外の隊士だったら、また話は違っただろう。近藤に天然理心流宗家を継がせると言わしめ、土方らと深い絆がある。

(剣術の腕は……もうかかわりないか)

総司は腰に差した大刀を見下ろし、苦笑した。腕はまだ鈍っていないはずだ。つい先日、道着を纏い、面をつけた状態で道場に忍び込んだ。正体を隠し通すつもりではじめのうちは大人しくしていたが、手練れと当たるとつい本気になり、完膚なきまで倒した。

はじめに総司の正体に気づいたのは、皆に稽古をつけていた永倉だった。見逃して、と小声で懇願すると、ぐっと詰まった表情を浮かべ、顔を背けた。この男も己に弱い、と忍び笑いを漏らした総司は、半刻もの間、皆に交ざって稽古をした。そろそろ終了という時、

——お前えは治す気がねえのか!

道場に入ってきて怒鳴ったのは、井上だった。露見してしまった、と舌を出そうとした総司は、井上の真っ青な顔と目に滲んだ涙を見て、思いとどまった。土方に続き、井上まで泣かせてしまい、深く反省した総司は、以来医者の言いつけを守り、大人しくしている。

「さ、行きましょう」

咳が止まり、呼吸が落ち着いた頃、総司は言った。歩きはじめてすぐ、大石が呟いた。

「……俺は守っているわけじゃありません」

先ほどの答えかと思い至った総司は、ちらりと後ろを見た。俯きながら前に進む大石は、暗い声音でぼそぼそと続ける。

「あんたは俺よりずっと強い……自分より強い者を守ってやるなど馬鹿のすることだ」

「俺もそう思うなあ。先に帰ってもいいですよ。一緒だったことにしますから」

頷いた総司は、前に視線を戻した。大石が帰りやすいように軽やかな足取りを演じたが、後ろから静かな足音が追ってくる。

「馬鹿げてる……なぜ、あの人は――」

吹いた風に紛れ、大石の言葉は皆まで聞こえなかった。


離隊したはずの斎藤が屯所にひょっこり顔を出したのは、土方たちが江戸から戻ってしばらくした頃だった。部屋で寝ていた総司は、廊下から響いてくる騒ぎで目を覚ました。

「おい、斎藤。俺あどうしたんだと聞いているんだ！　答えろ！」

襖を開けてすぐ聞こえてきた怒声は、井上のものだった。やはり、と思った総司は、声のする方に早足で向かった。

「後で話します。今は……」

斎藤は常とは異なり、弱々しげな声音を出した。その様子にぐっと詰まった井上は、道を譲るように避けた。嫌な予感がする――そう思ったのは、総司だけではなかったようだ。斎藤は山崎を伴い、近藤の居室に向かった。後を追いかけようとした総司は、永倉に腕を摑まれ阻まれた。キッと睨むと、永倉は深い溜息を吐いた。

「……後で招集がかかるだろう。その時には呼んでやる」

「必ずですよ」と念を押した総司は、冷たい廊下を歩いて部屋に戻った。

（いよいよか……）

布団に入った総司は、腕で目を覆った。このまま眠ったら、招集には呼ばれないだろう。常の総司だったら意地でも起きているところだが、斎藤のあの声音を聞けば、どちらに転んだのかは一目瞭然だ。監察を顎で扱うさまからも、斎藤がこちら側だったことは明白である。以前、総司が疑った通り、斎藤も犬だったのだ。

――俺も気に入ってる。

別れた友の潑剌（はつらつ）とした美しい笑みが浮かんだ。その顔を忘れないように、総司はゆっくり目を閉じた。予想通り、眠ってしまった総司に招集がかかることはなかった。

「近藤と伊東の会談が、十八日夜に決まったそうだ」

数刻後、部屋を訪れた永倉がそう教えてくれた。

「大捕り物があるから、会談する局長の妾宅近くで張っていろとさ。この寒い中酷なことを言う」

大捕り物の相手が誰であるのかは、幹部しか知らぬらしい。

「風邪を引かないように気をつけてくださいよ」

「……なぜ、俺たちが張る必要があるんだと訊かないのか」

「必要があるからでしょう。張っていなければ、こちらが殺（や）られるかもしれない」

驚きの表情を浮かべた永倉は、溜息を吐いて頭をがしがしと掻いた。

「俺はどうも信じられん。伊東が俺たちを裏切るとは思えないのさ。あいつは確かに狐のようなずる賢さがあるが、根はまっすぐだ。あの三日居続けの折、俺はそれを確信した」

今年の正月に起こした例の一件を引き合いに出した永倉は、総司のまっすぐな視線から逃れるように顔を横に背けた。

「奴も俺と同じだ。近藤に思うところはあるが、袂を分かちたいと考えてはいない」

「では、変わったんでしょう」

「そんな簡単に心が変わるものか」

怒鳴った永倉は、ハッと口を噤んだ。総司が病人であることを、一瞬失念したのだろう。ばつの悪そうな表情を浮かべた永倉を見て、総司は苦笑した。

「俺も信じられないな……でも、俺は斎藤を信じてる。だから、奴の話も信じることにしました」

そう言うと、永倉は押し黙った。正月の一件には、斎藤もかかわっていた。永倉が誘ったのだ。その斎藤が摑んだ証を信じぬわけにはいかないと永倉も気づいたのだろう。

「……殺せとは言われなかったよ。近藤たちも、どちらに転ぶかまだ分からぬらしい」

よかった、と呟くと、永倉は目を細め頷いた。

「邪魔したな。ゆっくり休めよ」

いくぶん明るい調子に戻って言った永倉は、足早に総司の部屋を後にした。


十八日――予定通り、近藤と伊東の会談が行なわれることとなった。

「久方ぶりの捕り物だ。気を引き締めていけよ」

井上の大声は、襖を閉め、布団の中に入っている総司にもよく聞こえた。出動命令が下っていない総司は、布団の中で聞き耳を立てていた。

ざわめきが収まった頃、総司は起き上がり、襖を開けた。廊下に誰もいないことを確認し、忍び足で外に出る。残っている隊士は数名だ。ほとんどが大捕り物のために出動した。

（……珍しい）

隊士部屋を覗いた総司は、大石の姿を認めて首を傾げた。何か失態を犯し、外されたのだろうか。だが、そんな噂は聞いていない。総司は床についてから、よく耳を澄ませるようになった。そうしていると、大抵のことが分かった。皆、誰も聞いていないと思って、ぽろりとこぼす。その中に、大石の噂はなかった。最近は大人しくしていたのだろう。

なぜ残ったのか——疑問が浮かんだ瞬間、総司は身を翻した。急ぎ自室に戻り、少しだけ開けた襖の隙間から、廊下を覗き見た。総司の部屋を通りすぎた大石は、そのまま裏へ向かったようだ。総司は寝衣に羽織を羽織り、刀を腰に差して廊下に出た。

屯所の外に出ると、数間先に大石の姿が見えた。総司は息を潜め、後を追った。身が震えたのは、吹き荒れる冷たい夜風のせいばかりではない。

（殺る気だ）

部屋の前を通りすぎた時、大石の顔を見た総司は確信した。大石の目に宿っていたのは、芹沢に似たあの昏い光だった。

大石の足取りは常通りだった。早くもなく、遅くもない。総司にとっては有り難いが、次第に疑心に駆られた。今の大石には殺気が見えない。気負った素振りなど見られず、背を丸めてうっそりと前に進んだ。

刺すような冷たい風が吹き、総司は身を震わせた。幸い、大石は総司に気づいた様子はない。

だが、尾行が長引いて困るのは総司だ。今のところ咳は出ていないが、身体が熱くなってきた心地がする。舌打ちしたくなるのを抑え、前を行く大石に集中した。

このまま行けば、近藤と伊東の会談場所に着く。隊士のほとんどが出動しているのだ。大石がそちらに向かっても何らおかしくはないが、一人だけ遅れていく理由が分からなかった。別行動を取るようにと指示されたのならばともかく、無断ならば隊規違反だ。噂通り、大石が無節操な人斬りだとしたら、内部粛清になるかどうかのこの瀬戸際でわざわざことに及ぶだろうか。さらに混乱をきたすことに快感を覚えたのだろうか。たった一人、新選組とは違う方向を向いているのだろうか。

(……違う)

総司はぴたりと足を止めた。

――……俺は守っているわけじゃありません。

――馬鹿げてる……なぜ、あの人は――。

あの時、大石は珍しく感情を露わにした。俺は、というのは、永倉たちとは違ってという意味かと思ったが、そうではなかったのではないか。

(「俺は」違う。けれど、誰かは俺を守っている……)

その誰かは、大石が口にした「あの人」なのではないのだろうか。

暗闇の中、突如きらりと何かが光った。とっさに身を反らしつつ、さっと刀を引き抜く。捕えそこなったことを察した相手は、素早く刀を返した。手首の付け根を狙われていると気づいた総司は、相手の刀を刀で弾き返し、一歩踏み込んで袈裟懸けを仕掛けた。間一髪避けた相手はぐっと喉を鳴らす。声はほとんど漏れなかったが、総司には分かった。

まさか、という思いと、やはり、と得心する気持ちの両方が湧く。男は総司の正体に気づいていないのだろうか。気づいていて襲ったのなら、隊規違反どころの騒ぎではない。

総司が一瞬固まった隙をつき、男は突きを繰りだした。相手の顔が見えていないとは思えぬ的確な動きだ。横に飛んだ総司は、ニヤリと笑みを浮かべた。対峙する相手の肩がぴくりと跳ねた。それですべてを察した総司は、躊躇いを捨てて大きく振りかぶった。

キン——と刃の刃と刃がぶつかり合う音が響いた。とっさに総司の攻撃を受けた相手は、苦しそうに顔を歪めている。灯りを持たずに歩いてきた総司は、暗さに目が慣れていた。思えば、相手も手ぶらだった。総司の顔が見えていないはずがない。

ぐぐぐっと力を込め、刀を押す。着物の袖から覗く腕は、相手の方が太い。それに比例して、力も強い。だが、勝敗は力一つで決まるものではない。くっと呻き声を上げた相手の眉間に、もう少しで総司の刀が到達するという時だった。

「うっ……げほっ！　げほっげごげほっごほっごほっ……げほっげほっ！」

総司は激しく咳込み、倒れた。

やがて、刀をぶら下げた男が前に立った。咳で滲んだ涙で視界が曇り、男の姿はおぼろげだ。だが、総司には男がどんな顔をしているのか、手に取るように分かった。

大石の目は、総司が焦がれた男と同じく昏く光っているのだろう。

＊＊＊

身が震えるほどの寒さを感じ、総司は目を覚ました。固い板の上に寝ていることに気づき、ゆつくりと身を起こした。

「げほっ……」

血の混じった痰を吐き捨て、辺りを見回す。そこは、不動堂村の屯所の縁側だった。夢を見ていたのだろうか——そんな考えがよぎった時、表の方から忙しい足音と声音が響いた。

「応援を——ことはもう終わった」

「これから首を並べるそうだ」

庭に下りて表にまわった総司は、そこで交わされた会話をほんの少し聞いただけで何があったのかすべて分かった。伊東は斬られた。おそらくはその仲間たちも——。

慌ただしく出ていく隊士たちを見送った総司は、白い息を吐きながら、その場に立ち尽くした。皆を追って出ていこうとは思わなかった。すべて終わったのだ。

総司は唇を噛みしめ、空を見上げた。そこに輝く無数の星々に、腹立たしさを覚えた。同じ隊の同志がいがみ合い、殺し合った。高みの見物をしている星々は、さぞや笑ったことだろう。滑稽だ、と総司も思った。倒すべきは、同志ではなく、敵だ。しかし、新選組は、敵を野放しにしたまま、同志を殺している。

なぜ大石は総司を殺さなかったのだろうか。総司を運んできたのも、大石だったのだろうか。謎は深まるばかりだったが、すっかり冷えた身と同様に、総司の頭も冷えたらしい。

「……あんたも同じなのか」

恩返しがしたい——何度もそう誓った亥之助は、総司のそばにいない。だが、大石は密約を交わした誰かの近くにいるのだろう。その相手は、きっと総司のよく知った相手だ。

しばらくして隊士に見つかった総司は、慌てて屯所の中に引っ張り込まれた。布団の中に押し込まれ、四半刻経った頃、そばに控えていた隊士が静かに部屋から出ていった。帰隊の音がしはじめたのは、さらに半刻過ぎた時だった。部屋から抜け出た総司は、また縁側から庭に降りた。表にまわり、帰ってきた隊士たちを遠くから眺めた。そこにいることを望んでいた友の姿は、ついぞ見られなかった。

御陵衛士との一件からひと月も経たぬうちに、王政復古の大号令が出された。これで、二百六十年以上続いた江戸幕府は、事実上終焉を迎えた。新選組は新遊撃隊御雇となったが、それを不服とし、数日で返上した。その日、徳川慶喜は二条城を出た。新選組は城を守るようにとの命を受けたが、二日後、幕臣の永井尚志と共に下坂した。その後、伏見奉行所に陣を張ったが、隊を離れた総司は醒ヶ井の近藤の妾宅で休養することになった。

「旦那さまの大事な方のお世話ができて私は嬉しいです。何でもおっしゃってくださいね」

にこやかに述べた女は、孝という。少し前に亡くなった近藤の妾の深雪太夫の実妹だ。姉妹だけあって姿形は瓜二つだが、孝の方が親しみやすい話し方をする。世話をするのが嬉しいというのは嘘ではないようで、年下だが、まるで姉のように献身的に尽くしてくれた。なぜ、そこまで世話を焼いてくれるのか訊ねると、孝はさみしげな顔をして言った。

「旦那さまはお忙しいので、中々お会いすることがかないまへん。姉の分も恩返ししたいと思うてるんですが、まるでお役に立ててへんで……」

「……十分役に立っているんじゃないでしょうか。役に立ちたいと思ってもらえるだけで、俺は嬉しいです。なかなか会えずとも、待ってくれている人がいるなら、頑張れる……きっと、若先生もそう思っていますよ」

「若先生……」と微笑みながら呟いた孝に、総司は頬を赤らめて弁解した。

「つい、昔の呼び名が出てしまうんです。ふだんは局長と呼んでいるんですが」

「沖田はんの中では、旦那さまはいつまでも若先生なんですやろね。旦那さまの中で沖田はんが、総司はんであるように」

「そうですね……うん、きっとそうだ」

歳をとっても、立場が変わっても、根本的な関係はそのままなのだろう。近藤の考えや行動に疑問や不満を抱いたことはある。だが、それで嫌いになったり、見放したりすることはなかった。総司の中にいる若先生が、それをさせなかった。

「うらやまし……」

呟いた孝を、総司はじっと見据えた。微笑んだままだが、目の端が赤い。

「生きたい人と生きて、その人とたとえ別れることになっても、心挫(くじ)けず生きて……私も男はんだったらよかったんですやろか」

総司は何も言えなかった。女の生き辛(づら)さや苦しみを想像することはできる。だが、それはあくまでも想像だ。孝が抱いている苦悩は、孝にしか分からぬものだ。もしかすると、総司が女だったとしても、理解できぬものなのかもしれぬ。

目元を指でこすった孝は、顔を上げてにこりとした。

「ゆっくり休んでくださいね」

総司はぎこちない笑みで頷き、目を瞑った。やがて、洟を啜る音が聞こえた。慰めの言葉をかけるのは容易(たやす)いが、孝はそれを望んでいないはずだ。己の力を生かせぬ辛さは、総司も身に染みて知っている。いくら努力してもどうにもならぬことだらけだ。苦労がすべて報われる世の中など、今生には存在しないのだろう。

どうしようもない世だ。それでも、総司は生きていたかった。生にしがみつく己がみっともなく思えたが、同時に誇らしくもあった。みっともないと思うのは、生きているからだ。生きていればそれでいい——そんなことを考える日が来るとは思いもよらなかった。

生きたい。生きて戦いたい。それができぬなら、せめて——。


「……我儘を言ってごめんなさい」

孝の家を出る時、総司は深々と頭を下げた。

「こないいじらしい我儘、我儘のうちに入らしまへん」

微笑みながら言ってくれた孝は、総司の願いを聞き入れ、駕籠や人力の手配をしてくれた。どうしても皆の許に行きたい——そう訴えた総司に、孝は二つ返事で頷いた。

「あなたが叱られることがないようにします」

「そないなこと考えんと、どうかご自分の身を心配してください。沖田はんは大事な人なんやから。私の代わりに旦那さまの力になってくれな困ります」

そう言った孝は、数刻前に涙したとは思えぬほど毅然とした表情を浮かべていた。近藤が孝を選んだ理由が分かった気がした。

万が一のことを考え、総司は駕籠を乗り継ぎ、伏見奉行所に向かった。歩ける時には歩いたが、そのたびに息が上がった。情けないと辟易したが、一々落ち込んでいる暇はない。妾宅を飛びだしたのは深夜だったが、伏見奉行所に着く時にはすっかり明るくなっていた。

「——急いで向かえ」

会所の戸を引いた途端、土方の怒鳴り声が響いた。総司は思わず「ごめんなさい」と謝ったが、己に言ったにしてはおかしな台詞だとすぐに気づいた。総司の姿を認めた隊士たちは、まるで化け物でも見たような顔をしている。

「……総司。お前……よくやった！」

そう言って勢いよく飛びついてきた原田に、総司は目を白黒させた。

「流石は一番組頭だ。裏を読んだ敵のさらに裏を読んだんだな」

何のことか分からなかったが、涙声の原田を慰めるために、総司は思わず頷いた。

「よかった……よかった……無事でいてくれてよかった」

うわ言のように繰り返した井上は、袖で目元を拭った。他の隊士たちも一様に安堵の表情を浮かべ、総司を囲みながら、無事を喜び、称えた。その思わぬ歓迎ぶりに、総司は困惑した。謎を解いてくれたのは、近づいてこようともしない土方の放った一声だった。

「局長の別宅に御陵衛士の残党が突入したそうだ。お前の命を狙ってな」

「……お孝さんは」

「無事だ」という短い返事に安堵した途端、ひやりと背中が冷たくなった。あのまま妾宅で寝ていたら、今頃総司は刀の錆になっていたのだろうか。

（……病床の身とはいえ、負ける気はしないが）

少し歩いただけなのに、身体はひどく疲弊している。一対一ならともかく、多勢に無勢ならば、勝利は難しかったかもしれぬ。

「……嫌だなあ」

総司は俯いて呟いた。これまで総司は、いくどとなく同志を討った。「斬れ」と命じられたら斬るしかない――それが、新選組に属する者の使命だった。その使命を、総司はひたすらまっとうしてきた。御陵衛士たちも同じことをしたまでだ。

「嫌だな」

小さく同意した声に、総司は顔を上げた。

「俺も嫌だ」

そう答えた斎藤は、平素と変わらぬ無表情だった。皆が良く分からぬといった顔をするなか、総司は眉尻を下げて「うん」と笑った。

最初は無事を喜ばれた総司だったが、そのうち心が落ち着いてきたらしい井上に「大人しくしていろ」と叱られ、無理やり布団に押し込められた。

「もう少ししたら休むから、ちょっと待ってくださいよ」

「そう言ってずっと起きているじゃねえか。お前の魂胆は分かってるんだ」

「ずっとじゃありません。俺はただ、無事に帰ってくるのを見届けたいだけで――」

総司が言いかけた時、わっと声が上がった。

「局長……！」

悲鳴交じりの声が同時にいくつも響き渡った。ばくばく、と心の臓が煩い音を立てた。先ほど感じた寒気よりももっと冷たいものが、総司の全身を覆った。

「……おい、近藤さん！」

大声を張り上げた永倉が、戸の前に立った男の許に駆け寄った。井上の手を振り解き、総司も永倉に続いた。右肩を押さえた近藤が、息を切らして仁王立ちしている。青い顔に、赤い肩――口の端を歪めて笑った近藤は、掠れ声で言った。

「すまん……撃たれた」

近藤を襲ったのは、御陵衛士たちだった。総司を仕損じた後、急遽近藤に標的を変更したらしい。馬上で撃たれた近藤は、激痛に堪えて伏見奉行所まで馬で駆けた。従っていた隊士の石井清之進と馬丁の久吉は、御陵衛士に斬られて死んだという。

医者を呼びに行っている間、医術の心得がある山崎が応急処置をした。皆が青い顔をして見守る中、近藤は「風穴が空いた」と気丈に笑った。「馬鹿野郎」と押し殺した声を返した土方は、青白い顔をして怒りに震えていた。

二日後、銃創の治療のため、近藤は船で下坂した。「お前も一緒に行こう」と誘われた総司は、断り切れず頷いた。大坂に向かう船中、同室だった近藤はいつになく多弁だった。布団に横たわりながらも、話すのをやめない。隊務から日常のことまで、内容は多岐に亘った。はじめは楽しんで聞いていた総司だったが、次第に切ない心地になった。

(こうしてたくさん話すことで、気を紛らわせているんだろう)

肩の傷のせいで熱も上がっているようで、近藤の顔は妙に上気していた。近藤の隣に敷かれた布団に横たわっていた総司は、近藤を励まそうと明るい笑みを浮かべつづけた。

「斬られることはあっても、撃たれることは考えていなかった。お前は銃で狙われても、刀で弾を斬ってしまいそうだな」

「そんな人間がいるなら、ぜひ手合せ願いたいですよ」

「お前が無理なら皆無理だ」

「無理かどうかは分かりません。やってみないことには」

むきになって言い返すと、近藤は目を丸くして、ふきだした。

「まことに剣術馬鹿だな」

「それしか取り柄がないんです」

「そんなことはないが……そうだな」

近藤は目尻に溜まった涙を拭いながら、微笑んで続けた。

「お前を求める者はいても、応えられないか。お前が胸を熱くするのは剣しかないものな」

総司はにこりとして頷いた。剣しかない——それは、昔の総司だ。浪士組として江戸を発ってから、総司は剣術以外のことをはじめて考えた。鬼のこと、芹沢のこと、亥之助のこと、志乃のこと、大石のこと——それらの中に剣術が多く含まれていたことは否めないが、それだけではない。誰かがいて、己がいる——そんな当たり前のことに、総司は長らく気づかなかった。近藤や土方をはじめとして、総司の周りには当たり前のように大勢の人がいた。彼らは皆総司に情を向けてくれた。

剣術が一人ではできぬように、人も一人では生きていけない。双方とも、相手がいるからといって、それで完成するものでもない。想いを傾けても、ままならぬことの方が多いのだ。だからこそ、人は胸を焦がし、熱く燃えつづけるのだろう。総司の情熱は、今も胸の中に秘められている。そこには、死んでしまった者たちへの想いも含まれていた。忘れることなどできぬほど、総司の胸を熱くした者たちがいたのだ。

(若先生は俺のことを何も知らないんだな)

そのことに、総司は以前から気づいていた。総司は近藤を師と仰ぎ、父のように尊敬し、兄のように慕い、親友のように慈しんでいる。近藤に対して抱く情の深さは、おそらく誰にも負けぬだろう。父でも兄でも親友でもないが、近藤はいつだって総司の心の真ん中にいた。この先もずっとそこに居座りつづけることだろう。たとえ、何があっても——。

「俺も剣が一番だ」

「そうでしょうとも。俺をこんな剣術馬鹿にした先生が、剣が一番でないわけがない」

「そんなことを言ってくれるのはお前だけだ。近藤は権力にとり憑かれている——そんな噂を信じる者ばかりさ」

「そんなことを言う連中は放っておけばいいんです。ただの嫉妬なんですから」

そう言いつつ、むっと顔を顰めた総司を、近藤は面白そうに眺めた。

「お前は昔から優しい奴だった。俺の代わりに怒ってくれる」

「若先生が怒らないからですよ。腹が立ったならそう言えばいいのに」

ぐっと堪えてしまうところが近藤の美点であり、欠点だった。溜めこみすぎて胃がきりきりと痛み、松本や南部の世話になった。見目によらず、繊細なのだ。

「俺は嘘を吐くのが不得手だ。だから、後ろ暗いことは黙っているのさ」

「若先生に後ろ暗いところなんてありませんよ」

「お前にはそんな風に見えているのか」

驚いた顔をした近藤は、半身を起こして布団の上で胡坐を掻き、溜息交じりに呟いた。

「……悪いことをしたな」

総司は目を瞬かせ、首を傾げた。

「一番悪いことをしてしまったのは、歳か」

俯いた近藤は、総司の視線に気づかぬ様子で続けた。

「はじめて会った時、あいつは手負いの獣のようだったよ。お前こそ薬が必要なんじゃないかと言ってやりたくなるほど、全身傷だらけだった。中でも一番ひどかったのは、手だ。肉刺が潰れてぐちゃぐちゃで、こいつはとんだ剣術馬鹿だと俺は呆れて笑ったものさ」

土方は近藤に手合せを申し込んだ。勝ったのは近藤だった。その後、土方は本格的に天然理心流を学び、やがて試衛館に来た。総司や永倉には及ばぬものの、土方は強くなった。剣術の腕前もさることながら、気組みが凄い。どんな手を使っても必ず勝つ――土方と対峙した者は皆、彼の決意を感じ取った。剣術は技術だけでは勝てぬが、気持ちだけで勝てるものでもない。両方なければ話にならず、かといって揃っていても勝てぬことはある。

「義兄弟の契りを交わそうと言ったのは、歳だった。俺はうんと即答できなかった。何とはなしに気づいていたんだ。あいつがこれから悪路を歩く羽目になってしまうことに、な」

近藤は俯けていた顔を、ゆっくり上げた。あ――と漏れそうになった声を、総司はすんでのところで呑み込んだ。

突如として、目の前に仄暗い闇が広がった。

芹沢のように目の奥だけでなく、近藤の身体中がその黒に侵され、染まっている――。

「……見られた俺のしくじりだ」

暗闇を纏った男は、絞りだすような声音を出した。

「はじめは一人、その次は二人、一人、また一人……途中で数えるのを忘れたが、きっとあいつは覚えているのだろう。そうしないと、自分が殺したことにはならぬと思っているらしい。殺そうと思い立ったのも、実際に手を下したのもこの近藤勇だというのにな」

総司は固まったまま、相槌の一つも打てなかった。

「俺の所業に気づいたのは、あいつだけだ。俺から話したのは、二人——芹沢と大石さ。奴らは俺とよく似ている。進むべき道が同じだと思ったからこそ、自ら告げた。大石は思った通り、頷いてくれた。弟を俺の前に連れてきて、兄弟共々俺に命を預けるとまで言ってくれた。……造酒蔵はそのせいで死んだが、奴は俺を責めず、己の力が至らなかったと泣いたよ。見上げた奴だ。俺の手駒となり、無心で働くことを望んでいてくれる」

これは夢なのだろうかと総司は疑った。近藤の口からよどみなく流れる言葉が、頭の中で反響している。

「芹沢は……最後まで頷かなかった。はじめて打ち明けた時、奴は俺を斬ろうとした。お前が割って入ってくれなければ、危なかった。お前のおかげで、俺はこうして生きている。ありがとうな」

総司、と呼んだ近藤は、その身のほとんどを黒く染めて、どんな顔をしているのか分からない。

(俺の目が……耳がおかしいんだ)

荒くなってきた息遣いが己のものであることにも気づかず、総司は師であるはずの男を包み目の前に広がる闇をじっと見据えた。

「お前も歳も俺とはまるで似ていない。特に、歳は俺と正反対だ。相容れぬところが多すぎる。俺の所業を決して許しはしないと思った。……だから、気づかれたと知った時、俺はあいつを殺すべきかと迷った。義兄弟だというのに、薄情なものだが、それを理由にあいつだけ見逃したのでは、これまで殺した者たちに顔向けができない。何より、邪魔をされてはかなわぬと思った。たとえ友や親を殺すことになろうとも、俺には為すべきことがある。必ずやり遂げなければならん。それを邪魔する者は皆殺す。歳をも……。殺そう――そう決めた時、あいつは言った。俺が鬼になる、と」

近藤は再び俯いた。小刻みに揺れる黒い身体を、総司は瞬き一つせず見つめた。同じように、自身が震えていることにも気づかぬまま――。

「何を馬鹿な……あの時はそう思ったが、その後、あいつは立派な鬼となった。あいつはまことに凄い男だよ。なあ、総司――」

くくくっと笑いはじめた近藤を見て、総司はひゅるりと息を吸い込んだ。

「げほっごほっ……げほっがっ……げほっげほっげほっ……ぐっ……！」

激しく咳込んだ総司は、悶え苦しみながら、大量の血を吐いた。

苦しい、息ができない、痛い……なぜ――沸き起こった様々な感情に苛まれながら、目を瞑った。瞼の裏に浮かんだのは、光一つ見えぬ闇だった。


二日後、総司は目を覚ました。

(長い夢を見ていた気がする……)

その夢がどこからはじまり終わったのか、総司には分からなかった。

「総司……よかった……よく頑張ったな」

目が覚めた時、泣きながら喜んだのは、夢か現か分からぬ中で鬼だと告白した男だった。そこにはもうあの暗闇は見当たらなかった。

すべては夢だったのだと総司は思うことにした。

そして、慶応四年一月三日――鳥羽(とば)伏見で戦が起きた。近藤や総司、怪我や病で離脱した者たちを除き、新選組隊士は皆参戦した。

総司がそれを知ったのは、敗戦の数日後だ。命からがら逃れてきた隊士たちは、八軒屋の京屋忠兵衛方に宿陣した。

「源さんが……」

「はい……まことに申し訳ございません」

井上の甥の泰助は、畳の上に頭をこすりながら詫びた。泰助は、前年十月の隊士募集に応じ、上洛した。十一と年少のため、小姓として戦に随行した。そこで目にしたのが、可愛がってくれた叔父の死だった。泰助は健気にも、戦死した井上の首を持ち帰ろうとした。しかし、途中で力尽きたため、立ち寄った寺社に葬ってもらったという。

「俺がもっとしっかりしていたら……一端の男だったら……！」

泰助は大粒の涙を流しながら言った。総司は彼の頭に手を伸ばし、腕の中に抱き込んだ。

——次に会うまでに少しでも元気になっていなきゃ許さねえぞ。

そんな風に言っていた当人が、あっさり死んでしまった。こみ上げてくる感情を呑み込むために、総司は固く目を瞑った。瞼の裏に浮かんだ井上は、どれも怒った顔をしている。

——源さんは小言を言うのが趣味なんだ。

——誰がそうさせてるのか考えてみろ。

——原田に藤堂、永倉——。

——馬鹿、一等はお前えだ。

また怒った顔をするくせに、最後は堪え切れず笑った。十一歳の甥っ子を可愛がるように、総司を温かな眼差しで見つめ、いくどとなく叱りつけ、愛してくれた。

「俺もさみしいなあ……あの煩い小言がもう聞けないなんてさ」

そろそろ泣き止みそうだった泰助は、総司の呟きを聞いて号泣した。

敗戦後、新選組は海路で江戸に向かった。船は二隻あり、九日に順動丸（じゅんどうまる）が、十日に富士山丸（ふじやままる）が出航した。順動丸には壮健な者と負傷の程度が軽い者が乗り、富士山丸には治療の必要がある負傷者や病人が乗った。総司は勿論後者に乗船した。

敷かれた布団に横たわった総司は、船酔いと格闘していた。枕元にはいつ吐いてもいいように、桶が置いてある。もっとも、食が細くなったため、吐いても血交じりの胃液くらいしか出ない。ただでさえ咳で嗄れている喉が、ひどい有様となっているようだ。

「大丈夫ですか……」

総司はがさがさの声音で問うた。少し間を空けて隣に寝かされている男が、総司に負けず劣らずの掠れ声で答えた。

「ひどい声や……男前が台無しやな……」

「男前などと言われたのははじめてですよ。山崎さんは優しいなあ」

軽い笑い声を上げた途端、総司は咽せた。罹った病が労咳であったことで何が困るかといえば、こうして笑うたびに咳が出てしまうことだった。

「苦しそうやなあ、沖田さん……背中さすってあげられたらよかったんやけど……」

総司は右に顔を傾け、哀しげに呟いた山崎を見据えた。身体中を晒で覆われている山崎は、もはや誰なのか分からない様子をしている。晒に滲んだ朱や黄は、血と膿だ。全身についた傷は、先般の戦で負った。唯一露わになっている目元と口元は、血の気が失せ、真っ青だ。一昨日よりも昨日、昨日よりも今日と、日増しに状態が悪化している。山崎の命の灯は、間もなく消える。誰の目から見ても、それは明らかだった。

「早う治さな……」

山崎の言に、総司は咽せながら目を瞬いた。

「追われる身になってしもたけど、俺は監察やから……敵さん追いかけてええもん摑(つか)まんと……島田たちだけやと心許ない……沖田さんの背もさすってやらなあかん、し……」

ようやく咳が止んだ総司は、布団から這い出て、傍らの布団の横に座した。そこに仰向けになっている男を覗き込み、総司は言った。

「……あんたは本当によく働いた。少しはゆっくり休んでくださいよ」

固く目を閉じた山崎は、二度と目を覚ますことはなかった。

江戸に着くまで、山崎の他に隊士二人が命を落とした。一人は山崎と同日に、もう一人は品川に入港せんという時だった。

「沖田さんとお志乃さんのやり取りを見るのが、私は楽しみでした……」

「喜んでもらえたのなら、苦労して書いた甲斐があったというものです」

笑って答えたのは前日のことだった。容体が急変した橋も、鳥羽伏見の戦いで負傷した。井上をはじめ、多くの隊士が倒れた。その混乱に紛れて大勢の脱退者が出た。

「流石に追いかけませんよね」

「そんな暇はねえ」

暇があったら地の果てまで追いかけたであろう土方は、総司の問いに鼻を鳴らして答えた。品川到着後、負傷者や病人は、和泉橋(いずみばし)の医学所に収容された。引率として同道したのは、土方だった。近藤が怪我をしてからというもの、新選組を動かしているのはこの男だ。

「あんたがわざわざついて来なくてもよかったんじゃあないですか」

「餓鬼がさみしがって泣いたら迷惑がかかるだろ」

「若先生を餓鬼だなんてひどいな」

「お前えのことだよ、阿呆」

医学所に着き、床に寝かされて早々繰り広げられた総司と土方のやり取りに、他の隊士たちは皆くすくすと忍び笑いを漏らした。

「これからまた忙しくなるんでしょう？　早く行った方がいいですよ」

「お前はそんなに俺を追いだしたいのか」

「だって、鬼副長がいたら、皆怖がって治るものも治らない」

鬼と口にした時、総司は上手く笑えなかった。

——殺そう——そう決めた時、あいつは言った。俺が鬼になる、と。

あれは夢だ。総司の笑みが引きつったことに気づいたのか、土方が眉を顰めて顔を覗き込んでくる。顔を逸らしつつ、総司は続けた。

「……ここにいる俺たちの分まで楽しんで。魂は、あんたたちと共にありますからね」

「お前らの魂なんざいらねえよ。さっさと治して、加勢しろ」

素っ気なく答えた土方は、総司の肩を一つ叩いて出ていこうとした。土方が戸を潜りかけた時、近藤が中に入室してきた。すれ違った二人は、一瞬視線を交わした。

（……ああ——）

総司は口を手で塞いだ。土方が近藤を見る目は、総司が土方を見る目と同じだった。そんな土方を、近藤はじっと見つめ返した。どこまでも静謐で、底が見えない目だった。

「世話をかけてすまん。頼む」

「それが俺の仕事だ」

近藤の言葉に、土方はうっすら笑んで答えた。廊下に出た土方は、振り向くことなく去っていった。部屋の中に入った近藤は、総司を認めるなり、早足で近づいてきた。

「吐きそうか？　我慢するな」

己の口を覆っていた総司の手は、近藤によって離された。近藤は桶を総司の前に置き、左手で総司の背をさすった。

「あの船は辛かったな……泣き言一つ言わぬお前は偉いな」

総司は戦慄く唇を噛みしめ、首を横に振った。皆の心配そうな顔が見える。こんな場所で話すべきことではない。だが、総司は問いたかった。

どうして鬼になったのか——と。


容体が落ち着いてきた総司は、松本の勧めで彼の家に移ることとなった。医学所にも優秀な医者はいるが、天下の御典医を独り占めすることに、総司は少々引け目を感じた。

「お前は特別可愛いからいいんだ」

あっさりと贔屓を口にした松本に、総司は思わずふきだした。

「笑わせないでください。笑うと咳が出て困る」

「そりゃあ困る。だが、お前は笑っていた方がいいな。ぱっと明るくなるよ」

松本は目を細めて言った。気恥ずかしさを覚えた総司は、さっと布団の中に潜り込んだ。

そうして、新しい生活に慣れはじめた二月末、鳥山が訪ねてきた。背に何か隠しているのを認めて覗き込むと、どこかで手折ってきたらしい一枝の桜があった。内緒ですよ、と周りを気にしながら差しだしてきたそれを、総司は笑いながら受け取った。

「新選組は甲州の守りを命じられました」

「……ちょっとばかり遠いなあ」

ぽつりと述べると、鳥山はぐっと詰まった。京に行くよりも近い道程だが、今の総司にはとてつもなく遠く思えた。容体は落ち着いているが、いつどうなるかは分からない。ただでさえ危険が伴う道中だ。厄介な荷を増やし、皆を危い目に遭わせるわけにはいかない。

「どうしました。誰かにいじめられたのかな」

目を真っ赤にし、ぼろぼろと涙をこぼす鳥山に、総司は優しく語りかけた。鳥山は鼻水を啜りながら、ごめんなさいと繰り返した。

鳥山が隊を脱したのは、その翌日のことだった。それを知らせたのは、久方ぶりに顔を合わせた蟻通だった。不甲斐ないです、と述べた蟻通に、総司は首を横に振った。

「事情があったんでしょう。しようがないですよ」

「いいえ……近くにいたのに、事情の一つも察してやれなかった俺が不甲斐ないです」

俯いて述べた蟻通は、枕元にある桜をちらりと一瞥し、去っていった。総司は布団の中に潜りながら、哀しみと喜びという相反する想いを噛みしめた。鳥山の脱走は哀しい。だが、もう誰のことも信じぬという瞳をしていた蟻通が、隊を裏切った鳥山を許した。

「変わったなあ……」

呟いた総司は、目を瞑った。鳥山が無邪気に慕ってくる姿を思いだそうとしたが、もう一人の子犬のような男が浮かんできてしまい、苦笑した。

翌朝、目を覚ました総司は、己の顔を覗き込んでいる相手を認めた。

「なかなか顔色がいい。俺のおかげだな」

笑って頷くと、声をかけてきた松本は満面の笑みを浮かべた。松本は総司が笑うと明るくていいと褒めてくれたが、総司には彼の笑みの方がよほどいいものだと思った。

「若先生が気に入るのも分かるなあ……」

不思議そうに首を傾げた松本は、診察を終えるなり、部屋の外に出た。客人が来たらしい。敵襲でないことは、交わされている穏やかな声音で分かった。また誰かが総司を訪ねて来たのだろうか。鳥山の話によると、数日のうちに甲州へ出立するらしい。

(こんな身体でついていっても、足手まといになるだけだ)

そんなことは御免だと思いつつ、つい本音が漏れた。

「そうなったら、捨ててくれて構わないから……どうか連れていってください」

呟いた総司は、天井をじっと見据えた。今ならまだ刀を握れる。戦場に立った途端に斬り捨てられるかもしれぬが、戦いの中で死ねるのならば本望だ。死が間近に迫っている今、生に未練などない。未練があるとすれば、このまま何もできず死ぬことだ。総司の死は、これまで死んでいった同志たちに比べたら、平穏で優しい最期になるのだろう。

そんなものは欲しくない――総司はぐすりと洟を啜った。鼻水が喉に下りてきて気持ちが悪いが、構わなかった。そのせいで咽せた総司は、身体を横にして懐紙で口元を押さえた。

「総司」

そう言いながら、近藤が部屋に入ってきた。

「背中をさすってやる。すぐに楽になるぞ」

不思議なものだと総司は思った。近藤が言うと本当にそうなるような気がした。気安めだと分かっていても、信じてしまうのだ。ほどなくして、咳は治まった。目に溜まった涙は、咳のせいにした。総司が洟をかんだ懐紙を屑箱に放った近藤は、枕元に座して言った。

「明日、甲陽鎮撫隊として出立することになった」

総司は口を開きかけて、止めた。ご武運を——そう言うつもりだったが、駄目だった。

俺も連れて行ってください。

あんたと一緒に戦って、死にたい——。

口を開けばきっとそう叫んでしまう。優しい近藤は困り切った笑みを浮かべることだろう。総司を哀れに思い、涙をこぼすかもしれぬ。「役に立ちたいのだ」と続ければ、「これまで散々役に立ってくれた」とはなむけのような言葉をくれるに違いない。だが、そんなものはいらなかった。総司はただ刀と共に死にたかった。敵に囲まれ、四面楚歌の中で嬲られて殺されてもいい。誰かの弾除けとして利用されても構わなかった。

——刀を捨てて生きるくらいなら、俺は死を選ぶ。

今になって山南の気持ちが分かった。これなら、いっそ鈍いままでいたかった。だが、総司はもう知ってしまった。己の中に渦巻く妄執も、鬼の正体も——。

「総司、共に行こう」

近藤は総司の肩を摑んで言った。

「俺は……俺は……い、行きたい……！」

ようやく出た声は、嗚咽交じりの聞き苦しいものだった。近藤は笑いもせず、かといって同情するような表情も見せず、当たり前のことを告げるような落ち着いた声音で続けた。

「上洛前も上洛後も、俺はついお前を頼りにしてしまった。情けない師だと呆れているか」

そんなことはない、と首を横に振った総司を見て、近藤は目を細めた。

「今回も頼りにしていいか？」

何と残酷なのだろう——そう思いつつ、総司の胸は喜びで一杯になった。近藤が近藤であったから、総司はここまで来たのだ。それは、これからも変わらぬのだろう。たとえ、近藤が極悪非道な鬼であろうとも——。

「——はい」

赤い目を爛々と輝かせた総司は、一分の迷いもない声で返事をした。


甲陽鎮撫隊と名を変えた新選組は、日野を目指した。新選組が京で長らく活躍しつづけられたのは、故郷の有力者たちの助力があってのことだ。それを知らぬ新入隊士たちの間に、「落ちぶれた故の親頼み」という噂が立ったらしい。

「馬鹿な奴らだ。親がそんなに大勢いてたまるか」

論点がずれたことを述べた原田も、これまでいくどとなく「近藤たちは天然理心流門下贔屓だ」という永倉の言に同調していたが、それとは違うものだと考えているようだった。

(今の状況を見れば、誰だって分かるか)

日野に向かう道中、総司は周りを見回しながら苦笑を嚙み殺した。総司ほどでないにしろ、病を患っている者はいる。それにも増して多いのは、怪我人だ。その中でも、近藤が肩に負った怪我が最もひどいのが、隊にとって大きな痛手だった。近藤は総司や永倉ほど腕が立つわけではないが、新選組の局長だ。近藤が不動明王のようにどっしりと構えているだけで、隊士たちの士気は上がる。その逆もしかりというわけだ。

前を歩く近藤は、常通り威風堂々としている。だが、肩に負った怪我は隠しようもなく、隊士たちはそれぞれ思いだしたかのように近藤のそれを眺め、落胆の表情を浮かべた。それを見咎めて「情けない面するな」と怒鳴る男は、もうこの隊にはいなかった。

(……先に帰っているのかな)

京で井上が帰郷を考えているのを察するたび、総司はなぜ己がそう思わぬのだろうと考えた。辛いことは数え切れぬほどあった。投げだしたい時もあったというのに——。

「大丈夫か」

声をかけてきたのは、斎藤だった。ふっと笑った総司を見て、斎藤は眉を持ち上げた。

「いや、これで隊士全員から同じ言葉をもらったと思ってね」

「俺のは必要なかったな」

「格別嬉しいよ。あんたから労いの言葉なんて、隊の誰ももらってないはずだもの」

にこにこして述べた総司を見て、斎藤は「意外だな」と呟いた。

「あんたは、心配されるのが嫌いなのかと思っていた」

「あまり過剰なのは何事も嫌いだな」

「ならば、井上さんは例外か」

総司はますます笑った。同じ人物を斎藤も思いだしていたのだ。総司と斎藤は歳が近いが正反対だと言われてきたが、存外似ているところがあるのだろう。支えるでもなく、励ましてくるわけでもないが、斎藤はずっと近くを歩いてくれた。

日野に着いた甲陽鎮撫隊は、地元の人々の手厚い歓待を受けることとなった。予想していた以上の熱狂的な反応に、総司は目を白黒させた。

「近藤先生、よくぞ帰ってきてくださいました」

「歳三さん……いや、新選組副長殿か」

「今は甲陽鎮撫隊だろ。まあ、俺たちにとってはどちらも誇らしい名だ」

「天下に名を馳せた人たちが戻ってきてくれたんだ。これ以上嬉しいことはねえな」

「まさか多摩のバラ餓鬼が新選組副長になるとはなあ」

「それをいうなら、近藤先生もだ。元は俺たちと同じ百姓だぞ。それが、幕臣になって、公方さまを直々にお守りするまでになったんだ。まるで、太閤（たいこう）さんのようじゃねえか」

近藤と土方の周りを取り囲んだ大勢の人々は、熱い口調で彼らを称えた。出稽古で多摩に来る機会があった永倉や原田たちの周りにも、「先生、先生」と親しげに呼びかけ、酒を注ぎにくる者たちが後を絶たない。彼らは面識がない隊士たちも敬い、守り立てた。道中元気がなかった怪我人や病人たちも、徐々に明るい表情を見せはじめた。

縁側に座した総司は、座敷を眺めて安堵の息を吐いた。その瞬間、咳込み、口を押さえて俯いた。しばらくして咳は止んだ。隣に座す者が背を撫でてくれたおかげだろう。大丈夫だと言う代わりに、総司は先ほどからぽつぽつしていた土産話を続けようとしたが、

「──約束を守ってくれてありがとう。とても楽しかったわ」

身体に障ると思ったのだろう。やんわり制してきた姉に、総司はにこりと笑んで言った。

「姉さんに言わなくちゃと心の中に書きためてあるんですから、もっと聞いてください」

「ええ……ええ……」

ミツは嗚咽を堪えながら、総司の背を撫でた。再会した時からずっとこの調子だ。いい加減泣き止んで欲しかったが、総司は元気で帰ってくることができなかった。遠く離れた地に行かせたことを、今度こそ悔いて欲しくなかった総司は、ぽつりと漏らした。

「笑って……俺は姉さんの笑顔が好きだな。だから、笑ってください」

「……はい」と頷いたミツは、涙でぐしゃぐしゃになった顔に微笑みを浮かべた。ミツはきっと総司を哀れに思っている。だが、総司の心は反対だった。

「こうして皆がはしゃいでいるのを見ると、思いだします……京都守護職お預かりとなって、壬生浪士組という名を賜った日を——見てください、皆の浮かれよう」

あの時も、先行きが不安で仕方がなかった。選んだ道が正しいのか否か、考えることが怖かった。だから皆、それに気づかぬ振りをして、馬鹿騒ぎをした。はしゃいでいるように見えるが、皆の心は顔に浮かべた笑みのまま明るいものではないはずだ。敗戦を重ね、疲弊した心身は、ここでしばしの休息と癒しを得る。しかし、出立はすぐそこだ。


翌日、総司は喀血し、倒れた。

（……どうしても共には行かせてくれぬらしい）

立ち上がることもままならず、泣き笑いを浮かべた。

甲州行きを断念した総司は、皆と別れ、療養することになった。総司に用意されたのは、千駄ヶ谷にある植木屋平五郎宅の離れだった。離れは小さかったが、ほとんど寝たきりの総司には十分すぎる広さだ。何より、総司はその家にある庭が気に入った。家屋と同じくこぢんまりとしているが、よく手入れされている。植木屋の本領発揮といったところだった。

「あと少し早ければ、桜が咲いていたんですけれどねえ」

総司の世話に来てくれる小者にそう言われた時には、少々がっくりした。

「来年見られるのを楽しみにします」

そう返すと、小者はハッとした顔をして、潤んだ目で何度も頷いた。

千駄ヶ谷に来てからの総司は、ほとんど寝て過ごした。医学所や松本のところにいた時とは違い、知己は誰もいない。小者は親切にしてくれたが、相手は総司の倍の歳の年寄りだ。あまり手間を取らせるのは忍びないと思い、手伝いのいる時以外は放っておいてもらった。

土方が訪ねてきたのは、よく晴れた日のことだった。蹄の音を聞いた気がした総司は、布団から手を伸ばして障子を開けた。庭の新緑を眺めていると、そのうち異様な出で立ちの男が現れた。

「よう」

仏頂面で言った土方は、供もつけず一人きりだった。すっかり馴染んだ総髪と洋装に、総司は唸った。悔しいが、己にはまるで似合わなそうだと苦笑した。

「これから、宇都宮に行ってくる」

土方の言に、総司は一瞬黙り込んだ。

「……気をつけてくださいよ」

「お前もな。間違っても、外に抜けだして近所の餓鬼と遊ぶんじゃねえぞ」

「しませんよ。俺のこと何だと思ってるんです」

こんな時まで軽口の応酬だ。それが妙におかしくて、総司は笑いかけたが、

「お前は新選組一番組頭だ」

土方の言葉を聞き、危うく泣きそうになった。

「……分かっているならいいんです」

唇を尖らせて述べた総司を、土方は眩しそうに見つめた。今生の別れになると分かっているからこそ、その目に総司の姿を焼きつけようとしているのかもしれぬ。痩せ細った姿を覚えていられたくはないが、総司が土方の立場だったら、やはり同じことをしただろう。

(まあ、いいさ。どうせ、いつかは忘れちまうんだ)

どれほど長く共にいた者でも、会わずにいたら輪郭がおぼろげになる。数年前に死んだ山南も、半年前に死んだ藤堂も、総司の中ですでに曖昧な形になった。彼らを忘れることは一生ないだろう。だが、共にいた頃のままの姿かたちを覚えていることはできない。

(それでいいんだ……)

土方の眼差しに応えるように、総司は彼をじっと見返した。

「若先生はお元気ですか」

「お前を心配している。今日もここに来たがっていたが、生憎外せねえ用があってな」

「忙しいんですね。大丈夫かな」

「あの人を誰だと思ってるんだ」

「俺たちの大将」

「分かってるならいい」

そう言った土方は、珍しく大きな笑い声を立てた。つられて笑いつつも、総司は気づいた。細めた土方の目の端が赤く染まっていることを――。

(そうか、若先生は……)

総司は再びこみ上げてくるものをぐっと堪えながら、枕元に置いてある刀を引き寄せた。それを見せつけるように翳すと、土方は目を瞬いた。

「俺の形見だと思って、もらってください」

土方の顔から、さっと笑みが引いた。青褪めた唇が震えたのを見て、総司は息を吐いた。

「……そう言おうと思ったけれど、やはりやめておきます。明日、もしにわかに病が治ったとしたら、刀がないと困りますからね」

「……治って早々刀を振る気か。俺はいい大人だ。餓鬼から玩具を取り上げたりしねえよ」

呆れたように笑った土方は、ゆっくり腰を上げた。

このまま何も言わず見送るべきだと思った。だが、気づいた時にはこう問うていた。

「鬼になり代わって生きたことに悔いはありませんか」

背を向けかけた体勢で動きを止めた土方は、白い首筋を撫でながら答えた。

「あるな」

ひゅっと息を呑んだ総司に、土方は顔半分だけ振り向いた。そこに浮かんでいるのは、「バラ餓鬼」と呼ばれていた頃の明るく生意気な表情だった。

「俺が鬼になり代わって生きた、と勘違いしたままあの人は死ぬだろう。それについては悔いてる。俺は己を偽ったわけじゃねえ」

俺も鬼だ——そう言ってうっすらと笑んだ土方に、総司は涙を堪え、微笑みを返した。

「先に行ってる」

「すぐに……すぐに追いつきます」

「おう」と返事をした土方は、前を向いて再び庭に出た。裏で小者と二、三言葉を交わし、馬に乗ったようだ。蹄の音が遠ざかり、すっかり聞こえなくなった頃、総司はようやく刀を戻した。

結局、土方は弁解の一つもしなかった。総司も謝罪の言葉を口にしなかったので、おあいこだろう。土方が何を思って鬼と偽り生きることを選んだのか——分からずじまいだったが、それを歯がゆく思う気持ちはもう浮かんでこなかった。土方には土方の意志がある。己の選んだ道に悔いはないはずだ。総司も同じだった。憐憫(れんびん)の情はいらない。

(そんなものよりももっと……)

総司は刀を手に取ると、布団から這い出て縁側に出た。たったそれだけの動作をするのに、随分と時がかかった。息が上がり、冷汗も出た。まだ生きている——そう思った。


土方が別れの挨拶に来てしばらく後、総司の許に近藤が現れた。

——悪いな、総司。迎えにこられなかった。

少しも悪びれない笑みで言った近藤に手を伸ばしかけた時、総司は目を覚ました。

(夢か……否、そうじゃない)

近藤は夢を渡って、己の死を伝えにきたのだろう。

「ちっとも悪くないからまた来てください」

布団の中でぽつりと述べた台詞は、誰にも拾われることはなかった。

それから総司は毎日夢を見た。これまでほとんど見なかったことが嘘のように、少しでも睡眠を取ると、そのたび誰かしらと会った。

——また喧嘩した。今度は本気の奴だ。

童顔をむっと顰めて言った永倉は、総司が口を開く前に勝手に話を続けた。

――ほとほと愛想が尽きた。俺ではなく、あの人がさ。俺はもう用無しらしい。俺にしてはよく我慢した方だ。……だがな、もう少しだけ我慢してくれと懇願されたら、少しくらい言うことを聞いてやってもいいと思った。近藤には言うなよ。

言うだけ言って、永倉は去った。それを見て腹を抱えて笑ったのは、原田だった。そんなに笑っちゃ失礼だと言うと、お前こそ笑っているくせにと笑われた。

――さて、ひと笑いしたから行くか。いっちょやってやる。

駆けだした原田に、総司は慌てて「そっちじゃない、永倉さんは右に行った」と声をかけた。しかし、原田は左へずんずんと進んでいく。迷いない足取りに、総司は溜息を吐いた。所詮夢だ。行きたい方に行かせてやろうと思い、目を閉じた。

総司の夢には、大勢の人物が現れた。蟻通、鳥山といった配下の者たちが登場することもあれば、壬生寺でよく遊んだ子どもたちが出てきて、遊んでくれとせがまれた。一度きりしか現れぬ者もいれば、毎日のように出てくる者もいた。中でもよく出現したのは、己の周りを犬のようにちょこまかとくっついてきた少年だった。

――寝ている時くらい休んでいてください。あんたはすぐ無理をする。だから、治るものも治らないんですよ。あれほど注意しろと言ったのに……俺がそばにいたら、沖田さんを布団の中に押し込んで、戦になんて連れていかせなかったのに。そうしたら、今頃よくなって……ごめんなさい。俺のせいで沖田さんは――。

――あんたは夢の中でも煩いなあ。もうちょっと静かにしなさいよ。

総司がそう文句を言うと、亥之助は唇を引き結んで黙った。そんなことで大人しくなるたまではないだろうに――そう訝（いぶか）しんだ途端、亥之助の姿は消え、代わりに志乃が現れた。息を呑んだ総司はすぐに我に返って、志乃の腕を摑んだ。

志乃は何も言わなかった。その代わりとでもいうように、見たこともない満面の笑みを浮かべた。総司は痛んだ胸を押さえた。次第に息苦しくなり、呼吸もままならなくなった。

気づくと、布団の中でひどく咳込んでいた。夢だったのだと気づき、じわりと目の端に涙が浮かんだ。ようやく咳が落ち着いた頃には、再び夢の中にいた。

——沖田はんと夫婦にならんでよかった。旦那はん、ほんま優しいんです。沖田はんみたいに鈍くないし、私のことよう分かってくれる。

そう言ったのは、総司が深く傷つけたコウだった。首筋に残った傷をじっと見つめると、コウは苦笑して「ほら」と言った。

——そない不躾（ぶしつけ）に見てくるんやもの。沖田はんは相も変わらず朴念仁（ぼくねんじん）や。せやから、そないに人殺しても何とも思わへんのや。人殺しの沖田はん。

顔を歪めたコウは、すっと指を横に向けた。

そこには、夥（おびただ）しい首があった。それらはすべて知った顔をしている。

——やっとあんたに追いついた。

——もっとゆっくりしていたら良かったのになあ。流石は魁（さきがけ）先生だ。

——あんたがつけた名だろ。あんたのせいだよ。

なあ、と同意を求められて、総司は息を呑んだ。目の前に現れた山南も藤堂も、首から下がない。返事ができないでいる総司を見て、二人は馬鹿にしたように笑った。

——散々人を殺しておいて、そんなしけた面するんじゃない。

——お前は新選組一番組頭だろう。最後までそれらしく生きろ。

総司を叱咤しながら、二人の首がごろりと地に転がった。

——悪夢を見るのは、人を斬った報いだ。

低く呟いたのは、秀麗な顔をした伊東の首だった。それに頷くように唇を嚙みしめた服部、生前よりも生き生きとした顔をした瀬川、涙を湛えた河合……総司が斬り、隊が処断し、戦場で散った者たちの首がずらりと並んでいる。皆、恨みがましく総司を眺めるくせに、総司が怯えた目をすると、いたずらが成功したかのように無邪気に笑った。

(ああ——)

一つだけ離れたところにぽつねんとある首を見て、総司は息を漏らした。布団から這い出た総司はゆっくり進み、その首級の前で足を止めた。その瞬間、首級の閉じていた目が、カッと見開いた。昏くよどんだ瞳に、炎が宿るのを目にした総司は、ざっと地を蹴った。

ひゅっと風を斬る音が響く。身体を取り戻した首の主が刀を振ったのだ。総司は危なげなく躱し、自身の刀を抜いた。瞬間、目の前の男に突きを繰りだした。一、二、三、とできる限り素早く突こうとしたが、相手は最初の一撃をまともに受けた。胸を刺された男はよろめき、ゆっくり横に倒れた。ごろりと落ちた首が、総司を見上げて言った。

——鬼め。

再び首だけになった男——芹沢は、虚を突かれた顔をした総司を馬鹿にしたように笑った。瞬き一つした後、芹沢の首は消えた。周囲を見回したが、藤堂や山南たちの首もなかった。夢の中には総司たった一人だけがいる。

(否——)

空からちらちらと、白い雨が降った。木などどこにもないのに、桜が散っている。身体中にそれを浴びながら、総司はゆっくり振り向いた。

そこは、壬生狂言の舞台だった。裾から出てきたのは、いつかの夢の中に出てきた鬼面の男だった。

面の隙間から見えた目と総司の目が合うや否や、鬼面の男は総司に襲いかかる。先ほど総司がした、胸を狙っての突きが繰りだされた。すれすれに避けた総司は、鬼面の男と同じ構えをした。

男と総司は同時に地を蹴る。互いに躱した直後、総司は二度目の突きをした。やや遅れたものの、相手も同じく突いてくる。切っ先が触れ合い、カンッと高い音が響く。素早く刀を引いた鬼面の男は、総司の胸を狙ってまた突く。刀で防ぎ損ねた総司は、手の肉を削ぎ落とされた。痛みに顔を歪めながらも、総司も三度目と四度目の突きを連続で繰り出す。辛くも躱した男は、小さく笑い声を漏らした。今度は己の番だと思ったのだろう。

しかし、それはならなかった。鬼面の男の四度目よりも、総司の五度目の方が早かった。総司の突きが鬼面の男の喉に刺さった瞬間、血しぶきが舞う。

仰向けに倒れた男の不気味な鬼の面に、桜の花びらが降り積もる。その様子をじっと見下ろした総司は、前に向き直った。

「面の下を見ないのか」

喉を潰されたはずの男は、透き通った声音で問うた。

「いいよ。見飽きた顔だ」

「俺もだ」

満足したような返事があった後、男は声を発しなくなった。息絶えたのだろう。ならば、総司もじきに逝くはずだ。

（血反吐に塗れた甲斐があった）

おかげで、総司は鬼を知り、勝ちを得た。面の下の男はさぞや嬉しそうに笑んでいることだろう。今の総司とそっくりな顔で——。

やがて舞台は消え、白い雨は生温い光に変わった。己の影がないことに気づいた総司は、ここで影鬼をしたら負けないなあ、などと呑気なことを考えながら駆けだした。

本書は書き下ろし作品です。

装幀　鈴木久美
装画　伊藤彰剛

小松エメル（こまつ・えめる）

1984年東京都生まれ。國學院大學文学部史学科卒業。母方にトルコ人の祖父を持ち、名は、トルコ語で「強い、優しい、美しい」などの意。2008年、ジャイブ小説大賞を受賞しデビュー。著書に、デビュー作の『一鬼夜行』シリーズ、『夢追い月』をはじめとする「蘭学塾幻幽堂青春記」シリーズ、『うわん　七つまでは神のうち』をはじめとする「うわん」シリーズ、『夢の燈影（ほかげ）　新選組無名録』などがある。

総司（そうじ）の夢（ゆめ）

第一刷発行　二〇一六年九月二七日

著者　小松エメル　こまつえめる

発行者　鈴木　哲

発行所　株式会社講談社

東京都文京区音羽二・十二・二十一

郵便番号　一一二・八〇〇一

電話　出版　〇三・五三九五・三五〇五

販売　〇三・五三九五・五八一七

業務　〇三・五三九五・三六一五

印刷所　豊国印刷株式会社

製本所　大口製本印刷株式会社

定価はカバーに表示してあります。

ISBN978-4-06-219603-1

N. D. C. 913　374p　19cm